CHRISTOPH PETERS

DER SANDKASTEN

CHRISTOPH PETERS

DER SANDKASTEN

ROMAN

Luchterhand

Der Roman *Der Sandkasten* hat mit den wirklichen Verhältnissen nur insofern zu tun, als diese in der Form, wie sie der Öffentlichkeit tagtäglich medial vermittelt werden, als Anregung für die Imagination des Autors gedient haben. Figuren, Schauplätze und Geschehnisse der Erzählung sind nirgends mit realen Personen, Orten und Vorgängen identisch. Erscheinungsbild, Eigenschaften und Handlungsweisen der Protagonisten wurden weder lebenden noch verstorbenen Menschen nachgebildet, sondern entsprechend der inneren Logik des Romangeschehens gestaltet. Sollten sich dennoch Ähnlichkeiten finden, verdanken sie sich dem Zufall oder den unabänderlichen Gesetzmäßigkeiten der menschlichen Natur. Dagegen sind motivische und kompositorische Parallelen zu Wolfgang Koeppens Roman *Das Treibhaus* beabsichtigt und Teil des Spiels.

C. P.

Der eine ist dünn und hat rosa Augenlider. Der andere hat ein Mondgesicht und leidet. Es ist alles sehr schmerzhaft.

HAROLD NICOLSON

Wenn man den Leuten nur begreiflich machen könnte, daß es mit der Sprache wie mit den mathematischen Formeln sei – Sie machen eine Welt für sich aus – Sie spielen nur mit sich selbst, drücken nichts als ihre wunderbare Natur aus, und eben darum sind sie so ausdrucksvoll – eben darum spiegelt sich in ihnen das seltsame Verhältnißspiel der Dinge.

NOVALIS

I.

Er bewegte sich anonym durch die Stadt, auch wenn Hunderttausende seine Stimme kannten. Da er beim Radio und nicht beim Fernsehen arbeitete, wusste keiner, wie er aussah, zum Glück. Wiederum war er nicht auffällig geworden, hatte niemanden bei offenem Mikrofon beschimpft oder beleidigt, war nicht schreiend Amok gelaufen, weder im Sender noch auf der Straße, obwohl ihm danach zumute gewesen wäre, aber dazu hätte es einer Kraft bedurft, die ihm schon lange abging. Wenn bekannt wurde, was er dachte, wirklich dachte, einfach weil er wusste, was er wusste, wäre es trotzdem vorbei. Tag für Tag rechnete er mit dem finalen Shitstorm aus den Dunkelkammern des Internets, Folge einer unbedachten Bemerkung zwischen fünf und acht in der Frühe, die von unzähligen Leuten gehört worden wäre, während sie sich Kaffee brühten, die Lippen schminkten, eine Krawatte banden. Bevor die Empörung überkochte, waren sie vielleicht dankbar für den Aufreger, lachten kurz, dann blieb ihnen das Lachen im Hals stecken, sie schämten sich, die Scham wurde Wut. Die Empfindlichkeiten nahmen beängstigende Ausmaße an in letzter Zeit. Trotzdem musste er täglich aufs Neue versuchen, einen dieser abgeordneten Phrasendrescher, aalglatten Verbandssprecher, schmierigen Sportfunktionäre mit Hinterhalten, Provokationen aus der Reserve zu locken, ihnen klare, am besten entlarvende Antworten zu brennenden, heiklen oder auch einfach belanglosen Themen zu entlocken. De facto kamen ihm die meisten Themen belanglos vor nach über zwanzig Jahren beim Funk. Siebenstädter hatte schon alles gehört, aber in regelmäßigen Abständen schwappten die immer gleichen Geschichten als dritter, vierter, fünfter Aufguss ein weiteres Mal hoch. An den Strukturen änderte sich nichts, die Verfilzungen bestanden seit Jahrzehnten, Jahrhunderten, vermutlich seit Beginn der Menschheitsgeschichte. Er riss sich zusammen, am Mikrofon genauso wie jetzt auf dem Heimweg, später zu Hause. Ein falsches Wort und die Meinungsgülle, abgesondert von Leuten, die sonst nichts zu tun hatten, würde sämtliche Kanäle fluten. Schnell hätte jemand ein Foto von ihm aufgetrieben, Google kannte längst jedes Gesicht, binnen Stunden würde es sich verbreiten, dann gehörte es der Vergangenheit an, das Leben, in dem er sich eingerichtet hatte, mehr schlecht als recht, aber dennoch auf Dauer. Es folgten verlogene Distanzierungen des Chefredakteurs, des Intendanten, selbstmitleidige Entschuldigungen, dass man sich habe täuschen lassen. Sicher würde auch Reisiger, der die Morgensendung im Wechsel mit ihm moderierte, ihm in den Rücken fallen. Diverse Hinterbänkler brächten ihre Empörung zum Ausdruck, nachgereichte Rache für hartnäckige Fragen zu nachtschlafener Zeit oder im Gegenteil dafür, dass sie nie gefragt worden waren. Vielleicht würde ein vorgesetzter Kopf rollen, einer aus den Aufsichtsgremien träte symbolisch zurück, um bei vollen Bezügen eine Anstandsfrist lang auf den nächsthöheren Posten zu warten. Schließlich würde die Sendeanstalt, öffentlich-rechtlich, wie es so schön hieß, zu seinem offiziellen Rausschmiss noch einmal ihre Bestürzung darüber erklären, dass man jemanden wie ihn so lange in einer derart wichtigen Position belassen habe, wo doch jeder, der in letzter Zeit seinen Moderationen zugehört habe, hätte wissen können, dass er längst abgedriftet sei in eine Richtung, für die es im Sender definitiv keinen Platz gebe.

… Laber Rhabarber. Siebenstädter saß in der Straßenbahn, eine hellblaue Einwegmaske vor Nase und Mund, roch den eigenen Atem, Kaffee und Pfefferminz. Drei Plätze vor ihm stank einer nach Schnaps, dagegen halfen die Masken nicht – Aerosole auch das. »Denken Sie an Alkohol, Knoblauch, Schweiß«, hatte Prof. Garbsen zu Beginn der Pandemie in einem Interview gesagt, um ihm stellvertretend für die Hörer zu verdeutlichen, wie man sich die Übertragung vorstellen musste: als schlechten Atem.

Die Bahn bog scharf nach rechts, die Bahn war grellgelb lackiert, die Bahn fuhr Werbung für Gorbatschows Wodka. *Gedenkstätte Berliner Mauer*. Heute vor einunddreißig Jahren war sie gefallen, »Sind Sie der Meinung, dass die Demonstration der sogenannten Querdenker, die gestern in Leipzig völlig aus dem Ruder gelaufen ist, tatsächlich irgendetwas mit der friedlichen Revolution von ’89 zu tun hatte?« war seine Frage um sechs Uhr zweiundvierzig an den innenpolitischen Sprecher der Neuen Rechten gewesen. An die Antwort erinnerte er sich nicht, er vergaß fast alles, was die Leute ihm erzählten, in dem Moment, wo das Gespräch endete. *Bernauer Straße.* Eine Schulklasse auf pädagogisch wertvollem Wandertag, Touristenspaziergänge vor dekorativ verrosteten Betroffenheitsinstallationen. Draußen an der frischen Luft sind sie vor Infektionen geschützt, hatte es im Frühjahr geheißen, inzwischen galten Jugendliche in Parks als Gefährder. Umsteigemöglichkeit in die U8, falls er nach Kreuzberg wollte oder – in entgegengesetzter Richtung – nach Wedding. Beiderseits fing nach ein paar Stationen der Orient an, Kopftuchfrauen und Shishabars, Erdoğan-Wähler, Clankriminelle. *Wolliner Straße.* Dekorativ verklinkerte Nachwendehäuser, letzte Brachen, Biomärkte, Flohmarktgelände. Die Bahn fuhr stockend, musste sich bis zur nächsten Ampel ihre Spur mit den Autos teilen. *Friedrich-Ludwig-Jahn-Sportpark.* Die Türen öffneten, die Türen schlossen sich, Ausstiege, Einstiege. Auf dieser Strecke waren nur neue Züge unterwegs, breiter und tiefer, weniger rappelig als die Vorgängermodelle, angenehmere Sitzabstände, außerdem gut klimatisiert. Seit die Erderwärmung im Sommer die Temperaturen zu immer neuen Höchstwerten trieb, spielte auch das eine Rolle. Vor dem evangelischen Altenheim waren Leute in Rollstühlen abgestellt, damit sie rauchen, frische Luft schnappen konnten. *Eberswalder Straße.*

Er war nicht ausgerastet, weder hatte er den stinkenden Trinker angeschrien, dessen Maske unterhalb des Kinns hing, noch den Hipster-bärtigen Araber oder Türken, der breitbeinig zwei Plätze in Anspruch nahm und alle mit seinem dudelnden Handy terrorisierte, mit dem Kopf gegen die Scheibe geschlagen, bis Blut und Gehirn ausliefen. Es waren immer nur Bilder, das Synapsenkino im Kopf, Gewaltfantasien, Metzelvisionen. Im wirklichen Leben, ganz gleich, ob sich jemand an der Supermarktkasse an ihm vorbeidrängte, ihn beleidigte, weil er seinen Hund ohne Leine auf dem Bürgersteig laufen ließ, hatte er Mühe, sich zu wehren, auf seinem Recht zu beharren. Er war schwach auf die Welt gekommen, zu kraftlos, um irgendetwas entschlossen zu tun, rutschte von dieser Entscheidung in jene, ohne zu wissen, wie man eine zurücknahm, die sich als falsch herausgestellt hatte.

Husemannstraße. Rechts das *Paparazzi*, der einzige Italiener im Osten der Stadt, den es schon zu DDR-Zeiten gegeben hatte, vietnamesische Restaurants, Outdoorläden, Burgerbratereien; seit die Polizei den Druck auf die libanesischen Clans in deren Kerngebieten erhöhte, eröffneten sie eben hier ihre Barbershops, Shishabars, Sportwettenläden.

In zwanzig Minuten war er zu Hause, bei der Frau, mit der er sein Leben teilte, Mutter seiner Tochter, Miteigentümerin des Labradorrüden »Tibor«. Siebenstädter freute sich nicht, freute sich überhaupt nur noch selten. Er hatte Irene geheiratet, weil sie schwanger gewesen war, nachdem er sich dazu hatte hinreißen lassen, mit ihr zu schlafen, obwohl er innerlich längst fort war, aber die Worte nicht fand, mit denen man eine Liebe beendete: *Es ist aus*. Er hatte ein Kind gezeugt, versehentlich, es war eben passiert, wie alles irgendwie passierte. Dort wo er herkam, übernahm man die Verantwortung für *die Schwachheit des Fleisches*. So hatten die Landpfarrer dergleichen Vergehen in ihren Sonntagspredigten noch genannt, als die Gleichaltrigen in Köln, Hamburg, Berlin sich längst ohne Hemmungen vom Establishment frei vögelten. Weder ließ man Kinder wegmachen, noch verabschiedete man sich mit: *Es tut mir leid, es war nicht persönlich gemeint, dein Bauch, dein Kind, deine Sache*. Schon damals hätte er schreien, schlagen, töten wollen, ohne zu wissen, wen. Stattdessen hatte er ordnungsgemäß zu spät einen Antrag gemacht, bei der Mutter seiner vor der Zeit fruchtbar gewordenen Braut, denn der Vater, der dort, in der rheinischen Provinz, noch immer symbolisch die Hand seiner Tochter vergab, war tot. Irenes Mutter, vorzeitig gealtert, hatte die Stirn gerunzelt, »Drei-Monats-Kind« gemurmelt, »Wie gut, dass der Papa es nicht mehr erfährt« und zum Schluss: »Besser, als wenn sie es allein aufziehen muss.« *Und wenn sie nicht gestorben sind, bis dass der Tod euch scheidet, lachenden Munds*. Frau Schilling, die Tontechnikerin, mit der er damals am liebsten gearbeitet hatte, befand, als er mit der Nachricht ins Studio kam: »Sie sehen nicht aus, als wären Sie glücklich.« »Zu spät«, hatte er gedacht, »Ja und wenn schon«, hatte er gedacht, aber gesagt hatte er: »Das täuscht, Frau Schilling, Irene ist eine wunderbare Frau, mit der ich mir jetzt eine bürgerliche Existenz aufbaue, wie ich es immer wollte: Kinder, ein Haus mit Garten, gemeinsamer Urlaub am Meer – man kann ja nicht ewig in Provisorien leben.«

»Du bist jetzt *ein verheirateter Mann*«, hatte sein Vater am Abend der Hochzeit gesagt, ihm die Hand auf die Schulter gelegt, erstmals beinahe von gleich zu gleich, und: »Die Hörner hast du dir ja lange genug abgestoßen.«

»Ich bin *ein verheirateter Mann*«, sprach Siebenstädter sich selbst noch immer gelegentlich vor und erkannte den Menschen nicht, der vor dem Badspiegel stand und diesen ganz und gar falschen, gleichwohl der Faktenlage entsprechenden Satz formulierte. Die *»Ja«-Wörter*, erst vor dem Standesbeamten, dann vor dem Pfarrer, vor Zeugen, Verwandten, Freunden, Kollegen hatten seinen Aggregatzustand verändert, zwei Buchstaben hatten gereicht, um die künstlich verlängerte Jugend ein für alle Mal enden zu lassen. Seitdem gehörte er zu den Erwachsenen, zu denen, die wussten, wie man mit Autohändlern verhandelte, dem Fliesenleger erklärte, was er zu tun hatte, ein Kreditgespräch führte, daran änderte auch der Drei-Tage-Bart nichts, das letzte Zeichen seiner ewigen Jugend.

Ganz gleich, wie oft er sich klarzumachen versuchte, dass diese Kleinbürgervorstellungen, die er vor fünfundzwanzig Jahren aus der Provinz in die Hauptstadt mitgebracht hatte, ganz und gar vorgestrig waren, dass kein vernünftiger Mensch heutzutage einen Goldring am rechten Ringfinger zu einer Sache auf Leben und Tod aufblies, es drang nicht durch zu dem Punkt, an dem sich der Knoten gelöst hätte, und ein Schwert, um ihn mit einem verächtlichen Hieb durchzuhauen, stand nicht zur Verfügung, *durch meine Schuld, durch meine Schuld, durch meine große Schuld*: Sie war unauslöschlich eingebrannt, seine Sündhaftigkeit, Verworfenheit, Niedertracht, ein suppendes Wundmal, das nicht abheilte, immer neu aufbrach, eiterte, stank. Selbst wenn es ihm gelungen wäre, sich an alle Regeln von Sitte, Anstand, Moral zu halten, hätte es nichts geändert.

Bevor Siebenstädter nach der Hochzeit zum ersten Mal wieder in den Sender gegangen war, hatte er bei einem angesagten Herrenausstatter Anzüge gekauft, drei Stück, dazu weiße und hellblaue Hemden, beste Baumwolle, *easy iron*, rahmengenähte Schuhe, *Crockett & Jones*, Full-Brogue Oxfords in Schwarz und in Braun, das Paar zu sechshundert Euro. Seit mehr als dreizehn Jahren verließ er jetzt morgens um vier, gekleidet wie einer, der sich auskannte, souverän, weltläufig, erst die Wohnung, inzwischen sein Haus. Die Verkäuferinnen im Backshop, *Bahnhof Friedrichstraße*, behandelten ihn mit Respekt, wenn er seine Croissants bezahlte, den Betrag möglichst passend mit der Hand, an der sein Goldring glänzte, auf den Verkaufstresen legte: Kurt Siebenstädter – *ein verheirateter Mann*. Wenn eine hübsch war, ihm einen vielversprechenden Blick zuwarf, stellte er sich vor, wie es wäre, eine schmutzige kleine Affäre mit ihr zu haben, ein oder zwei Mal pro Woche ein verkommener Fick im *Albrechtshof*, dem spießigsten Hotel weit und breit, denn natürlich kannte er sich mit nichts aus, verdiente er keinerlei Respekt, mit zwanzig so wenig wie mit dreißig und jetzt mit einundfünfzig immer noch nicht. Dass er ein verheirateter Mann war, änderte nichts an dem fahlen Hunger nach verbotener Haut, fremdem Fleisch, dem er nachgab, wenn sich die Gelegenheit ergab. *Einstweilen bin ich nicht für Treue, sondern für gute Regie.* Er kaufte die Insignien des guten Geschmacks, imitierte die Manieren der besseren Kreise und verriet doch in jeder Geste seine Kleinbürgerherkunft. Was auch immer er anstellte, er blieb ein Hochstapler, Falschspieler, der mit geschliffenen Formulierungen den Eindruck erweckte, hinter das Gerede, Geschwafel, Gelaber der anderen zu schauen, einer, der mit Hilfe seiner begrenzten Spezialintelligenz Phrasen sezierte, Worthülsen zum Platzen brachte. Die eine Hälfte der Hörer liebte ihn dafür, dass er es denen da oben allmorgendlich zeigte, die anderen hassten ihn, weil er keinen Respekt zeigte, vor niemandem, ganz gleich, ob einer sich Minister, Kardinal oder Verbandspräsident schimpfte. Dabei hatte er lediglich einen mittelmäßigen Abschluss in Politikwissenschaft, der zu keinerlei Hoffnungen berechtigt hätte, wäre er nicht mit der Gabe der Rede zur Welt gekommen – einem Talent, das einem, wenn das Schicksal es wollte, seit den Tagen der alten Griechen fast jede Karriere eröffnete. Er hatte Glück gehabt, zwei oder drei Mal zur richtigen Zeit die richtigen

Leute getroffen, die passende Mischung aus Scharfzüngigkeit und verkappter Anbiederung gezeigt. »Herr Siebenstädter, jemand wie Sie, das ist genau, was wir brauchen im *Magazin am Morgen*: Einer, der sich nicht die Butter vom Brot nehmen lässt, egal wer am anderen Ende der Leitung hockt, schließlich trägt er doch auch bloß zerknitterte Boxershorts unter seinem Brioni.« Sonst stünde er jetzt neben dem *Kaufhof*, würde unter den verächtlichen Blicken veganer Gymnasiastinnen, dem Gelächter gelackter BWL-Studenten den letzten verbliebenen Hausfrauen in Mainz oder Kaiserslautern rasiermesserscharfe Gurkenhobel aus bestem Solinger Stahl anpreisen, Pfannen mit Weltraumbeschichtung, würde auf den Weihnachtsfeiern rheinhessischer Mittelständler die Erfolgsbilanz des zurückliegenden Jahres aufsagen, als wären es Nikolaus-Gedichte, dem abgehalfterten Schlagersänger und Stargast des Abends einen donnernden Applaus aus dem Publikum leiern.

So weit war es nicht gekommen, er galt als kompetent und unerbittlich, seine Fragen waren gnadenlos. Regelmäßig kamen Beschwerden von Abgeordneten, Parteivorsitzenden, Mandatsträgern, Kommentarschreibern. Die einen beschuldigten ihn, ein verkappter Rechter zu sein, die Nächsten hielten ihn für linksextrem, er galt als Kapitalismuskritiker, Kirchenfeind, Islamhasser, Frauenverächter – alle hatten recht und unrecht. In Wahrheit glaubte er nichts und letztlich nicht einmal das. Was nach seiner Überzeugung aussah, hielt gerade so lange, wie der

Gesprächspartner am anderen Ende der Leitung mit albernen Mätzchen versuchte, ihm, stellvertretend für Parteigänger und Gegner, Gläubige und Ungläubige, rhetorische Pirouetten als politische Agenda zu verkaufen. An guten Tagen redete er sich ein, dass er die Stimme des Volkes sei, mit der es seine Vertreter befragte, weshalb er das Recht hatte zu erfahren, wie der Gesundheitsminister dafür sorgen wollte, dass der in Deutschland entwickelte Impfstoff den deutschen Steuerzahlern als Erstes gespritzt wurde; warum das europäische Parlament den Polen, den Ungarn nicht endlich den Geldhahn zudrehte, wenn man sich dort weder an die Prinzipien des Rechtsstaats hielt, noch die Presse- und Meinungsfreiheit respektierte; weshalb der Prozess gegen den deutschen ISIS-Chef, Abu Walaa, 9,3 Millionen kosten durfte, statt dass der Innenminister einfach ein Flugzeug charterte, ihn in Bagdad absetzte, wo die Gefängnisse ungemütlich waren, die Ermittler Techniken für ergebnisorientierte Verhöre beherrschten, die Urteile zügig vollstreckt wurden.

Es klang wichtig, wenn er den Mund aufmachte, unnachgiebig und unbestechlich, doch in Wirklichkeit bedeutete es nichts, war das Fragespiel längst zum sinnfreien Ritual verkommen, Demokratietheater, um den Schein zu wahren, dass es ein Volk gab, das seine Vertreter wählte, und dass es Vertreter gab, die sich den Interessen des Volkes verpflichtet fühlten. Seine Darbietung als Radiotribun war überzeugend, er merkte es daran, dass die Interviewpartner am Mikrofon auf der gegenüberliegenden Seite des

Tischs oder am anderen Ende der Leitung nach wie vor auf seine Fragen hin stockten, sich Blößen gaben, aus der Rolle fielen. Es gelang ihm noch immer, sie ungerührt ins offene Messer laufen zu lassen. Trotzdem waren die hohen Damen und Herren jedweder Parteizugehörigkeit gekränkt, wenn er sie nicht einlud, sich morgens um fünf von ihm bloßstellen, demütigen, zum Hanswurst machen zu lassen. Wie jeder gute Schauspieler glaubte er das, was er spielte, so lange, wie die Vorstellung dauerte, und wusste doch, dass er in Wirklichkeit nichts anderes war als die systemimmanente Simulation einer kritischen Stimme, um die Verhältnisse zu stabilisieren.

Laber Rhabarber ... An dieser Stimme hatte Irene ihn erkannt, vor fünfzehn Jahren, auf dem 40. Geburtstag des Hauptstadtkorrespondenten der *Rheinpfalz*, Bernd Breker, dessen damalige Freundin – inzwischen schon wieder geschiedene Frau – ihre beste Freundin gewesen war. Sie kannten sich aus der Schule, waren zusammen das dekorative Element der Versammlung gewesen, die ansonsten zu vier Fünfteln aus Herren mittleren Alters bestanden hatte. Er war mit Brennecke vom *Berlinspiegel* über irgendetwas im Gespräch gewesen, hatte plötzlich ihre Augen gesehen, die an seinen Lippen hingen, als wären die Bewegungen seines Mundes ein Naturschauspiel, schön und unwiderstehlich. Ungläubiges Staunen hatte in ihrem Blick gelegen, sich mit Erkennen, Bewunderung, Zweifel abgewechselt. Natürlich fühlte er sich geschmeichelt, dass er ihr gefiel, stellte sich gerader, aufrechter hin, machte die

Schultern breiter, und für kurze Zeit war die als Zynismus getarnte Verachtung, die er sich selbst gegenüber empfand, von ihm abgefallen.

Befeuert von ihrem Leuchten und dem erstklassigen Rotwein hatte er immer brillantere Gedankengänge immer glänzender formuliert, war emporgehoben worden von der Möglichkeit, eine schöne, deutlich jüngere Frau, die einzige weit und breit, die zu haben war, durch den Klang seiner Stimme, die Macht seiner Worte erst in seinen Bann und dann in sein Bett zu ziehen. Während er redete und trank, trank und redete, sich zu immer kühneren Thesen aufschwang, trafen sich ihre Blicke immer öfter, hielten sich gegenseitig fest, Brennecke wurde zur leeren Fläche, die nur dazu diente, ihm die eigenen Bälle für einen noch brillanteren Schlag vor die Füße zu spielen. Um seine Mundwinkel kräuselte sich ein Lächeln, vieldeutig, ironisch, galt ausschließlich ihr, denn die Nacht war lang und voller Versprechungen. Während er sich darüber ausließ, dass bei VW derselbe Vorstand, der im Auftrag des Kanzlers die Sozialhilfe abschaffte, Puffbesuche mit Geschäftspartnern als Spesen verbucht hatte, stellte er sich die Form ihrer Brüste vor, die Gestalt der Warzen, klein und mit dunklem Vorhof, malte sich die Festigkeit ihrer Schenkel aus, wie ihr Apfelarsch in seiner Hand lag. Schließlich, als könnte sie hinter seine Stirn blicken, seine Gedanken lesen, trat sie den letzten Schritt auf ihn zu, unterbrach Brennecke, der stolz und eine Spur zu laut erklärte, dass er es abgelehnt hatte, ein Exklusivinterview mit einer dieser Volkswagenvorstandsnutten zu drucken, »Entschuldigung, ich muss jetzt doch mal fragen: Kann es sein, dass ich Sie aus dem Radio kenne – das *Magazin am Morgen*?« »Wir siezen uns hier doch nicht«, hatte er gesagt und sich umgeschaut, wer sonst von den Kollegen, Parteiführern in der Nähe war, gesehen, gehört hatte, dass die jüngste und schönste Frau im Raum, vielversprechend in jeder Hinsicht, ihn an der Stimme erkannt hatte. Es war nicht das erste Mal, dass ihm so etwas passierte, aber jetzt stand er unter Kollegen, Konkurrenten, den Großschreiberlingen, deren Meinungen die Geschicke des Landes bestimmten, doch es war nicht die Brillanz ihrer Analysen, der Scharfsinn ihrer Prognosen, sondern seine Stimme, die den entscheidenden Faktor für den heutigen Ausgang des Paarungsspiels gab. Es würde sein Renommee unter den Korrespondenten, Redakteuren, Parteisprechern der Hauptstadt beträchtlich erhöhen, denn, ganz gleich was wer-weiß-wo behauptet wurde, natürlich ging es immer um Frauen – die Frauen kürten den Platzhirsch. »Irene«, stellte sie sich vor, und er erschrak einen Sekundenbruchteil, als er den Namen hörte – eine heilige Witwe aus spätrömischer Zeit, mildtätig, bescheiden, fromm. Die bigotte Schwester seines Vaters war nach ihr benannt worden. Gern hätte er eine *Jeanne*, eine *Catherine* oder eine *Juliette* mit nach Hause genommen, zumal sie aussah wie eine Französin, Sophie Marceau mit der Frisur von Mireille Mathieu, »La Boum« und der »Spatz von Paris«. Sie wirkte ähnlich kokett, ein bisschen naiv und auf nachlässige Art elegant – wie er es einer Frau namens »Irene« keinesfalls zugetraut hätte. Gemeinsam bewegten sie sich in eine ruhigere Ecke, um ungestört zu reden. Er war witzig, charmant, weder hochtrabend noch anzüglich, sorgte dafür, dass sie immer genug zu trinken bekam, interessierte sich für sie, hörte ihr aufmerksam zu, denn auch das hatte er gelernt: Wenn es sachdienlich war, die Klappe zu halten, das Gefühl zu vermitteln, die, mit der er sprach, sei das Zentrum der Welt. Und Irene wollte erzählen, ihm, dem bekannten Radiomann, dessen Stimme etwas in ihr in Schwingung versetzte, dessen boshafter Witz sie zum Lachen brachte. Er wunderte sich, wie viel sie von ihm wusste, wo er doch nie über sich sprach, doch er verriet sich in jeder Frage, jeder Hebung und Senkung seiner Stimme. Aus der Art, wie er seine Sätze modellierte, mit diesem Schuss Dunkelheit, der sich halb seinem Timbre, halb der Düsternis in den unteren Seelenlagen verdankte, hatte sie über Monate, Jahre ihre Schlüsse gezogen. Und jetzt befragte er sie, mit dieser berühmten Stimme, auf eine Weise, wie er sonst nie Leute fragte: Wo sie herkam, wohin sie wollte, wer sie war? Die Art, wie sie ihn anschaute, gestikulierte, die Hüfte vorschob, ihm das Allerpersönlichste anvertraute, ließ keinen Zweifel daran, dass sie wahrgenommen werden wollte und zwar von ihm, dass sie ihn wollte, als die, die sie war.

Prenzlauer Allee/Danziger Straße. Vietnamesische Schneider, der klassische Grieche, *Gyros, Tsatsiki und Pommes*, ein experimenteller Wohneigentumskomplex,

Kaninchenställe für Besserverdiener, dahinter öffnete sich die Häuserzeile zur Grünanlage, ein paar ältere Bäume, Sträucher, jetzt herbstlich kahl, Wiesen und Hundespaziergänger. Aus den Augenwinkeln erkannte er den Besitzer einer gefleckten Dogge, den er regelmäßig im Volkspark Prenzlauer Berg traf. Dort grüßten sie sich, ohne mehr voneinander zu wissen, als dass sie beide bei schlechtem Wetter Jacken von *Burberry's* trugen und also nicht arm waren. Auf der Plakatwand *Asia Chicken* vom Lieferdienst, die Bundeswehr als Selbstfindungsgruppe, niemand spielte auf der Hockeyanlage, *Winsstraße,* das *Theater unterm Dach*, dahinter drei Wohnmaschinen mit Spielstätte: das letzte städtebauliche Renommierprojekt der untergegangenen DDR. *Greifswalder Straße/Danziger Straße.*

Irenes Vater war Finanzbeamter gewesen, Vollstreckungsstelle, gehobener Dienst, katholisch, pflichtversessen, im Besitz der Wahrheit, Verkörperung der göttlichen Gerechtigkeit, wenn es darum ging, wer Aufschub verdiente, wer gepfändet wurde, bis er selbst aufgrund von Vorteilsnahme im Amt, Unterschlagung, Bestechlichkeit – angeblich wusste niemand, nicht einmal Irenes Mutter, was wirklich passiert war – aus heiterem Himmel vom Dienst suspendiert wurde. Die Untersuchungen zogen sich hin, interne Prüfungen, Verhöre durch Sonderermittler, Einleitung eines Disziplinarverfahrens, und dann die Nacht, als Irene von ihrer Mutter geweckt wurde, der Vater habe sich erhängt, in einem Waldstück oberhalb des Rheins, mit einer Wäscheleine. Die Nachricht hatte Irenes Jugend im Alter von siebzehn Jahren auf einen Schlag abgebrochen. Von heute auf morgen war sie nicht mehr jung, aber doch auch nicht erwachsen, unreif vom Baum gefallen, eine nutzlose Frucht. Dass ihr Vater, bis zu diesem Tag bewunderter und gefürchteter Hüter des in den höchsten Himmel reichenden Gesetzes, nicht nur gegen die heilige Ordnung des Staates verstoßen, sondern sein Leben einfach weggeworfen, keine Liebe für niemanden mehr empfunden hatte, nicht einmal für sein schönes Kind, war ein Schock gewesen, der Irene auch jetzt, sieben Jahre später auf einer ausgelassenen Party im Zentrum der Hauptstadt, noch die Tränen in die Augen trieb. Als ihr dann auf dem Schulhof, im Bus, im Supermarkt statt Trost oder Anteilnahme Hohn und Gehässigkeiten zugeraunt oder nachgebrüllt wurden, waren Irenes Lebensträume, die sie über siebzehn Jahre den Idealen der Eltern nachgeformt hatte, schlagartig in sich zusammengefallen: Dann eben nicht, dann weg von hier, raus aus diesem Kaff, wo alles Lüge, Hohlform, Fassade war. Ihre naive Hoffnung auf die große Liebe, die sie nach Antritt der ersten Studienratsstelle in die ruhigen Bahnen einer Lehrerehe geführt hätte, schlug um in Gier, wurde das Verlangen, sich wegzuwerfen für nichts, alles in jedem Augenblick zu verlieren. Er sah den unbändigen Willen, sich in Lust und Schmerz zu stürzen, während sie immer häufiger die allgemein akzeptierte Minimaldistanz zwischen Erwachsenen unterschritt, ihm die Hand auf den Arm legte, sich an seine Schulter lehnte, ihn mit ihren Blicken aufsaugte, bis er sich selber verschwamm.

Später, als sie zusammen im Taxi saßen, es vor ihrer Haustür halten ließen, sich verabschieden wollten, nicht verabschieden wollten, waren ihre Lippen von seiner Wange auf seinen Mund gerutscht, ihre Zunge hatte seine Zähne auseinandergeschoben, sich den Weg gebahnt, und als der Fahrer sich räusperte, zog sie ihn mit festem Griff an der Hand aus dem Wagen. Er erinnerte sich nicht, wie sie es die Treppe hinauf in ihr WG-Zimmer geschafft hatten, bis sie im Bett landeten, schon ohne Schuhe, Socken und Hosen.

Arnswalder Platz, der Blick auf die aufgepumpten Art-déco-Löwen aus rotem Sandstein, daneben einer dieser grässlichen Spielplätze, auf denen er sechs oder sieben Jahre lang nachmittags seine Zeit totgeschlagen hatte, sinnlose Streitereien mit besseren Müttern und Vätern, als er einer war, über Schaukelreihenfolgen, geliehene Förmchen, Ernährungsfragen ertragen hatte.

Natürlich war er davon ausgegangen, dass Irene die Pille nahm oder irgendein anderes Verhütungsmittel, sie fragte nicht nach einem Kondom, offensichtlich hatte sie auch keins in ihrer Nachttischschublade für genau diese Fälle, die sicher häufiger vorkamen. Erst am anderen Tag, als es schon auf den Nachmittag zuging und er sich, noch immer berauscht, hingerissen von ihrer Haut, ihrem Duft, erneut in sie hineinschob, murmelte sie: »Vielleicht sollten wir doch etwas vorsichtiger sein.«

Irene hatte nie genug bekommen während des ersten Jahres, als sie sich noch darüber einig waren, eine Affäre zu haben, nicht mehr, Siebenstädter, der umstrittene Moderator, Irene, dreizehn Jahre jünger, Referendarin mit den Fächern Deutsch und Geschichte, Aussichten auf eine Beamtenstelle. Ihre Arbeitszeiten vertrugen sich gut, er, seine Stimme, war das Aushängeschild der Frühsendung, auch wenn er sich mit Reisiger abwechselte, ansonsten Arbeit am Schreibtisch, Vorbereitung, Nachbereitung, Zeitungslektüre, Organisatorisches, Absprachen mit den Gesprächspartnern der kommenden Tage, Redaktionskonferenzen. Am frühen Nachmittag fuhr er nach Hause. Auch sie hatte meist gegen drei oder vier Schluss, arbeitete dann an Stundenkonzepten, bereitete Stoffe didaktisch auf.

Wann immer er zu ihr kam oder sie zu ihm in seine DDR-Bonzen-Wohnung am Strausberger Platz mit Blick auf den Brunnen, Margot Honeckers »Brosche« und die Riesenfontäne, waren sie übereinander hergefallen, hatten ganze Tage im Bett verbracht, immer wieder von vorn begonnen, zwischendurch Pizza bestellt, unten im *Noi Quattro* Trüffelnudeln und Seezungen gegessen oder Wiener Schnitzel im *Borchardt*. Irene liebte das *Borchardt*, weil sie dort immer Leute aus Film und Fernsehen erkannte, ihm war es ein Gräuel. Zu keiner Tages- oder Nachtzeit konnte er dort sitzen, ohne auf Bekannte aus Parteien, Redaktionen, Lobbyverbänden zu treffen, mit denen er ein Nicken, einen Spruch, Nettigkeiten, vielleicht den Bruchteil einer Information tauschen musste. Trotzdem ließ er sich breitschlagen, weil er Irenes Begeisterung mochte, ihren Hunger nach mehr, den unbedingten Willen, sich ins Leben zu stürzen, denn das Leben war kurz. Anschließend schleppte sie ihn in angesagte Clubs, das *Cookies*, das *Berghain*, das *WMF*, kannte sämtliche Türsteher, traf überall Freunde. Manchmal ging er direkt von dort in den Sender. Frau Schilling runzelte die Stirn, wenn er rot und grau zur Tür hereinstolperte. »Sie lassen es ja noch mal ganz schön krachen«, sagte sie. Siebenstädter nahm es als Kompliment, fühlte sich jung, obwohl er alt war, zu alt. Irene störte sich nicht daran, im Gegenteil, sie war stolz, mit ihm gesehen zu werden, selbst wenn ihm der Schweiß in Strömen lief, seine Gesichtshaut fleckig, seine Hemden triefnass waren. Oft trafen sie noch wildere Freundinnen, zogen Amphetamine oder Koks durch die Nase, dann wollte Irene, dass er sie auf dem Nachhauseweg in einer dunklen Ecke des Parks nahm, hart und schnell. Alles stand noch einmal auf Anfang, auch wenn seine Prostata schmerzte, mit der Sekretproduktion nicht mehr nachkam, es plötzlich in seiner Brust stach, als würde sein Herz aussetzen. Es gab Tage, da kam er so erschöpft und leer in den Sender, dass Frau Schilling Sorge hatte, er sei ernstlich krank, während Fettkötter von der FDP im Hintergrundgespräch grinste: »Immer noch die falsche Französin von Brekers Geburtstag im Bett?«

Wenn Irene erschöpft war oder er nicht mehr konnte, redete sie, ein ununterbrochener Strom von Worten sprudelte aus ihr heraus, endlose Geschichten von ihrer Familie, von früheren Professoren, Mitstudenten, Freundinnen, Co-Referendaren, grässlichen und genialen Lehrern, dummen und klugen, netten und aufsässigen Schülern. Eigentlich hätte er längst alle kennen müssen, mit denen sie jemals in ihrem Leben zu tun gehabt hatte, doch er vergaß die Namen, sowie sie ihr über die Lippen gingen, verwechselte den untreuen Ehemann der Westerwälder Tante mit dem schmierigen Cousin aus dem Hunsrück, der sich als Alkoholiker entpuppte, hoffte inständig, dass der Kelch an ihm vorüberging, all diesen Leuten vorgestellt zu werden, für die er *der Hauptstädter, der Journalist, der Pressefuzzi aus dem Radio* wäre, bewunderter, beneideter, verachteter B-Promi, der mit den Berühmtheiten des Landes sprach, die Geheimnisse unter den glitzernden Oberflächen von Politik und Showbiz kannte.

Vielleicht war das der entscheidende Fehler bei ihrer ersten Begegnung gewesen, Irene Fragen zu stellen, als wäre sie Ministerpräsidentin, Bischöfin, Deutschlands bekannteste Fernsehkommissarin, ihr das Gefühl zu geben, dass er alles von ihr wissen wollte, jedes ihrer Worte für kostbar hielt. Offenbar hatte sie darin die Blaupause ihres künftigen Zusammenseins gesehen, hatte angenommen, dass er als Radiomoderator seiner ureigenen Natur nach ein unbedingtes Interesse an all ihren Gedanken, Gefühlslagen hatte, dass er immer mehr von ihr wissen wollte. Nachdem er zum Einstieg geglänzt hatte, war er ihr nicht mehr ins Wort gefallen, damals nicht und auch später nie, egal wie weit sie ausholte, in welch entlegene Gegenden ihre Monologe abdrifteten. Durch den Altersunterschied, auch wenn er nur dreizehn Jahre betrug, stand er zwischen den Vätern und ihresgleichen, besetzte Leerstellen und Lücken, die sich unter den Füßen des leblosen Mannes, vereidigten Beamten, Angeklagten, Feiglings an der Wäscheleine aufgetan hatten. Anfangs war es ihm egal gewesen, dass er nicht einfach nur ihr Liebhaber sein konnte, sondern einen Ersatz für alles Mögliche darstellte, das man ihr zu früh genommen hatte, denn zum ersten Mal in seinem Leben lief er über Wochen und Monate in einem Zustand vollkommener Befriedigung durch die Welt. Selbst die totale Erschöpfung war nichts als ein schweres, samtenes Wohlgefühl. Doch allmählich wiederholten sich die Bewegungen, wurde das Unbekannte vertraut, er kannte ihre Schlüsselstellen, Lustpunkte, Reiz-Reaktions-Muster gewöhnte sich an den Duft ihres Haars, des Shampoos, des Deodorants. Die Pheromone im Schweiß, den Geschlechtsflüssigkeiten verloren ihre Wirkung, Irenes Nacktheit wurde so banal wie die aller Frauen vor ihr. Wenn sie aufstand, sah er Dellen im Hüftfleisch, erste Anzeichen von Zellulite, entdeckte eine Dauerfalte zwischen Kinn und Hals. Auf einmal ertappte er sich, wie er sie im Arm hielt, doch mit seinen Gedanken so weit entfernt war, dass er ihre Worte kaum mehr verstand, merkte, dass er einem missglückten Gespräch mit dem Schriftsteller Mross über dessen Zeit bei der Waffen-SS nachsann, während sie einen Wochenendausflug nach Usedom plante, von den Villen in Heringsdorf schwärmte, der Seebrücke in Ahlbeck. Immer öfter stand er unvermittelt auf, ließ sie liegen, als hätte er vergessen, dass sie überhaupt da war, weil er etwas über

Afghanistan nachlesen wollte, ehe er den Generalinspekteur zum Bundeswehreinsatz befragte, stellte fest, dass er sich zu sehr auf Maria Andriessen freute, künftige Führungsfigur vom linken Flügel der Sozialdemokraten, mit wallendem Haar, prallem Hintern, die er zum informellen Gespräch traf. Irene reagierte weder gekränkt noch enttäuscht auf seine nachlassende Lust, geschweige denn, dass sie Eifersucht zeigte, wenn er sich über Maria Andriessens präzise Analysen, ihr hinreißendes Lachen ausließ. Plötzlich war sie erwachsen, vernünftig, brachte ihre eigene Arbeit mit zu ihm in die Wohnung, vertiefte sich in Material zu *Emilia Galotti*, Dokumente zum Schlieffen-Plan, den Laptop auf ihrem Schoß. Sie wollte eine gute, am liebsten eine perfekte Lehrerin werden, keine von diesen unmotivierten, schlecht vorbereiteten Trullas, die ihr während der eigenen Schulzeit den Spaß am Lernen, am Wissen überhaupt verleidet hatten. Sie benahm sich, als wäre ein Schalter umgelegt worden, statt des wilden Lebens, der Ekstasen, Grenzüberschreitungen, gemütliches Beisammensein, trautes Heim, die Liebe in geordneten Bahnen. Auf einmal wollte sie nicht mehr dreimal pro Woche ausgehen, sich in Trancezustände tanzen und trinken, im Dunkel des Friedrichshains ihren Slip beiseiteschieben, seine Hose öffnen, ihn zur Parkbank zerren, auf seinen Schoß steigen, in den wummernden Himmel kommen. Eigentlich war es ihm recht, wäre es ihm recht gewesen, hätte es ihm recht sein können. Er wurde bald vierzig, musste sich nicht länger die Nächte um die Ohren schlagen, hatte sich und ihr und allen anderen bewiesen, dass es noch ging. Längst war seine Müdigkeit zurück und mit ihr der Abscheu vor sabbernder Geilheit, vor von Lustschmerz verzerrten Gesichtern, Körpersäften, seinen und ihren. Irene beklagte sich nicht. Je offensichtlicher sie ihn langweilte, desto mehr fiel sie in die Rolle der treusorgenden Gattin, als wäre das ihr ursprünglicher Zustand. Obwohl sie gar nicht verheiratet waren, übernahm sie das Verhaltensprogramm, das ihre Mutter ihr vorgelebt hatte. Am Wochenende backte sie Kuchen, rollte Rinderrouladen mit Speck, fing an, sich um seine Wäsche zu kümmern. Doch obwohl sie nützlich war, eine spürbare Erleichterung für sein abgewirtschaftetes Junggesellendasein, stieß ihn ihre Hausfraulichkeit ab. Er wollte es ihr sagen, immer wieder, *ich kann diese Nummer nicht, Zweisamkeit mit Gardinen, Topfpflanzen, gestärkten Tischdecken, und ich weiß, wenn ich dich jetzt nicht verlasse, wird es genau darauf hinauslaufen.* Doch statt sich zu trennen von Tisch und Bett, ehe Tisch und Bett aneinandergeleimt waren durch die verdammten *Ja-Wörter*, obwohl er wusste, dass sie weder die Pille nahm noch eine Spirale und auch kein Diaphragma benutzte, kam er schutzlos in ihr, als wäre das Ganze eine Art Russisch Roulette, nur dass er statt einer tödlichen Kugel bei fünf leeren Fächern ein neues Leben auf eine Handvoll Schüsse riskierte. Wenn es vorbei war, fragte er sich, was zur Hölle ihn umtrieb, während er auf der verschwitzten Matratze lag, an die Decke starrte, sein überschüssiger Samen aus Irene in die

Kloschüssel tropfte, achtlos hinuntergespült wurde. Er beschloss, sich zusammenzureißen, morgen, nächste Woche endgültig die Trennung einzuleiten, und dann war es doch wieder passiert, nur diesmal ertönte statt des hohlen, tonlosen »Klack«, wenn der Schlagbolzen ins leere Patronenfach traf, ein Knall: »Ich bin schwanger.« Er spürte, wie seine Züge unter dem Aufprall der Worte verrutschten, eine passende Antwort fiel ihm nicht ein. »Ich habe heute Morgen einen Test gemacht«, sagte sie und ihre Stimme klang ernst. Er war sicher, *eine klammheimliche Freude* zu hören. »Ich will es behalten«, sagte sie, und »Natürlich bist du zu nichts verpflichtet.« Plötzlich war sie tatsächlich erwachsen, endgültig nicht mehr das enthemmte Mädchen aus den französischen Filmen, das die Hauptstadtnächte durchgetanzt, sich diesem und jenem an den Hals geworfen hatte, wegen der Flüchtigkeit des Moments, der Unhaltbarkeit von allem in einer Welt ohne festen Grund. Eine vorläufig undefinierte Ansammlung exponentiell wachsender Zellen in ihrem Bauch hatte sie endgültig vom Kopf zurück auf die Füße gestellt. Ab jetzt sprach eine Frau, die in der Lage war, einen Haushalt zu führen, bei der es zu Ostern gefärbte Eier, an Weihnachten Vanillekipferl, Zimtsterne, Kokosmakronen geben würde: »Ich schaffe das auch allein, wenn du nicht willst.« Er schüttelte den Kopf, wusste, dass sie, allen gegenteiligen Beteuerungen zum Trotz, schon lange sicher gewesen war, dass er genau so den Kopf schütteln würde, wenn sie ihm eines Tages die Nachricht seiner heraufziehenden Vaterschaft überbrächte. Irene hatte keinen Zweifel gehabt, dass Siebenstädter der Vater des Kindes – seines Kindes – sein wollte, dass er nicht mehr davonlaufen würde, wie er es immer getan hatte, sobald es ernst geworden war, in den vergangenen zwanzig Jahren. Es war eine Falle, hatte er gedacht, mit den Achseln gezuckt, Irene hatte ihn mit voller Absicht hineingelockt, es war der älteste Trick der Frauen und noch immer verfehlte er seine Wirkung nicht: *Ich trage deinen Stammhalter in mir, den Erben deines Namens, der den Fortbestand deiner Sippschaft sichert.* Er hätte es wissen können, wissen müssen, wenn er ehrlich war, hatte er es gewusst und sich immer wieder mit halber Absicht hinuntergebeugt, am duftenden Köder geschnuppert, bis die gespannte Feder sich schließlich löste, der Bügel umschlug, heruntersauste und ihm das Genick brach. Vielleicht war es die einzige Chance, der einzige Weg, der Sinnlosigkeit des Geredes, der schmierigen Unwiderstehlichkeit seiner Stimme ein Ende zu setzen, sie gegen ein wirkliches Leben zu tauschen, in dem auf das, was er sagte, nicht die Programmvorschau, Musik oder Nachrichten folgten, sondern etwas Echtes: Taten, Handgriffe, Geburt, Windeleimer, Magen-Darm-Grippe, der Erwerb eines Hauses, die Wahl eines Doppelbetts, einer Einbauküche. Damals hatte Siebenstädter in besseren Augenblicken gedacht, geglaubt, gehofft, dass all das die Leere vertreiben würde, doch die Leere war älter und größer gewesen, Wickeltaschen, Rasenmäher, Küchenmaschinen schrumpften zu Spielzeug, wurden buntes Konfetti, sobald sie in den Hohlraum seines Inneren stürzten, im endlosen Schwarz aufgingen. Er schüttelte bloß noch den Kopf, dass er wochen- und monatelang so naiv hatte sein können, Glockengeläute, Weihrauch, einen Wiener Walzer vom Band für die Wende von allem zu halten.

Kniprodestraße/ Danziger Straße. Er stand auf, drückte den Halteknopf, sah, wie am hinteren Ende der Bahn Bernd Kessler an die Tür trat. Kessler wohnte schon lange hier in der Gegend, war vor Kurzem als Chefredakteur zur *Hauptstadtzeitung* gewechselt, deren neuer Besitzer, Fred Hohmann, hatte ihn bei der *Rundschau* abgeworben. Es war ein Coup gewesen, gefolgt von Gerede, Spekulationen, Respekt und Gespött. Noch immer wusste niemand, wohin Hohmann, branchenfremder Hightech-Milliardär mit Stasi-Verwicklung, deren Skandalisierung er achselzuckend ausgesessen hatte, die Zeitung führen wollte. Mal klang er wie ein Altsozialist, der Schnipsel von SED-Programmen für die Netzgeneration arrangierte, dann wieder schien er mit Ideen der Neuen Rechten zu sympathisieren, einschließlich vulgärer Elitenkritik. Zwar ließ er die Pandemie nicht zur Erfindung des *medizinisch-industriellen Komplexes* erklären und hatte sich große Mühe gegeben, die These, das Virus sei bei einem Unfall im Institut für Virologie in Wuhan freigesetzt worden, absurd erscheinen zu lassen, aber in der *Hauptstadtzeitung* waren auffällig viele kritische Stimmen zum Virus und den Eindämmungsmaßnahmen versammelt. Populärphilosophen erkannten angesichts der Beschränkungen,

Schließungen, Quarantänen den ewigen Willen der Deutschen zu Gehorsam, Unterwerfung, Duckmäuserei. Hohmann selbst blieb konsequent schwammig, »Die Redaktion ist frei« ließ er verlauten und erklärte drei Sätze später: »Wir müssen weg von Gesinnungsclustern für geschlossene Gruppen, stattdessen wieder breitere Diskussionen führen.« Mit Kessler, der für scharfe Analysen, dezidierte Ansichten, knallige Pointen stand, hatte er sich ein unumstritten umstrittenes Kampfschwein geholt. Kessler selbst sah aus wie ein Stabsoffizier im Urlaub, sein dichtes, dickes, angegrautes Haar ließ er zu einer kantigen Bürste scheren, er war der Letzte im Pressepulk, der eine randlose Brille trug, Markenzeichen der Intelligenzija zu Beginn des Jahrtausends, ehe immer neue Retrowellen selbst beim Sehhilfendesign den Aufstieg eines sentimentalen Neokonservatismus markiert hatten. Sie waren zur selben Zeit in die Hauptstadt gekommen, Ende der 90er Jahre, als klar war, dass der Rest des Landes fortan Provinz sein würde. Viele hatten seitdem hier ihr Glück versucht, waren hoch gehandelt und stillschweigend abserviert worden. Sie beide waren immer noch da, hatten sich behauptet, jeder in seinem Segment, und sie mochten sich nicht. Kessler machte keinen Hehl daraus, dass er als Leitartikler und Seite-drei-Schreiber einen Radiojournalisten, der immer nur Fragen stellte, statt der politischen Klasse Tag für Tag und für alle nachlesbar ihre intellektuelle Dürftigkeit schriftlich zu geben, nicht für satisfaktionsfähig hielt.

Die Bahn hielt, die Türen wurden geöffnet. Kessler wandte sich nach links, Siebenstädter ging rechts, so mussten sie sich weder grüßen noch absichtsvoll übersehen. Er zog sich die Maske vom Gesicht, stopfte sie in seine Jackentasche, war froh, durchatmen zu können, dem eigenen Mundgeruch zu entkommen, überquerte zügig die Straße. Schweißtropfen traten ihm auf die Stirn, binnen weniger Sekunden klebte das Unterhemd an der Haut, er überlegte, die Jacke auszuziehen und über dem Arm zu tragen, entschied sich dagegen, weil es unpraktisch war und nach Studienrat aussah. Ein Stabsoffizier und ein Studienrat auf dem Weg nach Hause. Dass er schnell und stark schwitzte, hatte nichts mit dem Alter zu tun. Er gehörte dem blonden nordeuropäischen Phänotyp an, Selektionsprodukt der letzten Eiszeit, nicht ausgelegt für mediterrane oder subtropische Temperaturen, daran änderte auch seine Italienverklärung nichts. Zeitlebens hatte er vom Süden geträumt, Arkadien, Zypressen, Oliven, das Meer, war Wilhelm Meister, Eichendorffs Taugenichts, den Rimini-Campern aus Bottrop gefolgt, auf der Flucht vor Pflicht und Fleiß, Härte und Treue, Sitte und Anstand, getrieben von der Sehnsucht nach leichterem Leben, besserem Essen, schöneren Frauen. Doch jetzt, wo der Süden sich immer weiter dem Norden entgegenstreckte, war es ihm auf einmal zu warm. Der November, schrecklichster Monat des Jahres, voll vergessener Toter, nasskalter Gespenster, versuchte sich als Wiedergänger des Frühlings, entlaubte Sträucher schlugen aus, Kirschbäume blühten. Es hatte seit Wochen nicht richtig geregnet, im Osten war der Boden bis in zehn Meter Tiefe durchgetrocknet, die Wälder verdorrten, starben, wenn sie nicht gleich abgefackelt wurden. Letztes Jahr hatten tagelang Rauchschwaden von Waldbränden, dreißig Kilometer entfernt, in den Straßen gehangen. Er war vom scharfen Geruch aus dem Tiefschlaf gerissen worden, in den Garten gelaufen, hatte geschaut, ob sein eigenes Haus oder eins der Nachbarn in Flammen stand. Seitdem sah er Bilder, Berichte von Feuerwänden, Gluthöllen in Kalifornien, Australien, Sibirien mit anderen Augen. Vor zwanzig Jahren, als er hierhergezogen war, hatte ihm einer erzählt, die Grenze zwischen atlantischem und kontinentalem Klima verlaufe mitten durch Berlin, genau dort, wo die Mauer gestanden habe. Er hatte es für einen schlechten Witz gehalten, sich meteorologische Karten beschafft und tatsächlich: Die kontinentale Zone begann im märkischen Sand, zog sich über Tausende Kilometer sibirischer Steppen bis zum Japanischen Meer. Jetzt wurden die Steppen zu Wüsten und das Grasland versteppte, zwei, drei weitere Sommer wie die beiden letzten und die brandenburgischen Bauern mussten von Pferden und Rindern auf Kamele und Ziegen umsatteln. Siebenstädter starrte mehrmals täglich auf seine Wetter-App, es war fast schon eine Manie, hoffte auf Tiefdruckgebiete, auf fallende Temperaturen, lang anhaltende Niederschläge, doch da war nichts dergleichen in Sicht. Beim Anblick der kleinen Sonnen auf dem Display fühlte er sich schuldig, weil er nach wie vor täglich heiß duschte, eine Espressomaschine mit Kapseln benutzte, im

Winter abends sein Kaminfeuer schürte und noch immer am liebsten Filetsteak aß.

Vielleicht gab es auch gar keine Zusammenhänge, all das war nur eine vorübergehende Laune der Natur, Folge verstärkter Sonnensturmaktivitäten, systemimmanenter Aufschaukelungskreise. Mitte des 16. Jahrhunderts war es so heiß gewesen, dass die Flussbetten von Rhein und Donau vollständig trocken gelegen hatten, einmal war elf Monate lang kein Tropfen Regen gefallen, Bauern waren auf den Feldern zusammengebrochen, Zehntausende an Hunger und Durst gestorben. *Wann wird's mal wieder richtig Sommer/ ein Sommer wie er früher einmal war?/ Und was wir da für Hitzewellen hatten,/ Pulloverfabrikanten gingen ein/ da gab es bis zu vierzig Grad im Schatten,/ wir mussten mit dem Wasser sparsam sein.* Das Lied war eine der Hymnen seiner Kindheit gewesen. Wenn es im Radio lief, während endloser Autofahrten durch strömenden Regen zur Nordsee, hatte er aus vollem Hals mitgesungen. Seine Erinnerung bestand aus langweiligen Sommerferien in Kinderzimmern, in Aufenthaltsräumen von Jugendherbergen, Pensionen, schlechten Hotels, während das Wasser die Fensterscheiben hinunterlief. So lange war das doch noch gar nicht her. Vor sieben oder acht Jahren hatte in Berlin von Weihnachten bis Ende April Schnee gelegen. Er wusste es, weil Nora mit dem Schlitten im Friedrichshain aus voller Fahrt gegen einen Baumstamm gekracht war, sich die Lippe gespalten hatte, in der Notaufnahme genäht werden musste. Auch in den Wintern davor waren sie

Schlitten gefahren, hatte er seine Pelzkappe, die Schaffelljacke getragen, und trotzdem gefroren. Nur Tibor war nie kalt gewesen, er hatte den Schnee verkläfft, in den Schnee gebissen, sich im Schnee gewälzt. Was bedeuteten zwei oder drei Dekaden Wärme in Erdzeitaltern, die nach Jahrmillionen bemessen wurden. Miozän, Pliozän, Pleistozän, Holozän, mittlerweile hatten sie das Anthropozän ausgerufen – ein Name, der Selbsthass und Größenwahn seiner Artgenossen in sich vereinte.

Eine nicht ganz junge Mutter mit Zwillingskinderwagen kam ihm entgegen. Sie trug eine FFP2-Maske, eines dieser Dinger, durch die man keine Luft bekam, weil ihr Vlies für Schweißer, Steinmetze, Straßenarbeiter zum Schutz vor Staublungen entwickelt worden war. Schon von Weitem fixierte sie ihn, hielt ihren Blick starr auf seine Augen gerichtet. Außer ihnen war weit und breit kein Mensch auf der Straße. Siebenstädter sah Empörung, sah Angst, sah Hass, spürte, wie seine Mundwinkel zuckten, seine Zunge Laute zu formen begann: *Machen Sie sich keine Sorgen, junge Frau, das Leben auf diesem Planeten wird weitergehen, mit oder ohne uns, Sie und mich, so wie es weitergegangen ist, als die glühende Lava des Vesuvs Pompeii begraben, die Pest zwei Drittel aller Bewohner Europas hinweggerafft hat, nicht anders war es nach dem Ersten, nach dem Zweiten Weltkrieg, Enden sind Anfänge, einige bleiben immer auf der Strecke,* natürliche Auslese *nennt es die Biologie, der Ökonom spricht von* Gesundschrumpfungsprozessen, *schauen Sie in die Geschichtsbücher, was wir als Art schon alles überlebt haben, seit* Homo sapiens sapiens *vor 300 000 Jahren in Ostafrika auftauchte, sowieso würde es der Welt ohne uns besser gehen, in der Gegend um Tschernobyl verwildert das Land, seit wir weg sind, die Natur sich selbst überlassen ist, kehren seltene Pflanzen und Tiere zurück, Przewalski-Pferde und Wisent-Herden, bald wird die Evolution dort, radioaktiv stimuliert, unvorstellbare Mutanten postnuklearen Lebens hervorbringen.* Manchmal, wenn er den Mund aufmachte, jemand Wildfremden ansprach, brachte seine Stimme die Verhältnisse durcheinander, verursachte einen kurzen Schock, als ob er jemanden ohrfeigte, mit voller Wucht zuschlug, dass die fünf Finger der flachen Hand im Gesicht des Opfers einen weißen Abdruck hinterließen, der später grün und blau wurde, doch diesmal sagte er nichts, grinste nur höhnisch über die dumme Angst, die kindische Erbitterung in den Augen der Frau, über seine eigene Gleichgültigkeit all den drohenden oder längst eingetretenen Umweltkatastrophen, Weltwirtschaftskrisen, Seuchen zum Trotz. Er fragte sich, ob er unter die *Klimaskeptiker, Coronaskeptiker* gegangen war? Neulich hatte eine Freundin von Nora am Küchentisch erklärt, dass amerikanische Ex-Präsidenten, Hollywoodschauspieler – die jüdischen Bankiers hatte sie weggelassen, Antisemitin wollte sie doch lieber nicht sein – einem weltweiten Kinderschänderring angehörten, dass sie Mädchen in Kerkern gefangen hielten und aus deren Schleimhäuten, Drüsen, Angstschweiß Adrenochrom für Anti-aging-Medikamente gewinnen ließen. Der Milliardär Jeffrey Epstein war ihm eingefallen, der Minderjährige auf seine Privatinsel in der Karibik verschleppt, zu Sexpartys mit den Mächtigen, den Superreichen, Superschönen gezwungen hatte, ehe er vor einem halben Jahr in seiner Gefängniszelle unter mysteriösen Umständen, die wie Selbstmord aussehen sollten, starb. All das war tatsächlich passiert, der dunkle Rest blieb Spekulation, würde wohl nicht ans Licht kommen, mischte sich mit Verschwörungstheorien, Untergangsvisionen, Erlösungsfantasien. Auch in Deutschland waren auf den einschlägigen Demonstrationen QAnon-Plakate aufgetaucht, mischten sich unter Esoteriker und Reichsbürger, Bioschamanen und Prenzelschwaben, Neurechte, Chemtrail-Warner, Antisemiten, Piusbrüder, Evangelikale. Sie schrien in Kameras, beschimpften Reporter, räsonierten über Bevölkerungsaustausch, glaubten, dass die Kanzlerin im Keller des Pergamon-Museums, unter dem Altar, der schon seit der Antike dem Satan geweiht war, Kinder in Käfigen hielt wie die Hexe in »Hänsel und Gretel« und deren Blut trank, während der Computermilliardär mit seiner Stiftung zur Überwachung der gesamten Menschheit Mikrochips in Impfstoffe rührte.

»Wir sind freie Kinder Gottes, kein Impfzwang durch die Hintertür!«, stand auf den Transparenten.

»Stoppt die Corona-Sekte«

»Wir sind laut,/ weil ihr unsere Freiheit klaut!«

»Denkpflicht statt Maskenpflicht«

»Wir werden gezwungen, einen Maulkorb zu tragen!«

»Zum Wohle des deutschen Volkes: Coronapanik beenden! Grundrechte zurück!«

»Die Elite will ihre AGENDA 2030 Great Reset durchsetzen!«

»**AHA** Regeln der Freiheit: **A**ufwachen, **H**interfragen, **A**bsetzen der Maske & der Regierung«

»Die Menschen werden ihre Knechtschaft lieben!«

»Das Lügenregime muss abtreten!«

Ein Meer aus Plakaten, Flaggen und Fahnen, Regenbogen neben Reichskrieg, Deutschland, Russland, die DDR, Adler und Friedenstauben. *Jetzt wächst zusammen, was zusammengehört!*

Skeptiker suchte man darunter allerdings vergeblich. *Skeptiker, Kritiker, Querdenker* marschierten nicht hinter Fahnen, skandierten keine Parolen. Was sich zusammenrottete, waren neue und alte Gläubige, fanatisierte Sektenmitglieder, Anhänger religiöser Erweckungsbewegungen, neoheidnischer Kulte.

Siebenstädter hatte schon mit siebzehn auf Fragen nach seinem Glauben, seiner politischen Überzeugung gesagt: »Ich bin *Skeptiker,* ich glaube an nichts und bin von nichts überzeugt.«

Er hatte über Regierung und Opposition, Kirchen und Gewerkschaften, Funktionäre und Mitglieder aller Vereine gelacht, der Auto-, der Pharma-, der Atom- und der Rüstungsindustrie so wenig geglaubt wie Heilpraktikern, Friedensaktivisten, Umweltschützern. Deshalb war er Journalist geworden. Radiojournalist. Fragensteller. Um die Gewissheiten auszuhebeln, zu zweifeln, zu spotten. Er hatte nie den Ehrgeiz gehabt, zu diesen staatstragenden Seite-drei-Kommentatoren zu gehören wie Kessler. Siebenstädter war kein stolzer Vertreter der vierten Gewalt, die allen kritischen Leitartikeln, inszenierten Enthüllungen zum Trotz ohnehin nur ein undurchdringliches Interessenskonglomerat mit den anderen Säulen der Macht bildeten, ganz ohne satanische Hilfe von extraterrestrischen Reptiloiden. Alle, die auf der großen Bühne mitspielten, einschließlich seiner selbst, waren zwielichtig, verlogen, korrupt. Auch in seinem Kopf riefen sich Lügner, Betrüger, Blender Halbwahres zu, pinselten Augenwischer, Schönfärber, Schwarzmaler Theaterkulissen, Schautafeln, Traumbilder. Die einzige Chance, nicht hirngewaschen, weichgespült, rundgeschleudert zu werden, als nasser Lappen zu enden, war umfassende Skepsis gegenüber allem und jedem. Nur solange er sämtlichen guten und bösen Absichten, allen hehren und schmutzigen Zielen, lauteren und niederen Motiven misstraute, auf keiner Seite stand, außen vor blieb, konnte er tun, wofür er trotz allem noch immer bezahlt wurde: Bloßstellen, Entlarven, Aufklären. Doch auf einmal war *Skeptiker* wieder zum Schimpfwort geworden, galt Skepsis nicht länger als Ausweis kritischen Denkens, als Auslöser des Aufbruchs aus der selbstverschuldeten Unmündigkeit, sondern als staatsgefährdend, beschränkt, faschistoid.

Siebenstädter hatte immer alles, was jemand offiziell versicherte, behauptete, zur Wahrheit erklärte, in Zweifel gezogen. Er hatte in Wunden gestochert, im Dreck gewühlt, Leute zur Weißglut gebracht. Die ungehörige Frage war seine Form von Aufrichtigkeit, die einzige, der er sich verpflichtet fühlte. Nur dass sich die Tiraden der aufgebrachten Hörer inzwischen immer weniger gegen dümmliche, inkompetente, zynische, verlogene oder schlicht falsche Antworten der Verantwortungsträger richteten, sondern gegen ihn. Nachdem er von Luisa Finck, Professorin der Helmholtz-Gemeinschaft, die nach dem totalen Lockdown rief, hatte wissen wollen, wie sie das einer alleinerziehenden Mutter, Geringverdienerin in der Gastronomie, die mit ihren beiden Kindern, sieben und elf, in einer Zwei-Raum-Wohnung lebe, erkläre, wurde er vom Mob an den Smartphones, Tablets, PCs als Virus-Verharmloser, Aluhut-Träger, als Trumpist und Öko-Spinner beschimpft. Ein paar Tage später, als er Dr. Wiedeking, den Gründer der *Ärzte gegen Zwangsmaßnahmen* gefragt hatte, wie viele tausend Tote er denn trotz seines hippokratischen Eids hinnehmen würde, ehe er es akzeptabel fände, dass die Leute in der Straßenbahn oder beim Einkaufen einfach mal diese Masken aufsetzen müssten, die seine Kollegen in Zahnarztpraxen und Operationssälen doch ohnehin jeden Tag bei der Arbeit trügen, folgte der Aufschrei auf der Gegenseite, verbunden mit handfesten Drohungen, Gewaltaufrufen, *wir werden dich jagen, wir wissen, wo du wohnst, wir wissen, dass du ein Kind hast, in welche Schule es geht.*

Den ideologischen Kopf der Neuen Rechten hatte er gefragt, ob es, im Sinne des Sozialdarwinismus und der

Rassenlehre, auf deren Vokabular er doch gern zurückgreife, nicht begrüßenswert sei, wenn die degenerierten Deutschen durch den, wie er es selbst formuliert habe, *lebensbejahenden afrikanischen Ausbreitungstyp* ersetzt würden? Daraufhin war er von den einen als neokolonialer Rassist, von den anderen als Volksverräter beschimpft worden, und nachdem er von Dr. Mahmoudi, dem Generalsekretär der *Allianz des Islam,* hatte wissen wollen, ob in dem Staat, der ihm vorschwebe, Mitgliedern rumänischer Einbrecherbanden die Hände abgehackt würden, kamen massive Beschwerden sowohl von Seiten der Islamverbände, als auch von der rumänischen Botschaft. Die, die ihn früher wegen seiner Schärfe gefeiert hatten, waren immer häufiger gegen ihn, stattdessen bekam er Applaus von Reaktionären und Vorgestrigen, die ihn früher gehasst hatten.

Sein Telefon vibrierte. *IRENE SIEBENSTÄDTER* stand da: »Broch hat kurzfristig eine Dienstbesprechung angesetzt, komme später, küss dich.«

Vielleicht hatte er Glück und Nora war auch noch unterwegs, dann hätte er das Haus zwei, drei Stunden für sich, ehe er zum informellen Austausch mit Bernburger musste – dem Chef-Apokalyptiker der Sozialdemokraten.

Siebenstädter wusste, dass seine Zeit vorbei war. Geahnt hatte er es schon vor vier oder fünf Jahren, als mitten in der Flüchtlingskrise Max Drühl, der empfindsamste unter den Groß-Kolumnisten, mit symphonischem Wortgetöse das Ende des ironischen Zeitalters verkündet hatte.

Eine neue Epoche der Ernsthaftigkeit sollte anbrechen, da die Lage auf der Welt so dunkel, verzweifelt, schmerzverzerrt war, dass jeder, der fortan versuchte, mit ironischen Mätzchen, zynischem Witz die Lacher auf seine Seite zu ziehen, sich tiefster Menschenverachtung schuldig machte. Angesichts des Leids an den Grenzen, auf dem Meer, in den Lagern seien Sprachspiele, Poststrukturalismus, Diskursanalyse einfach vollkommen fehl am Platz. Jedes Wort sollte fortan auf die Goldwaage gelegt werden, am besten, man ließ die Verletzten, Vertriebenen, Mühseligen und Beladenen aller Länder sprechen, weinen, schreien, ihre ewige Anklage erheben, denn sie waren die Stimmen der Wahrheit, die einzigen, die noch ein Recht auf Zuhörer hatten. Drühls Paradigmenwechsel war nicht einmal mehr als Forderung, sondern als Feststellung formuliert gewesen, *alternativlos*.

Damals hatte Siebenstädter noch Kantinenwitze gemacht über Drühls hohles Pathos, seine falsche Feierlichkeit, über die schlecht geschnittenen Anzüge, die er trug, um authentisch bescheiden zu wirken, die ranzige Pomade, mit der er seine Haare arrangierte, als wollte er ein Cary-Grant-Denkmal für die Westerwälder Großmutter geben. Gleichwohl hatte Siebenstädter gespürt, wie der Wind sich drehte, und es nicht wahrhaben wollen. Er war zu lange zwischen Zeitgeistwellen, den Meinungsmoden dreier Dekaden hindurchgerauscht, hatte sein Segel elegant wechselnden Windrichtungen, veränderten Strömungen angepasst, ohne je auf Riffe, Sandbänke,

Felsformationen zu laufen. Doch inzwischen hatten sich Angehörige aller Geschlechter und Sexualpraktiken, Juden, Christen und Moslems, Schwarzafrikaner und Indigene, sämtliche Einwanderer aus allen und in alle Länder, Agnostiker, Konservative, Rechte und Linke, Arme und Reiche, Gesunde und Kranke, Hochbegabte und Minderbemittelte zu einem endlosen Zug der Opfer rund um den Globus zusammengefunden, begleitet vom trommelnden, pfeifenden, johlenden Tross aus Medien- und Meinungsmachern, Museums- und Fernsehleuten, Dichtern und Denkern. Sie sahen sich als Speerspitze des endgültigen moralischen Fortschritts, nach dessen unaufhaltsamem Sieg es keine Entrechteten, Unterdrückten, Marginalisierten mehr geben würde, und der wichtigste Schritt auf dem Weg in die totale Gleichberechtigung aller war eine neue Sprache: zartbesaitet, sensibel, empfindsam subjektiv und vorauseilend rücksichtsvoll. Dort, wo es immer verschiedene Durchgänge gegeben hatte, Möglichkeiten, sich dünn zu machen, herauszuwinden, zwischenzuschieben, standen auf einmal Wände, an denen man sich die Nase brach, die Stirn blutig schlug. Andere, die schneller, findiger, schnittiger waren als er, hatten sich längst eingereiht unter die Hüter der allgemeinen Betroffenheit. In den Parteizentralen, Strategiezirkeln, Marketingabteilungen wurden aus der neuen Moralität neue Geschäftsmodelle, Programme, Werbekonzepte gezimmert. Strukturen mussten angepasst, Posten nach neuen Schlüsseln vergeben werden, da die Zielgruppen jetzt andere Erwartungen an Partei,

Medium, Produkt hatten, auch wenn sie weiterhin Turnschuhe, Fahrzeuge, Spielkonsolen kaufen und alle Jahre wieder ihre Kreuzchen im richtigen Feld auf den Wahlzetteln machen sollten. Man konnte darüber klagen, schimpfen, verbittern, diese oder jene Maßnahme, Neuordnung für überholt oder wegweisend halten, es änderte nichts. Siebenstädter nahm an, dass das ganze Gewese lediglich eine neue Verkleidung des ewigen Kampfes zwischen Jung und Alt, gestern, heute und morgen war. Während der Löwenkönig sich noch auf dem Gipfel von Macht und Einfluss wähnte, kehrten die Halbstarken aus dem Buschland zurück, hatten Kraft und Erfahrung gesammelt, Allianzen gebildet, traten an, um ihn vom Thron zu stürzen, in die Wüste zu jagen, wo er an seinen Verletzungen krepierte oder Hungers starb.

Siebenstädter machte weiter, obwohl er wusste, dass seine Zeit abgelaufen war. Evaluierungen, Hörerbefragungen, Einschaltquoten zeigten, dass er noch immer sein Publikum hatte. Doch es schrumpfte stärker als die Morgensendungen insgesamt im statistischen Mittel Hörer verloren, vor allem verschob sich der Altersdurchschnitt, lag inzwischen bei sechsundfünfzig, viel zu alt für die wichtigste bundesweite Informationssendung im Radio am Morgen. Auch wenn Siebenstädters Platz gebührenfinanziert war, sein Gehalt nicht von Werbekunden bezahlt wurde, wollten seine Chefredakteure, Programmverantwortlichen, Intendanten, genau wie Geschäftsführer, Vorstände, Aufsichtsräte, dass junge, aufstrebende Leute das

Programm hörten, die Podcasts abonnierten, den Moderatoren bei Twitter, Instagram, Facebook folgten. Siebenstädter setzte alle paar Tage eine Kurznachricht in die Welt, 7320 Leute folgten ihm, deutlich zu wenig, als dass er zur aufstrebenden Kaste der Influencer gehörte. Er drang nicht durch zu den Zwanzig- bis Vierzigjährigen, doch um sie ging es, bei ihnen galt es, Einfluss zu gewinnen, sie bestimmten die Zukunft des Radios – ob es überhaupt eine hatte. Bevor eine Sendung vom Netz ging, rollten Köpfe. Wenn es sonst keine Handhabe gab, würde man ihm schließlich das Mikrofon wegnehmen, ihn in die Redaktionsarbeit abschieben und eine politisch korrekte Mittvierzigerin oder ein It-Girl, das den Zeitgeist der Zukunft repräsentierte, übernähme seinen Platz.

Siebenstädter dachte über Wechsel, Aufbrüche, Neuanfänge nach, doch wo sollte er hingehen, mit fast zweiundfünfzig, ein *alter weißer Mann* aus einem überholten Medium? Zu einem der privaten Dudelfunksender? Zwischen Getränkewerbung und Popsongs launige Interviews mit mecklenburgischen Cartbahnbesitzern, Gewinnspiele um Traumreisen mit Spreewälder Friseusen, Ergotherapeuthen aus der Lausitz am Apparat? Er kannte nicht einmal mehr die Namen der Bands, die er dort würde ansagen müssen. Für den Printsektor, Zeitungen, Magazine war er ungeeignet, er hatte keine Ahnung, wie ein Blatt gemacht wurde, sich ohnehin nie für einen begnadeten Schreiber gehalten. Was konnte einer wie er tun, der plötzlich der Zeit hinterherhinkte, deren Puls er noch eben gefühlt hatte? Neidhardt war Pressesprecher eines linken Landesverbands und zerrieb sich zwischen Intrigen; Blasius leitete die Unternehmenskommunikation der *Unichemie*, stand immer kurz vor dem Burnout; Metzner machte Lobbyarbeit für russisches Gas und verdiente sich dumm und dämlich.

Es ging ihm nicht ums Geld, jedenfalls nicht in erster Linie. Er hatte ein sehr gutes Gehalt gehabt all die Jahre als öffentlich-rechtlicher Redakteur, und auch Irene verdiente nicht schlecht. Mit etwas Einschränkung ließen sich die letzten Raten für das Haus auch noch bezahlen, wenn er für eine Weile, vielleicht nie wieder finanziell etwas beitrug. Doch Siebenstädter fand, dass jemand wie er, der kein Blatt vor den Mund nahm, mehr denn je gebraucht wurde. Denn natürlich wurde, nur weil man sich wieder genauso verklemmt ausdrückte wie die unverheirateten Tanten seiner Kindheit, kein bisschen weniger manipuliert, beschönigt, gefälscht, gelogen. Wie sollte der Wähler, das unbekannte Wesen, den sie alle umwarben und heimlich schmähten, wissen, was er von den Damen und Herren Volksvertretern halten sollte, wenn nicht jemand wie er, Kurt Siebenstädter, ihnen die Würmer aus der Nase zog, sie auf Nadeln spießte und ins Licht hielt?

Siebenstädter passierte den Parkplatz des Discounters, wo die Leute einkauften, die sich weder Kapitalismuskritik noch ökologisches Bewusstsein leisten konnten. Dahinter erhob sich ein hässlicher Plattenbau, zehn niedrige Stockwerke, die Fassade in gelben und weißen Fliesen. Aus den

Fenstern starrte die gesammelte Trostlosigkeit unterprivilegierten Lebens auf versiegelte Flächen, Ostrentner, Arbeitslose, vietnamesische Sklaven. Ein Wunder, dass es nicht täglich zu Selbstmorden kam. Ein zerfledderter Bartträger in Jogginghosen, zwei statt drei Streifen, schob seinen halbvollen Einkaufswagen wie einen Rollator in Richtung der Ausfahrt. Gegenüber, aus dem *Anton-Saefkow-Park*, kam ein Jogger gerannt, dynamisch im Antritt, elegant im Laufstil, gefolgt von einer galligen Alten, die einen verfetteten Mops hinter sich herzog und mit sich selbst sprach.

Er überquerte die Eisenbahnbrücke, eine S-Bahn näherte sich, rauschte unter ihm hindurch. Im Minutentakt umkreiste die Stadt sich selbst. Hochhäuser mit Schauinsland-Balkonen, von denen man bis nach Polen sehen konnte, vormals gebaut für mittlere Ministerialbürokraten, verdiente Werktätige, nebenamtliche Zuträger zur Sicherung der Staatsräson. Die Aufrechten unter ihnen wählten immer noch das, was vom Sozialismus übrig war, die meisten folgten der Neuen Rechten und hofften, dass Letztere ihnen wieder einen hübschen großen Zaun um ihr schönes kleines Land bauen würden. Dann dürften Asiaten, Araber, Afrikaner nur für niedere Arbeiten einreisen und würden nach Ablauf der Werksverträge dorthin zurückgeschickt, wo der Pfeffer wuchs.

Schräg gegenüber der ehemalige *Konsum*, den wohlmeinende Flüchtlingshelfer mit Syrern, Irakern, Afghanen zur Kulturmarkthalle umgebaut hatten. Seit das Virus durchs Land zog, spielte sich auch dort nichts mehr ab.

Er bog in seine Straße. Rechts die Kleingartensiedlung, links der Park mit den Musterhäusern, einer Mischung aus gemäßigtem Modernismus und Brandenburger Barock, in denen sich Besserverdiener mit Kindern, die den Trubel der Großstadt satthatten, anschauen konnten, wie ihr Leben im Speckgürtel aussehen könnte. Hauptsächlich standen hier kleinere Zwischenkriegsvillen, in denen damals Ärzte, Anwälte, erfolgreiche Kurzwarenhändler gewohnt hatten, außerdem Residenzen aus den 1950ern für sozialistische Kader, dazu mehr oder weniger geglückte Einfamilienhausexperimente der Nachwendezeit. Jedes Haus hatte seinen eigenen Garten, eine gepflasterte Einfahrt, hohe Zäune, blickdichte Hecken – die beste Art zu wohnen, wenn man in der Metropole und trotzdem für sich sein wollte. Ein Dackel hinter Maschendraht kläffte ihn an. Hermann Böhmer, inzwischen fast neunzig, vormals Nachrichtentechniker und meist in den sozialistischen Bruderstaaten des Südens im Einsatz, sprach über den Zaun mit Luise Weißbrodt, Witwe eines DDR-Staatsgrafikers. Siebenstädter hob kurz die Hand. Hermann Böhmer war ihm aus alter Gewohnheit so lange auf die Pelle gerückt, bis er wusste, mit welcher Art Neuling aus dem Land des Klassenfeinds er es förderhin zu tun hatte. Als sie sich vor zwölf Jahren entschieden hatten zu kaufen, waren die Preise noch finanzierbar gewesen, mittlerweile hatte sich der Wert von Grund und Gebäude mehr als verdoppelt. Siebenstädter bog links ab. Rechter Hand begann der Volkspark. Sein Haus hatte einem Charité-

Kardiologen gehört, einem sehr kultivierten Herrn, unverheiratet, ohne Kinder. Die Erben, ein Neffe und dessen Frau, die in Braunschweig lebten, hatten es schnellstmöglich loswerden wollen.

Siebenstädter öffnete das schmiedeeiserne Gartentor mit der Zahl »1961« auf Augenhöhe, zog einen ADAC-Brief und den *Berlinspiegel* aus dem Kasten. Irene bestand darauf, wenigstens eine Zeitung aus Papier im Abonnement zu haben. *Alles über den Wechsel im Weißen Haus das Rumpelstilzchen der Grand Old Party mischt weiterhin mit wie kann der Übergang gelingen wenn der Amtsinhaber blockiert? Step by Step durch die Corona-Pandemie zurück ins Klimaabkommen kein frisches Öl aus Alaska das Dreamer-Programm wird fortgesetzt.* Hinter keinem der Fenster brannte Licht. Als er die Haustür aufschloss, kam Tibor aus dem Flur, wedelte mit dem Schwanz. Die Dogwalkerin ging zwischen zwölf und zwei eine Stunde mit ihm spazieren, damit er nicht so lange allein war. Siebenstädter strich ihm über den Kopf, sagte »Guter Hund, guter Hund«, lächelte.

Erneut brach ihm der Schweiß aus. Bevor er nachher aus dem Haus ging, würde er duschen müssen. Er hängte seine Jacke an die Garderobe, trat in die Küche, setzte sich an den Tisch, zog den Lokalteil aus der Zeitung. Das Blatt war seit Monaten lächerlich dünn, wie alle anderen auch. Kaum ein Unternehmen schaltete Werbung. *Adieu Tegel* stand da. Heute morgen hatte er Fleming, den Oberliberalen der Stadt, im Gespräch gehabt, absichtlich, damit dieser noch einmal erklärte, weshalb seine Partei die Schließung für einen historischen Fehler hielt. Über dem Flugzeug die Schlagzeile *Bauern in Not: Erst die Schweinepest, nun auch noch die Vogelgrippe*. Als hätten ältere Nachrichten sich mit gegenwärtigen gepaart und seltsame Mutanten gebildet. Weiter unten, *Angriff auf Clan-Späti in Neukölln*. Der Laden gehörte einem Polen, stand unter dem Schutz einer Libanesenfamilie, die Angreifer waren Tschetschenen, die mehr Einfluss im Drogengeschäft wollten, nachdem sie seit einem Jahrzehnt die Drecksarbeit machten. Er erinnerte sich, wie vor dreißig Jahren Albaner und Serben die Macht an der Reeperbahn übernommen hatten. Der Ausstieg des letzten deutschen Luden, der vor der Brutalität der Banden aus Südosteuropa kapitulierte, war eine Hauptnachricht gewesen. Wodka statt Arak statt Sliwowitz. Weinbrand trank kein Mensch mehr. Damals wie heute hatte die Polizei der organisierten Kriminalität nichts entgegenzusetzen gehabt. Siebenstädter schoss das unschöne Wort *Ausländer* durch den Kopf, für dessen Verbannung aus dem offiziellen Sprachgebrauch er sich vor dreißig Jahren vehement eingesetzt hatte, es verband sich mit dem Wort *Kriminalität*, ohne dass er es verhindern konnte. Worin unterschieden sich Vorurteile von verallgemeinerten Erfahrungen? Irene fuhr nachts schon lange nicht mehr allein in den Wedding oder nach Kreuzberg.

Irgendwo draußen bellte ein Hund, Tibor antwortete mit einem tiefen Knurren. Seit Irene auf einer Fortbildung zum Thema »Schule und Integration« gewesen war, sprach sie von *toxischer Männlichkeit*. Das klang weniger verfänglich als *kulturelle Unvereinbarkeit, orientalische Stammesgesellschaften, Steinzeitislam* und schloss ihn als Täter mit ein. Die Heilige Irene hatte den von Pfeilen durchbohrten Sebastian gesund gepflegt. Ihre Attribute waren Ölzweig und Salbgefäß. Bereits im Kindergarten, den Grundschulen müssten Rollenbilder hinterfragt und neu formuliert werden. Siebenstädter hatte nie viel von sozialpädagogischen Maßnahmen gehalten. Der Mensch ließ sich nicht ändern, die Frage war, welche Konsequenzen man daraus zog. Neuerdings plädierte er für robustes Eingreifen von Sicherheitskräften, Strafverfolgungsbehörden ohne Rücksicht auf Migrationshintergründe, Ausgrenzungserfahrungen, strukturellen Rassismus und wunderte sich. Im Alter nahmen die Beharrungskräfte zu, ganz gleich wie wild einer sich früher gegeben hatte. Weiche Faktoren, harte Fakten. Irene war neununddreißig, er selbst fast zweiundfünfzig, Nora dreizehn. Mehr als die Hälfte seines Lebens lag hinter ihm, Irene blieben bis zum Scheitelpunkt anderthalb Jahre, statistisch gesehen, Nora war reine Zukunft. Im Hauptstadt-Gesundheitsteil ging es unter der Überschrift »Der Zahn der Zeit« um verschiedene Arten von Prothesen.

II.

Prof. Bernburger, Gesundheitsexperte und aktuell gefragtester Mann der Sozialdemokratie, stieg in den Wagen der Fahrbereitschaft, knurrte »zum Büro« in seine FFP2-Maske und zog sein privates Telefon aus der Innentasche des Sakkos. In Bonn wurde eine Fliegerbombe aus dem Zweiten Weltkrieg entschärft. 2400 Menschen mussten ihre Wohnungen verlassen, darunter sein ältester Sohn Felix, der dort studierte. Sie würden dicht gedrängt in Bussen oder Turnhallen sitzen, reden, sich aufregen, Witze machen. Bei den letzten Überlebenden der Bombenangriffe – die jüngsten waren inzwischen auch fünfundsiebzig – würden sich Erinnerungen an vergangene Todesangst mit gegenwärtiger Todesangst mischen. Unter den gegebenen Umständen stellte die heutige Evakuierungsmaßnahme ein größeres Risiko dar als die Entschärfung der Bombe selbst. Felix war einundzwanzig, doch auch junge Leute litten jetzt vermehrt unter schweren Verläufen.

Prof. Bernburger schrieb: »Ich weiß, du bist dafür, Autos aus den Innenstädten zu verbannen, grundsätzlich teile ich deine Auffassung, aber dieser Tage wäre es mir lieber, du würdest öffentliche Verkehrsmittel meiden und den

Wagen nehmen, wenn Fahrten unvermeidlich sind«, tippte auf *Senden.*

Disziplin ist Freiheit Moral ist eine Waffe heftige Kämpfe in Bergkarabach evangelische Kirche ruft zu Geduld mit Corona auf Paketdienst Hermes rechnet mit Umsatzrekord auch Friedrich Schiller würde Maske tragen. The simple fact is this election is far from over.

Prof. Bernburger sah aus dem Fenster. Cafés, Kneipen, Restaurants, Fitnessstudios, Bordelle hatten seit einer Woche wieder geschlossen. Es war sein Erfolg, nicht seiner allein, aber er konnte mit Fug und Recht behaupten, dass er beträchtlichen Anteil an der Entscheidung gehabt hatte. Zugleich war es eine bittere Niederlage, da Boutiquen, Schuh- und Spielwarengeschäfte, Fahrradläden, die Buchhandlung an der Ecke weiterhin öffnen durften, ein schwerwiegender Fehler mit unabsehbaren Folgen. Alle ernstzunehmenden Wissenschaftler waren für strengere Maßnahmen gewesen, manche, zu denen zählte er selbst, hätten eine totale Ausgangssperre verhängt, doch die meisten Ministerpräsidenten hatten, unabhängig von der Parteizugehörigkeit, wieder nur halbherzige Einschnitte gebilligt, so dass selbst eine auf Contenance bedachte Person wie die Kanzlerin ihre Verärgerung unverhohlen zum Ausdruck brachte.

We did it Joe the next President of the United States eine schwarze Frau wer bringt es ihm bei? Abgewählt aber er will nicht gehen so mächtig bleibt er trotz der Klatsche sein geheimer Machtplan er hofft auf die Gerichte und auf

Massenproteste seiner Anhänger alt right und proud boys blufft er oder putscht er?

Zu allem Überfluss würden sich während der nächsten Tage sämtliche Kanäle auf den Machtwechsel im Weißen Haus stürzen, dabei ging es gerade jetzt in Sachen Pandemiebekämpfung um alles. Mehr Medienunterstützung denn je wäre nötig, andernfalls würde sich die zweite Welle binnen kurzer Zeit zum Tsunami auswachsen. Das war der einzige Grund, weshalb er nachher fünf Journalisten mit Breitenwirkung persönlich zum Hintergrund traf. *Dream with ambition!*

Sein Wagen fuhr Schritt, es herrschte Feierabendverkehr, auf den Bürgersteigen fast schon Gedränge, obwohl weniger Geschäfte geöffnet hatten, weniger Leute als sonst außerhalb der eigenen vier Wände arbeiteten, es hier im Viertel nur so wimmelte von Freiberuflern, die ohnehin immer im Homeoffice waren. Er rollte langsam an der Baustelle vorbei. Entlang des Bordsteins zog sich ein verschalter Schacht bis zur Kreuzung, Bau- und Schuttcontainer, ein Stoß keramischer Röhren mit blauem Kunststoffüberzug, Dixi-Klos, Teerkocher, Aushub und Sand lagerten hinter dem Zaun. Männer in orangefarbenen Warnwesten – warum trugen sie keine Schutzhelme? – räumten Gerät zusammen, verstauten, was sich verstauen ließ, packten ein, was in Taschen passte, alles Bewegliche wurde geklaut, selbst Bagger, Planierraupen, Kipplaster lösten sich über Nacht in Luft auf. Der Polier stand mit zwei Herren der Bauleitung über einen Plan gebeugt.

Gleich würden die Arbeiter, egal wie die Vorschriften lauteten, zu sechst oder siebt in einen Transporter steigen, dicht an dicht sitzen, die Hälfte ohne Maske.

Weder der Berliner Bär, noch der Reichstag, geschweige denn der Fernsehturm war das Symbol der Stadt, sondern die ewige Baustelle. Seit Prof. Bernburger 2002, nach seiner Wahl in den Bundestag, aus Bad Honnef hierhergezogen war, wurden unablässig und überall Kabel, Kanäle, Rohre, Gleise im Boden versenkt und wieder herausgerissen, Straßenbeläge erneuert oder ausgewechselt, Ampeln, Fußgängerüberwege, Rad- und Busspuren angelegt oder abgebrochen. Manche Baustellen wanderten Straße für Straße durch die Viertel, andere sprangen in großen Sätzen quer durch die Bezirke. Vor seinem Haus war während der letzten fünf Jahre für drei verschiedene Vorhaben das Pflaster aufgerissen worden. Offenbar sahen sich die zuständigen Planungsbehörden außerstande, die Verlegung verschiedener Leitungen und Kanäle zu koordinieren. Als Mann der Naturwissenschaft, für den Präzision, Nachvollziehbarkeit, Systematik elementare Werte darstellten, war ihm diese Art Desorganisation ein Gräuel. Mit klarer Führung, engagierten Mitarbeitern, guter Software ließen sich solche Prozesse problemlos in sinnvolle Abläufe, funktionierende Strukturen bringen, kostengünstiger, ressourcenschonender, menschenfreundlicher als die unerträgliche Mischung aus Schlendrian, Unfähigkeit, Laissez-faire, die in nahezu sämtlichen Behörden der Hauptstadt herrschte.

Prof. Bernburger tippte »Anfrage Baudezernat, Kostenübernahme FFP2 Straßenarbeiter« in die Notiz-App seines Diensttelefons.

Vor dem Zeitungskiosk saß der übliche Vietnamese und wartete auf Käufer für geschmuggelte Zigaretten. Bis letzte Woche hatte ein anderer hiergesessen. Berlin war das Drehkreuz des vietnamesischen Menschenhandels in Europa. Nach der Wende hatte es fünfzehn Jahre lang blutige Kämpfe zwischen den Banden aus dem Norden und denen aus dem Süden bei der Aufteilung der Reviere gegeben, inzwischen wurde seltener geschossen, ansonsten hatte sich nichts geändert, allen Sonderkommissionen zum Trotz.

Vor der Buchhandlung standen die Leute Schlange. »Bücher sind Lebensmittel« mochte als Slogan passen, wenn über Mehrwertsteuersätze gestritten wurde, jedoch nicht angesichts eines tödlichen Virus. Der Regierende Bürgermeister hatte schon im Frühjahr darauf bestanden, seinen kulturbeflissenen Hauptstädtern diesen letzten Rest papiernen Bildungsbürgertums zu lassen, wo sie schon auf Museen, Theater, Kinos, Konzerthallen und ihre drei Opernhäuser verzichten mussten. Während der Pandemie zeigte sich einmal mehr, dass die deutsche Kleinstaaterei in Sachen Gesundheit und Kultur absolut dysfunktional war. Zum wiederholten Male verfluchte Prof. Bernburger den Föderalismus. Gelegentlich würde er dem Regierenden Bürgermeister vorrechnen, wie viele Tote dieser im Endeffekt durch seine lächerliche Buchobsession zu verantworten hatte.

Die Ampel sprang auf Rot, der Wagen hielt. Aus beiden Richtungen setzten sich Passanten in Bewegung. Eine Tram fuhr vorbei, sie war grellgelb lackiert und erkennbar zu voll. Auf dem Bürgersteig lieferten sich zwei Jugendliche ein Wettrennen mit ihren Fatbikes, bretterten auf die Kreuzung zu, bremsten im letzten Moment mit kontrolliert ausbrechenden Hinterrädern. Niemand kümmerte sich um Abstandsregeln. Drei Mütter mit Kinderwagen gingen Schulter an Schulter. Links vor dem *Hand Crafted Bread*-Bäcker standen fünf Leute mit Kaffeebechern, diskutierten, schleuderten Zehntausende von Viren in die Luft, schaufelten sie ihrem Gegenüber mit wilden Gesten in Rachen, Bronchien, Lungen.

Prof. Bernburger wiederholte bei jeder Gelegenheit, sagte es in jede Kamera, jedes Mikrofon, das man ihm unter die Nase hielt, dass die Leute sich nicht nur an das halten sollten, was gerade erlaubt oder eben nicht erlaubt war, sondern ihren Verstand benutzen, ihre bürgerliche Verantwortung ernst nehmen sollten, was bedeutete, dass sie ihre Wohnungen nur dann verließen, wenn es unbedingt sein musste.

Zu allem Überfluss war es wiederum viel zu warm für November, ein lauer Sonnentag folgte dem nächsten. Normalerweise hätte das Wetter erneut Anlass zu Leitartikeln über Erderwärmung, Treibhausgase, Elektromobilität, Fleischkonsum gegeben. Prof. Bernburger ernährte sich seit zwei Jahrzehnten vegetarisch, weniger wegen des Klimas als wegen der karzinogenen Wirkung von Fleisch und

Wurst. Jetzt, während die zweite Welle sich immer schneller immer höher auftürmte, stellten die frühlingshaften Temperaturen, lange bevor der Meeresspiegel stieg, Städte wie Hamburg, New York, Hongkong, Jakarta in den Fluten versanken, eine tödliche Bedrohung dar, vor allem für junge Leute, die statt in Kneipen, Diskotheken, Clubs mit Bierkästen, Wodkaflaschen, Joints und sonstigen Drogen in die Parks strömten, ihre Bluetooth-Boxen aufdrehten, tanzten, sich wirres Zeug in die Ohren schrien. Erst gestern hatte er gesehen, wie sich eine Clique von fünfzehn, zwanzig Gymnasiasten zur Begrüßung küsste, um den Hals fiel, in den Armen lag. Zwar hatte es seitens der Wissenschaft geheißen, unter anderem von Prof. Garbsen, dem ersten Virologen der Welt mit einer halben Million Follower auf Twitter, es sei besser, die Menschen träfen sich draußen als in geschlossenen Räumen, doch eine schwere Nebenwirkung dieser grundsätzlich richtigen Information war, dass sie sich in Sicherheit wiegten, sobald sie das Haus verließen, keinen Abstand mehr hielten, und natürlich steckte man sich auch draußen an, wenn man die Regeln missachtete.

Prof. Bernburger sehnte Regen herbei, noch besser wären Eis und Schnee. Früher hatte es oft heftige Wintereinbrüche schon im November gegeben, doch die Wettervorhersage kündigte weiterhin Sonne und Temperaturen bis fünfzehn Grad an.

Er rieb sich mit den Fingerrücken unterhalb des Kinns, wo der Rand seiner FFP2-Maske auf Haut traf, spürte das deutliche Kratzen kurzer Barthaare, obwohl er sich am morgen gründlich rasiert hatte, überlegte, den Fahrer drehen zu lassen, in die Wohnung zurückzukehren, sich noch einmal zu rasieren, bis Mitternacht wären die Stoppeln so lang, dass sie seinen Schutz vor Viren in Aerosolen deutlich beeinträchtigten. Damit stieg das Risiko, sich im Gespräch mit den Journalisten, anschließend auf der Rückfahrt oder im Treppenhaus – Aufzüge benutzte er seit Monaten nicht mehr – anzustecken wie der Gesundheitsminister: Scheidtchen war bekanntermaßen ein vergnügungssüchtiger Lackaffe, der sich hinter verschlossenen Türen vermutlich zu fast jedem Regelverstoß bereitfand. Dergleichen durfte Prof. Bernburger auf keinen Fall passieren, schon damit die öffentliche Wahrnehmung seiner überragenden Kompetenz als habilitiertem Mediziner bei über jeden Zweifel erhabener Zuverlässigkeit, ostentativer Unbestechlichkeit und aufrichtigem Charakter keinen Schaden nahm. Vor allem aber fürchtete er tatsächlich um sein Leben, sollte er sich das Virus einfangen. Andererseits war er während seiner gesamten politischen Laufbahn noch nie so gefragt gewesen wie in dieser Krise, und im Unterschied zum Gesundheitsminister, der ein Karrierist ohne jedes Fachwissen war, kaufmännische Ausbildung, Fernstudium BWL, ansonsten Parteiarbeit, Speichelleckerei, hier und da Grenzüberschreitungen nach rechts, um Alt- und Neukonservativen eine profilierte Haltung zu simulieren, hätte Prof. Bernburger auch eine große Karriere in Klinik oder Forschung offengestanden. Er war weder aus Machtgier noch aus Geltungssucht in die Politik gegangen, sondern weil er mit seiner Expertise etwas zum Wohl der Menschen bewegen wollte: mehr Gesundheit für alle zu sozialverträglichen Preisen, bessere Bezahlung für das Krankenhaus- und Pflegepersonal, Einführung der Bürgerversicherung, Ende der Zwei-Klassen-Medizin. Deshalb hatte er sich für die Sozialdemokratie entschieden, obwohl ihm Genossengeschwafel, Kleine-Leute-Romantik, Arbeiterkitsch schon vor zwanzig Jahren auf die Nerven gegangen waren, und obwohl er auf Parteiversammlungen mit seinem am gehobenen britischen Geschmack orientierten Kleidungsstil immer fehl am Platz wirkte.

Die Ampel sprang auf Grün, der Wagen bog links ab. Prof. Bernburger ließ den Fahrer nicht drehen, stattdessen würde er den Praktikanten, Jörg Laumann, zum Drogeriemarkt am Bahnhof schicken und Rasierzeug kaufen lassen. Unter den aktuellen Bedingungen, die jetzt besser waren, als sie in einer Woche, einem Monat, an Weihnachten oder Silvester sein würden, war es vernünftig, einen Rasierer im Büro zu haben, ganz gleich, was einige der Ministerpräsidenten ihren Wählern noch immer weismachen wollten.

Er tippte »Lieber Jörg, können Sie bitte einen Nassrasierer, *Gillette, Skinguard sensitive*, eine Flasche *Nivea Men* Rasierschaum und Rasierwasser, Marke *Old spice*, im Drogeriemarkt kaufen. Danke und Grüße, RB« in sein Diensttelefon, drückte auf *Senden*, während gleichzeitig das private in der Innentasche seines Sakkos vibrierte.

Der Name *FELIX BERNBURGER* blinkte auf: »Hab gerade echt andere Probleme.«

»Welche?«, schrieb er zurück, doch die Häkchen unter der Nachricht wurden nicht blau. Offenbar wollte sein Sohn nicht mit ihm kommunizieren, verbarg nur mühsam, dass er, was die Einschätzung der Pandemie anlangte, wie in nahezu allen anderen Konflikten auch, auf Seiten der Mutter stand. Prof. Dr. Anke Frenkel, seine geschiedene Frau, ebenfalls Medizinerin, ebenfalls Oxford-Absolventin und gerade ebenfalls gern gesehener Gast in Interviews, Talkshows, Expertenrunden, nicht weil sie sich durch ebensolche Kompetenz auszeichnete wie er, sondern weil die Pressemeute es pikant fand, wie sie als Chefärztin der Anthroposophen-Klinik, Königswinter, ihm in sonor herablassender Großkotzigkeit widersprach. Es war peinlich. Schon die Scheidung war peinlich gewesen. Damals, vor zwölf Jahren, hatte sie jeder Frauenzeitungsschreiberin bereitwillig Auskünfte, Halbwahrheiten, Lügengeschichten über ihn als Mensch, Mann, Gatten und Vater ins Diktiergerät gesprochen, ihn als karrieregeilen Egomanen, selbstsüchtigen Blender dargestellt, dem der berufliche Werdegang seiner Frau vollkommen egal sei. Sie behauptete, er hätte sie, all seinen Sonntagsreden über gleichberechtigte Partnerschaft, paritätische Aufteilung der Hausarbeit zum Trotz, am liebsten zwischen Kinderzimmer und Küche angekettet. Nachdem er in den Bundestag gewählt worden war, hatte sie jedem, der es wissen oder nicht wissen wollte, erklärt, dass er an seinen Söhnen keinerlei Interesse mehr zeige, es an jeder Form väterlicher Liebe fehlen lasse, stattdessen alles daransetze, sie mit den Kindern aus der vormals gemeinsamen Wohnung zu vertreiben, die er ohnehin nur für Auftritte im Wahlkampf genutzt hätte. Selbst in der Partei hatte man ihren Vorwürfen geglaubt, vor allem Frauen wie Maria Andriessen, stellvertretende Fraktionsvorsitzende, familien- und sozialpolitisches Aushängeschild einer modernen Sozialdemokratie mit zunehmend radikalfeministischer Agenda. Dabei war natürlich auch Frau Prof. Frenkel nach kurzen Mutterschutzunterbrechungen immer Vollzeit als Ärztin tätig gewesen. Der einzige Unterschied zwischen ihnen beiden hinsichtlich der Care-Arbeit hatte darin bestanden, dass sie, seit er selbst in Berlin war, häufiger zu Hause, in Bad Honnef, übernachtet hatte als er. Ganz gleich, wer nach welcher Rollenbeschreibung auch immer in einer Akademikerbeziehung auf Augenhöhe für Erziehung und Haushalt zuständig gewesen wäre, in ihrem Fall hatten Nannys, Au-pair-Mädchen und seine Schwiegermutter diese Aufgaben übernommen, was seine Frau bis heute wahlweise als kaum zu bewältigende Doppelbelastung oder heldenhaften Akt der Emanzipation darstellte, während er als chauvinistischer Pascha dastand.

Das Diensthandy gab einen Ton von sich, der wie eine elektrische Grille klang. *JÖRG LAUMANN:* »Bin schon auf dem Nachhauseweg, bringe ich morgen mit, schönen Abend, Jörg.«

»Morgen ist zu spät«, schrieb er zurück.

Kurt Siebenstädter saß bereits wieder in der S-Bahn vom Nordbahnhof Richtung Teltow-Stadt. Gerade als er dabei gewesen war, sein Dossier über Prof. Bernburger auf weiche Stellen in dessen Biografie, politischer Agenda, Lebenswandel abzuklopfen und um Tweets aus den letzten Wochen zu ergänzen, hatte auch sein Smartphone gebrummt und eine Nachricht angezeigt: *MARIA ANDRIESSEN:* »Hätte interessante Informationen, die ich dir aber nur persönlich geben kann.«

Siebenstädter fand Maria Andriessen hinreißend, zumindest als Frau, seit sie 2005 erstmals in der Fraktion erschienen war, ihre dunklen Locken, die üppigen Formen, das scharfsinnige Blitzen in ihren Augen, die klare, direkte Art, mit der sie sprach, Positionen besetzte, Themen öffentlichkeitswirksam in den Fokus rückte. Sie konnte reihenweise Nebenbemerkungen fallen lassen, die so pointiert waren, dass sie zur Hauptschlagzeile sämtlicher Zeitungen taugten, hielt damit glühende Verehrer, treue Freunde und erbitterte Feinde gleichermaßen auf Trab.

Gelegentlich benutzte sie Siebenstädter, um auf verdeckte Weise diese oder jene Idee in die Öffentlichkeit zu lancieren, spielte ihm Insiderinformationen über Rivalen zu, und Siebenstädter ließ sich benutzen, indem er daraus erst eine Interviewеinladung und dann, live am Mikrofon, zwei, drei Fragen formulierte, die das Opfer dazu brachten, sich in einer Weise zu vergaloppieren, die Maria Andriessen in der nächsten Auseinandersetzung nützte.

Die Zentrale der Sozialdemokraten war das mit Abstand blutigste Schlachtfeld in der Parteienlandschaft. Seit Jahrzehnten herrschte dort ein ununterbrochener Krieg aller gegen alle. Der Genosse war der Genossin Wolf, Hyäne, Geier und Zecke in einem. Nirgends sonst wurden Animositäten, Fehden, Feindschaften mit solcher Leidenschaft gepflegt, Machtkämpfe derart unerbittlich ausgetragen, wie im Willy-Brandt-Haus. Richtungsstreitigkeiten, Grabenkämpfe, persönliche Animositäten gingen oft über Generationen von Ziehvätern und -müttern auf Ziehtöchter und -söhne über, so dass eine Atmosphäre aus Missgunst, Argwohn, Häme, Boshaftigkeit und Verbitterung entstanden war, in der jede Form von Illoyalität, Intrige und Verrat blühte. Kein Manöver war zu schäbig, kein Motiv niedrig genug, als dass sich nicht jemand gefunden hätte, der auf genau diese Weise und aus exakt jenen Gründen gegen unliebsame Konkurrenten zu Felde zog. Schwachstellen, Fehltritte, Ausrutscher aufstrebender Genossen, die gerade dabei waren, sich einen Ruf als Experten, künftige Vorsitzende, Minister, Kanzlerkandidaten zu erwerben, wurden todsicher an Journalisten durchgestochen. Der chronische Mangel an Vertrauen, Diskretion, Solidarität, ganz zu schweigen von gemeinsamen Zielen und echtem Zusammenhalt, war einer, vielleicht der Hauptgrund für den Niedergang der Partei. Auch eine von Natur aus warmherzige Frau wie Maria Andriessen konnte sich dem nicht entziehen, wollte sie nicht zwischen den Platzhirschen des linken und rechten Rands, den

Böcken der Mitte, den Kühen und Ziegen oben und unten zerrieben werden. Längst spielte sie souverän auf der Klaviatur der Beziehungen, Medienkontakte, Indiskretionen, bildete Frontlinien, Allianzen, Seilschaften mit bevorzugten Redakteuren, ergebenen Lobbyvertretern, zahlungskräftigen Spendern aus Wirtschaft und Industrie. Wie bei allen, die beim großen Machtspiel mit von der Partie waren, schrieben sich die Spuren von Ehrgeiz, Rücksichtslosigkeit, Härte allmählich in ihr schönes Gesicht ein, ihr volles, zu lautes, nach Geschlechtstrieb klingendes Lachen bekam einen stählernen Unterton. Alle rechneten damit, dass Maria Andriessens Karriere innerhalb der nächsten zwei, drei Jahre noch einmal Fahrt aufnehmen würde. Sie war jetzt vierundvierzig, im besten Alter, um anzugreifen. Auf das aktuell vorsitzende Doppel wettete ohnehin niemand. Wenn es dem nächsten Kanzlerkandidaten irgendwie gelänge, den Absturz der Partei in die totale Bedeutungslosigkeit abzuwenden, vielleicht sogar Ansätze einer Trendwende zu schaffen – mehr war kaum zu erhoffen –, könnte sie in fünf, spätestens neun Jahren selbst einen Anlauf zur Kanzlerschaft wagen.

Auf ihre Nachricht hin war er rot geworden. Siebenstädter hatte kurz gezögert, dann »Bin um halb 8 bei Bernburger zum Hintergrund im Ernst-Lemmer-Haus, können uns vorher treffen, wo und wann?« geantwortet. Postwendend war »Bei mir im Büro, in einer Stunde« zurückgekommen. Für einen Moment war er sicher gewesen, dass die Bereitschaft, nach weiter reichenden Berührungspunkten zu suchen, beiderseits bestand, hatte er ihren monumentalen Hintern über sich schweben gesehen, zwischen ihren vollen Schenkeln gekniet. Vor anderthalb Monaten waren Gerüchte aufgetaucht, dass sie sich von ihrem Mann getrennt habe. Ohnehin lebte das Ehepaar Gödecke-Andriessen nicht zusammen in Berlin. Er führte ein Unternehmen für Kronkorken, Deckel, Verschlüsse in Bielefeld. Die Firma war europäischer Marktführer, machte Umsätze im zweistelligen Millionenbereich. Jetzt, wo die Kneipen geschlossen hatten, wuchs der Flaschenbiermarkt so exponentiell wie das Virus, alle soffen zu Hause gegen Leere, Ödnis, Verfinsterung an, da war einiges zu tun, um Produktion, Vertrieb, Logistik dem steigenden Bedarf anzupassen. Vielleicht wollte Maria Andriessen die Gunst oder Ungunst der Stunde nutzen oder sie litt einfach unter Langeweile, weil für eine Frau wie sie, die aus jeder Pore Lebenshunger bis zum Exzess verströmte, schon jetzt entschieden zu wenig los war, bald noch weniger los sein würde im politischen, medialen, gastronomischen, kulturellen Berlin.

Siebenstädter erinnerte sich an die letzten Jahre in Bonn, die erste Zeit nach dem Umzug, als ein Großteil der Parlamentarier, während die Familien in den Provinzen ein weitgehend normales Leben führten, diskrete Nebenbeziehungen in der Hauptstadt gepflegt hatte, gelegentlich untereinander, manchmal mit Branchenvertretern, Abgesandten, Diplomaten, mit Friseuren, Masseuren, Kosmetikerinnen, Männern und Frauen des Unterhaltungsgewerbes, professionellen Mätressen, Strichern im Park. Doch mittlerweile breitete sich ein obskurer Neomoralismus aus, nicht weniger bigott als die sauer-pietistische Verklemmtheit der Nachkriegsjahre. In Verbindung mit nachtscharfen Kameras in jedem Smartphone hatten Celebrity-geile Touristen, Sittenwächter jeglicher Motivlage, ordinäre Schlagzeilenjunkies den öffentlichen Raum zur totalen Jagdzone erklärt. Zudem konnten daheimgebliebene Ehefrauen und Ehemänner jederzeit per Bildtelefon überprüfen, ob erklärungsbedürftige Gläser, Zigarettenetuis, fremde Handtaschen, Slips in den Dienstapartments der Parlamentariergatten herumlagen. Gepflegte Affären, erotischer Ausgleich, sexuelle Entspannung waren jetzt, wo Restaurants und Bars, exklusive Clubs und Hotels geschlossen hatten, mit noch höherem Aufwand und vor allem mit beträchtlichem Risiko für die Karriere verbunden, denn die alarmiert-alarmistische Öffentlichkeit stürzte sich mit dem gleichen lustvollen Abscheu, der gleichen verlogenen Empörung wie die Moralapostel der Adenauer-Jahre auf jede Geschichte über unangemessenes Paarungsverhalten, die ins Blitzlichtgewitter geriet. Siebenstädters letzter außerehelicher Geschlechtsverkehr lag dreieinhalb Jahre zurück. Er hatte ein paarmal mit der Volontärin, Britta Sieverding, geschlafen, in beiderseitigem Einvernehmen, was sie hoffentlich noch immer genauso sah. Im Übrigen war er der festen Überzeugung, dass die menschliche Natur sich im Wesentlichen gleich blieb, unabhängig davon, welche Religion, Ideologie oder politische Agenda sich gerade an ihrer abschließenden Verbesserung versuchte. Der Hunger auf Vereinigungen in allen Spielarten würde sich von der jüngsten Sittsamkeitswelle so wenig eindämmen lassen, wie es Kirche und Staat während der letzten zwei Jahrtausende gelungen war, mit Hilfe von Kerkern, Folterkammern, Scheiterhaufen, Höllenqualen und ewigen Verdamnissen Begierde, Unzucht und Wollust auszumerzen oder auch nur in geordnete Bahnen zu lenken.

»Dann bis gleich«, hatte er Maria Andriessen geschrieben, sich ihre Altstimme mit den dunklen Obertönen vorgestellt, wie sie ihm etwas Hochbrisantes oder Obszönes ins Ohr flüsterte, hatte die Erinnerung an ihr Parfüm in der Nase gehabt, tatsächlich benutzte sie noch immer *Chanel No. 5*.

Er war unter die Dusche gesprungen, hatte frische Unterwäsche, ein sauberes Hemd angezogen, hatte Tibor einen Ochsenziemer gegeben, Irene einen Zettel geschrieben, »Bin schon wieder weg wg. Zusatztermin, sehe dich später, Kurt«. Drei Stunden vor dem Termin mit Prof. Bernburger im Restaurant des Ernst-Lemmer-Hauses war er wieder zur Straßenbahnhaltestelle gegangen, erst in die Tram gestiegen, dann am Nordbahnhof erneut in die S-Bahn, zurück ins Zentrum der Stadt und der Macht gefahren, mit diesem Gefühl der Erregung, das sowohl die Aussicht auf eine sensationelle Nachricht als auch die Vorstellung der ersten Nacht mit einer Frau auslöste, die man schon lange wollte. *Red dir nichts ein, mach dir nichts vor, sie wird irgendjemanden abschießen wollen, sie weiß auch, dass du deinen Zenit überschritten hast, dass deine Tage gezählt sind und deine Arschbacken hängen längst ziemlich schlaff in der Hose.*

Vielleicht hatte sie ihre Agenda hinsichtlich der Pandemie geändert oder wusste irgendetwas über Bernburger, dessen mehr und mehr fanatische Haltung mittlerweile selbst Parteigenossen, die ihm grundsätzlich folgten, auf die Nerven ging. Vielleicht wollte sie, dass Siebenstädter die geprügelten Frauen, vernachlässigten Kinder in den winzigen Wohnungen an den sozialen Brennpunkten thematisierte, die emanzipatorischen Rückschritte, Verschärfung der Ungleichheit zwischen Arm und Reich durch Lockdown, Homeoffice, Schulschließungen. Vielleicht hatte sie aber auch etwas Skandalträchtiges über die Verbindungen des Gesundheitsministers zur Pharmabranche herausgefunden oder über die Abhängigkeit des inoffiziellen Chefvirologen der Kanzlerin von Drittmitteln aus der Industrie. Fast alle Konzerne des medizinisch-industriellen Komplexes waren in der vergangenen Jahren zu Millionen- und Milliardenstrafen, -entschädigungen, Vergleichszahlungen wegen manipulierter oder gefälschter Studien, verschwiegener oder verharmloster Nebenwirkungen, Preistreiberei, unlauterem Wettbewerb verurteilt worden. Es wäre ein Wunder, wenn jetzt angesichts des gigantischen Markts für den Impfstoff und der vermutlich lukrativsten Aufträge in der Geschichte der Medizin niemand betrogen hätte.

Die S-Bahn hielt im Untergeschoss des Bahnhofs Friedrichstraße. Siebenstädter stieg aus, nahm die Rolltreppe hinauf in die Haupthalle. Obwohl das Fehlen der Schulklassen, Touristen, Studiosus-Reisenden, der Partygäste aus der ganzen Welt ins Auge stach, waren noch immer erstaunlich viele Menschen unterwegs. *Wollte man Außerirdischen zeigen wie sich Städte unter dem* Lockdown light *anfühlen wäre hier der richtige Ort eine verwundete Gesellschaft arm aber sexy braucht in der öffentlichen Kommunikation neben dem richtigen Handeln auch stärkende Worte aus dem Mund des Ratsvorsitzenden während die Clubkultur stirbt aus der Freiheit entsteht Verantwortung für das wahre Leben im Falschen auch die sozialen Medien versuchen keine Superspreader von Desinformation zu sein.*

Siebenstädter schwitzte schon wieder. Es war widerlich. Er hoffte, dass das Deodorant hielt. Irene kaufte jetzt immer Sticks ohne Aluminiumsalze, nachdem sie gelesen hatte, letztere könnten Demenz auslösen. Angesichts ihres Altersunterschieds war das natürlich ein Faktor. Leider wirkten die verträglicheren Antitranspirantien schlecht. Siebenstädter senkte seine Nase unauffällig in Richtung Achsel, meinte, einen säuerlichen Geruch wahrzunehmen, obwohl er doch erst vor einer halben Stunde geduscht hatte. Ganz gleich, was Maria Andriessen wusste oder wollte, was geschah oder nicht geschah – nach Schweiß stinken sollte er auf gar keinen Fall. Er brauchte ein effektives Deodorant, bevor er sie traf, selbst auf die Gefahr hin, ein paar Jahre früher zu verblöden.

Prof. Bernburger wies seinen Fahrer an, ihn vor dem Bahnhof aussteigen zu lassen: »Danke, das letzte Stück kann ich zu Fuß gehen.«

»Ich warte auch gern.«

»Ein bisschen frische Luft tut mir ganz gut.«

Im Prinzip war es falsch, Leute persönlich zum Hintergrundgespräch zu treffen. Das meiste in dieser Hinsicht fand online statt, so sah es eine mehr oder weniger verpflichtende Parteidirektive vor, an der er selbst federführend mitgewirkt hatte. Nur die Linken und die Neue Rechte hielten aktuell noch an persönlichen Begegnungen mit Pressevertretern fest. Doch das Leben bestand aus Widersprüchen, man trieb den Teufel mit dem Beelzebub aus, entschied sich zwischen Pest und Cholera, verglich Äpfel mit Birnen. In einer dramatischen Situation wie der gegenwärtigen, musste es auch Führungskräfte geben, die persönliche Risiken in Kauf nahmen, ihr eigenes Leben aufs Spiel setzten, um das Land vor größerem Schaden zu bewahren. Natürlich konnte man von Bildschirm zu Bildschirm reden. Prof. Bernburger brachte Tag für Tag aktualisierte Sachinformationen, Einschätzungen, Appelle mehr oder weniger erfolgreich unter die Leute, aber für echte Überzeugungsarbeit, die den einen oder anderen massenmedialen Multiplikator am Ende wirklich dazu brachte, auf den eigenen Kurs umzuschwenken, ließ sich über Zoom-, Teams- oder Skype-Konferenzen einfach nicht der nötige Druck aufbauen. Das persönliche Charisma, die Autorität, die einer ausstrahlte, diffundierte als Strahlungsenergie zwischen Kamera, Mikrofon, Servern, Satelliten, Screens in die galaktische Leere, die subatomaren Zwischenräume. Viele Leute – Prof. Bernburger konnte sich selbst davon nicht völlig freisprechen – spielten während der endlosen Videokonferenzen Handyspiele, legten virtuelle Patiencen, texteten mit Frauen und Freunden, so dass sie streckenweise allenfalls mit halber Konzentration bei der Sache waren. Abgesehen davon bewegten sich die meisten Dinge, Themen, Strategien, die ausgetauscht, besprochen, verhandelt wurden, im Bereich des Sensiblen, Heiklen, wenn nicht sogar Geheimen, und es war viel zu riskant, sie den Programmen dubioser Internetgiganten anzuvertrauen. Zwar hielt Prof. Bernburger den technischen Fortschritt für einen Segen, aber dennoch misstraute er den Kommunikationsapparaten zutiefst. Im harmlosesten Fall lasen, hörten, schauten die CIA oder der Mossad mit, ebenso gut konnte es sein, dass man von feindlichen Nachrichtendiensten ausgespäht wurde. Russischen oder chinesischen Hackern sollte es ein Leichtes sein, die Codes allgemein zugänglicher Konferenzplattformen zu knacken. Und dann tauchte plötzlich ein Gesprächsmitschnitt in irgendeiner Redaktion auf, in dem er jemanden aufforderte, in der Berichterstattung mehr auf Emotion und Dramatik zu setzen, Zahlen vielleicht nicht zu frisieren, aber doch so zu präsentieren, dass die Bevölkerung aus ihnen die gewünschten Schlussfolgerungen zog. Erst neulich hatte er gelesen, dass im Bereich der organisierten Kriminalität längst wieder alle wichtigen Vereinbarungen, Absprachen von Angesicht zu Angesicht getroffen wurden, ohne zwischengeschaltete Elektrogeräte.

Prof. Bernburger stand vor der Bahnhofshalle, atmete tief durch, schüttelte kurz und heftig seine Handgelenke, um eine innere Spannung zu lösen – ein Tick, den er sich angewöhnt hatte, seit er eine Automatikuhr trug, damit sie auf keinen Fall stehenblieb und er womöglich einen wichtigen Termin versäumte. Er war froh über die Dunkelheit, so wurde er trotz allem seltener erkannt, überlegte, ob es tatsächlich angeraten war, einen Drogeriemarkt zu betreten? Gerade weil er sich immer wieder entschlossen für strikte Eindämmungsmaßnahmen starkmachte, sah er sich in letzter Zeit, bei den wenigen Gelegenheiten, in denen er sich als Privatmann durch die Öffentlichkeit bewegte, immer wieder wütenden Beschimpfungen ausgesetzt, die eines Tages durchaus in physische Gewalt umschlagen konnten. *Der Volksvertreter als Privatmann was sollte das sein für einen dessen Beruf besser Berufung es war die Interessen der Wähler zu gewährleisten die ihr Vertrauen ihre Hoffnungen in ihn setzten immer und zu jeder Zeit an jedem Ort ganz egal ob diese Wähler es wollten oder nicht wollten so oder lieber anders gehabt hätten ohnehin konnten sie nicht beurteilen was gut für sie war und was schlecht.* Eine – er dachte *Sinti, Roma,* was auch immer – *Rumänin, Bulgarin, Slowakin*, mit langem Flechtzopf, natürlich ohne Mund-Nasen-Schutz, hielt ihm mit einstudierter Leidensmiene einen krakelig handgeschriebenen Zettel hin: »*Bitte helfen bitte! Kind mit sieben Jahren hat*

Krebs braucht Operation in USA, sonst stirbt! Dringend! Bitte!« Er wusste, dass sie Teil einer straff organisierten Bettelmafia war, weder ein krankes Kind hatte, noch das Geld, das er ihr gab, für sich behalten durfte. Trotzdem griff er in seine Hosentasche, ließ einen Euro aus größtmöglicher Distanz in den Pappbecher fallen, den sie ihm entgegenstreckte. Anschließend drehte er sich auf dem Absatz um, lief, rannte fast auf den Eingang des Drogeriemarktes zu. Die automatische Tür fuhr surrend zur Seite. Er war erleichtert, als er den Desinfektionsmittelspender sah, ließ drei Dosen hintereinander über seine Hände laufen, spürte die Kühlung durch das verfliegende Ethanol, nahm einen Korb aus dem Ständer, wischte den Griff noch einmal eigens mit der Lösung ab. Linkerhand fiel sein Blick auf einen Aufsteller mit spanischen Weinen, ein Sonderangebotskontingent, größere Mengen aus dem letzten oder vorletzten Jahr, die in den Bodegas der Jahrhundertternte des jüngsten Jahrhundertsommers weichen mussten, dazu spanisches Knabberzeug, Picos Artesanos, Patatas Fritas Marinas, Sardinen, Oliven, gefüllte Pfefferschoten. All das brauchte er nicht. Gegenüber eine Regalwand voller Shampoo, Spülungen, Tönungen, Packungen, Kuren, Haargel und Haarwachs, dahinter der Stand, an dem man noch immer Negativfilme entwickeln lassen konnte, obwohl doch alle Welt digital fotografierte. Prof. Bernburger war lange in keinem konventionellen Drogeriemarkt mehr gewesen, normalerweise kaufte er das wenige, was er an Hygieneartikeln brauchte, zusammen mit den Lebensmitteln im biodynamischen Genossenschaftsmarkt, weil er seiner Gesundheit und auch der Umwelt so wenig Schaden wie möglich zufügen wollte.

Siebenstädter hielt mitten in der Bewegung inne, als er wenige Meter vor sich die drahtige, durchtrainierte Gestalt in einem dieser exzentrisch karierten Tweedanzüge sah, die Bernburger normalerweise trug, kombiniert mit schwarzen Budapester Schuhen, *no browns after six*. Der Kopf bewegte sich ruckartig wie der eines Habichts, im Nacken spreizten sich die kurzgeschorenen Haare fettig ab wie Greifvogelfedern. Siebenstädter drehte sich zur Seite, wandte sich dem Weinregal zu. Er könnte eine Flasche zu Maria Andriessen mitnehmen, etwas Gebäck, schwarze Olivenpaté, das würde die Atmosphäre lockern, überlegte, ob es nicht doch besser wäre, gleich wieder zu gehen, doch dafür hätte er Bernburger überholen müssen – die Eingangstür hinter ihm öffnete sich nicht nur nicht von selbst, wenn jemand hinauswollte, sondern aus einem versteckten Lautsprecher verkündete eine mechanische Stimme: *Hier kein Ausgang*.

Einem hypochondrischen Zwangsneurotiker wie Bernburger hätte Siebenstädter einen gewöhnlichen Besuch in einem normalen Drogeriediscounter in diesen hochriskanten Zeiten gar nicht zugetraut. Aber vielleicht wollte der Professor einfach hundertprozentig sicher sein, dass alles, was er potenziell berührte, Tischplatten, Stühle, Gläser, Geschirr, steril war wie die Einrichtung eines Operationssaals und kümmerte sich persönlich um Desinfektionsmittel.

Siebenstädter entschied sich gegen Wein und Knabberzeug, schon damit Bernburger, der gerade in den nächsten Gang bog, ihn nicht mit einer Flasche in der Hand sah. Das Deodorantregal folgte normalerweise auf die Haarpflegeabteilung, manchmal auch umgekehrt. Siebenstädter tastete sich langsam vor, passierte Zahnbürsten, Zahnpasta, Zahnseide, Mundwasser. Hinter der nächsten Ecke sah er, wie Bernburger einen Nassrasierer von der Hängevorrichtung zog und in den Einkaufskorb legte, verschiedene Billigrasierwasser durchging, eins nach dem anderen herausnahm, seine Brille leicht von der Nase hob, um die kleingedruckte Liste der Inhaltsstoffe ins untere Drittel des Gleitsichtfelds zu rücken. In diesem Moment trafen sich ihre Blicke.

Prof. Bernburger zuckte zusammen. Obwohl er Siebenstädters Sendung regelmäßig morgens beim Frühstück hörte, ihn wegen dessen riesiger Fangemeinde, die sich angeblich aus Menschen aller Gesellschaftsschichten zusammensetzte, zu seiner Hintergrundrunde eingeladen hatte, war er nicht sicher, was er von ihm halten sollte. Es gab Leute, nicht nur in seiner eigenen Partei, die Siebenstädter lieber heute als morgen aus dem Sender gejagt hätten. Siebenstädter hatte, neben den üblichen Generalsekretären, Landesministern, ausländischen Botschaftern, Religionsvertretern, Wissenschaftlern, in jüngster Zeit regelmäßig obskure Zeitgenossen wie den Kabarettisten Werner Brahm zum Interview, der nicht nur immer noch frauen- und minderheitenfeindliche Witze machte, über *political correctness, Sprachpolizei, Gutmenschentum* herzog, sondern auch im Zusammenhang mit den Maßnahmen zur Eindämmung des Virus mal Stasi- und mal Nazivergleiche bemühte. Daneben war Judith Rositzky, ebenso eloquente wie attraktive Vorzeigeintellektuelle der Plattform-Linken, überproportional häufig in seiner Sendung zu Gast, konnte die Rückverstaatlichung der technischen wie sozialen Infrastruktur propagieren, unwidersprochen behaupten, dass Wasser- und Energieversorgung, Verkehr, Telekommunikation, Gesundheitswesen sowie große Teile des Wohnungsmarktes in den Besitz der öffentlichen Hand gehörten, die sie den Bürgern bereitstellen solle, ohne damit Gewinne zu erwirtschaften. De facto käme das einer Restauration des SED-Sozialismus gleich.

Dass sie sich jetzt hier trafen, war ein unglücklicher Zufall. Prof. Bernburger fand dennoch, dass es extrem unsouverän wirken würde, wenn sie wortlos aneinander vorbeigingen. Andererseits wäre es ebenso peinlich, wenn Wähler oder auch Hörer, ganz gleich welcher politischen Richtung, sie beide hier im Drogeriemarkt angeregt plaudern sähen. Coronaleugner, Demokratiefeinde, Verschwörungstheoretiker reimten sich eine fatale Allianz aus Presse und Politik zusammen, die nichtsdestoweniger für alle Beteiligten einen massiven Verlust an Glaubwürdigkeit nach sich zog. Gerade weil er in den nächsten Tagen ein längeres Morgengespräch mit Siebenstädter arrangieren wollte, darauf hoffte, ihn aus der Ecke seiner notorisch skeptischen

Pseudoneutralität zu locken, wäre es fatal, wenn sie jetzt hier vor dem Rasierseifenregal irgendein Querdenker mit seinem Handy fotografierte, das Bild anschließend durch die sozialen Medien jagte, nach dem Motto: *Seht her, wie es um die Unabhängigkeit der Lügenpresse steht: Radio-Star-Siebenstädter mit Professor-Lock-down-Rolf-Bernburger gemeinsam beim Einkaufen!*

Prof. Bernburger hob die milchweiße Flasche *Tabac original*, die er gerade herausgenommen hatte, in die Höhe, rang sich ein Lächeln ab, sagte »Desinfektion geht über alles!«, dachte im selben Moment: Was für ein idiotischer Satz, noch dazu wenn man Rasierwasser in der Hand hielt.

Siebenstädter trat auf ihn zu, fragte sich, ob Bernburger allen Ernstes Hygieneartikel aus dem Discounter benutzte? Andererseits passte es ins Bild, es hieß, er sei – außer bei seinen Schuhen, Hemden, Anzügen – äußerst sparsam, fast schon geizig.

»*Tabac Original* hat schon mein Vater benutzt«, sagte Siebenstädter.

»Wir bevorzugen eigentlich *Old Spice.*«

Siebenstädter suchte nach einer witzigen Bemerkung, mit deren Hilfe sie von der Peinlichkeit ins Gelächter wechseln könnten, merkte, dass er seit Maria Andriessens Nachricht in zu viele, einander gegenseitig unterminierende Gedankengänge verstrickt war, um schlagfertig zu sein. Abgesehen davon hielt er Bernburger für humorlos. Vermutlich würden sie beide nach dem Einkauf zu Fuß Richtung Ernst-Lemmer-Haus gehen, wobei es auch sein konnte, dass draußen ein Wagen auf Bernburger wartete. Siebenstädter wollte keinesfalls zusammen mit ihm dort ankommen. Dass er Maria Andriessen mehr oder weniger privat im Büro aufsuchte, war heikel genug. Allein die Tatsache, dass er sie halb verschwörerisch getroffen hätte, würde Bernburger sowohl im nächsten Radiogespräch, als auch in parteiinternen Auseinandersetzungen psychologische Vorteile verschaffen. Maria Andriessen mochte Bernburger nicht, das Steife, Penible, Kleinkarierte, das er verkörperte, war ihr geradezu physisch unangenehm. Umgekehrt konnte man davon ausgehen, dass ihre barocke Art Bernburger ebenso abstieß.

»Mir ist die Zahnpasta ausgegangen, und nachher werden die Läden zu sein«, sagte Siebenstädter, wie um sich zu rechtfertigen, obwohl gar kein Erklärungsbedarf bestand.

Prof. Bernburger witterte, dass Siebenstädter etwas vor ihm verbergen wollte. In solchen Dingen konnte er sich hundertprozentig auf seinen Instinkt verlassen. Entweder hatte es mit Politik zu tun oder mit der Pandemie, unverantwortlicher Leichtsinn, hygienisches Fehlverhalten, ein strafbarer Regelverstoß, möglicherweise war etwas Sexuelles im Spiel, eine heimliche Affäre, heikle Vorlieben, unappetitliche Praktiken. Siebenstädter stand im Ruf, nichts anbrennen zu lassen, was ihm lange Zeit eine gewisse Bewunderung zumindest bei bestimmten Leuten eingebracht hatte, damit war es vorbei. Auch ging er normalerweise sofort zum Angriff über, ganz gleich bei welcher Gelegenheit man ihn traf. Jetzt verhielt er sich erstaunlich defensiv, dafür musste es Gründe geben. Prof. Bernburger entschied, Siebenstädters offensichtliche Schwäche zum eigenen Vorteil zu nutzen, sagte: »Ich weiß, Sie sind ein großer Verfechter journalistischer Unabhängigkeit und lassen sich von niemandem vor den Karren spannen, was ja an sich eine hervorragende Eigenschaft für einen Journalisten ist, aber in diesem Fall, wo wir am Beginn der zweiten Welle stehen, Weihnachten, Silvester in totaler Isolation und mit Zehntausenden von Toten drohen, wäre es wichtig, wenn auch jemand wie Sie uns dabei helfen würde, die Bevölkerung mit etwas gezielterer Auswahl der Fakten und sanftem Druck auf unsere Seite zu ziehen …« Er machte eine Pause, entschied, auf die persönliche Ebene zu wechseln: »Denken Sie an das Leben Ihrer Eltern und Großeltern, das Ihnen doch sicher am Herzen liegt. Vielleicht können Sie sich dann dieses eine Mal dazu durchringen, die Menschen im Land nicht nur zu informieren, sondern zu überzeugen.«

Siebenstädter ging die falsche Feierlichkeit, mit der sowohl die engagierten Pandemiebekämpfer in Wissenschaft, Politik, unter Kollegen, Bekannten allgemeine und spezielle Katastrophenszenarien an die Wand malten, ebenso auf die Nerven wie das Freiheitsgeschwafel der Leugner, Pseudoskeptiker, selbsternannten Querdenker, die von »Widerstand« faselten, sich in eine Reihe mit Anne Frank, Sophie Scholl fantasierten, die Kanzlerin vor Gericht stellen, den Reichstag stürmen wollten. Er fragte sich zum wiederholten Mal, wann Gefühlsaufwallungen, Betroffenheiten, Weinerlichkeit und in deren Gefolge moralische Empörung, Wut, Hysterie in den öffentlichen Debatten sachliche Argumente, stichhaltige Begründungen ersetzt hatten, so dass man sich mit einer nüchternen Abwägung, einer unsentimentalen Analyse der Vor- und Nachteile dieser oder jener Entscheidung nicht nur als Gefühlskrüppel disqualifizierte, sondern zur Hassfigur wurde. Siebenstädter schüttelte den Kopf: »Ich weiß, für Sie als Mediziner ist der Tod keine Option, *deformation professionelle*, würde ich sagen, aber wenn ich zum Beispiel die Mutter meiner Schwägerin sehe, 86, seit anderthalb Jahren vollkommen dement, erkennt niemanden, stammelt unverständliches Zeug, scheißt sich drei Mal am Tag ein – ich könnte Ihnen allein in meinem privaten Umfeld ein halbes Dutzend vergleichbarer Fälle nennen –, dann denke ich: Vielleicht sollten wir den Bakterien, den Viren, von mir aus auch den Krebszellen doch wieder eine Chance geben, uns zu einem akzeptablen Zeitpunkt ins Jenseits oder wohin auch immer zu befördern.«

Siebenstädter wusste nicht, ob er glaubte, was er sich sagen hörte, aber die Härte des Gedankengangs gefiel ihm. Er sah eine glasige Fassungslosigkeit in Bernburgers Augen – obwohl dieser ein Gesundheitsapostel war, trank er, wie man auch von ihm selbst ungefragt erfuhr, regelmäßig Wein –, wunderte sich, wie viel Unausgesprochenes sich trotz der Masken immer noch mitteilte.

»Das ist natürlich eine Auffassung«, sagte Prof. Bernburger, »die ich in gar keiner Weise teile, weder als Mensch, noch als Arzt oder Politiker, und die alles in Frage stellt, was die Medizin in den vergangenen hundert Jahren zum Wohl der Menschheit geleistet hat.«

»Sie sind der Naturwissenschaftler: Ist es nicht überall im Tierreich so, dass sich bei zu hoher Populationsdichte Krankheiten ausbreiten, um das Gleichgewicht innerhalb des Ökosystems wiederherzustellen? Angesichts der globalen Umweltzerstörung wäre damit doch eigentlich allen gedient – außer vielleicht der Pharmaindustrie.«

»Herr Siebenstädter, ich erlaube mir mal, Ihnen eine persönliche Frage zu stellen: Würden Sie das wohl genauso sehen, wenn beispielsweise Ihre Frau oder Ihre Tochter – Sie haben doch eine Tochter, wenn ich mich recht entsinne? – an Gebärmutterhalskrebs erkranken würde oder an Leukämie?«

Siebenstädter lächelte überheblich. Sicher – oder vermutlich – stellte es sich anders dar, wenn Irene mit einer tödlichen Diagnose vom Gynäkologen käme. *Der Tumor ist inoperabel, sehr aggressiv, hat gestreut, Metastasen von Kopf bis Fuß, wenn es während der verbleibenden Wochen eher um Lebensqualität als um ein paar Tage mehr gehen soll, würden die Ärzte von einer Chemotherapie abraten, allenfalls über Strahlentherapie kann man nachdenken.* Beim Gedanken an Irenes Tod durchzuckte ihn kein Schrecken, nicht einmal, wenn er sich vorstellte, Nora würde sterben. Neulich hatte sie besoffen in den Flur gekotzt, vor ihren Freundinnen behandelte sie ihn wie einen peinlichen Verwandten, der zufällig gerade aus der Provinz zu Besuch war, dabei begann die eigentliche Pubertät doch gerade erst.

Siebenstädter dachte sich trotz allem noch immer allein, frei, ungebunden, für niemanden verantwortlich, zuckte mit den Schultern, sagte: »Ich finde es zielführender, Sachverhalte jenseits persönlicher Betroffenheit zu erörtern.«

Dennoch hallte die Vorstellung von Irenes Tod in seinem Kopf nach. Maria Andriessen hatte sich von ihrem Mann getrennt, wer wusste, was sich daraus ergeben könnte, wenn er selbst nicht länger ein *verheirateter Mann* wäre, sondern *Witwer* – ein sonderbares Wort, das kaum noch jemand benutzte. Früher hatte es überall Witwen gegeben, angefangen bei der Witwe Bolte, die ihren Spitz wegen der verschwundenen Brathähnchen halb totschlug. Die Männer starben vor den Frauen, weil sie rauchten, tranken, von Gerüsten fielen, in Russland gekämpft hatten. Die Witwe Arndts war schon seit dem Krieg allein, hatte bis zu ihrem eigenen Tod Schwarz getragen, die Witwe Wucherpfennig, deren Mann sich mit dem Wagen gegen einen Baum gesetzt hatte, hörte man immer durchs geschlossene Fenster Geige spielen. Witwer gab es nur einen einzigen, Herrn Günthardt, dessen Frau Schlaftabletten genommen und ihn mit drei kleinen Kindern allein gelassen hatte. In Siebenstädters Berliner Bekanntenkreis fanden sich weder Witwer noch Witwen. Vielleicht lag es daran, dass die meisten Ehen ohnehin nicht dauerten, bis der Tod sie schied, sondern auf halber Strecke in beiderseitigem Einvernehmen oder gebührendem Hass beendet wurden.

Der jüngsten Statistik zufolge hielten sie im Durchschnitt vierzehn Jahre. Er legte noch einmal nach: »Wenn durch das Virus verstärkt Leute sterben würden, die ohnehin an der Reihe sind, *alt und lebenssatt*, wie es so schön heißt, könnten die Sozialausgaben deutlich sinken, Kranken- und Rentenkassen würden entlastet, im Gegenzug hätte die öffentliche Hand mehr Spielraum, junge Familien gerade aus prekären Verhältnissen zu unterstützen: weniger Kinderarmut, weniger Verwahrlosung, weniger Gewalt, Missbrauch, Kriminalität, das müsste doch im Sinne einer sozialdemokratischen Partei sein.«

Siebenstädter wusste nicht, warum er diese Dinge sagte. Im Grunde waren ihm reiche Rentner, tot oder lebendig, so egal wie verwahrloste Kinder in Plattenbauten.

Prof. Bernburger ärgerte sich maßlos über Siebenstädters Gerede und darüber, dass er ihn auf die Liste seiner Abendrunde hatte setzen lassen. Offenkundig fühlte dieser sich weder geschmeichelt noch zu irgendetwas verpflichtet, war nicht willens, in die Hand einzuschlagen, die ihm entgegengestreckt wurde. Prof. Bernburger spürte, wie ihm die Mundwinkel verrutschten, war froh für die Maske, die den Aufruhr in seinem Gesicht verbarg. Während der vergangenen Monate war sein Einfluss in Partei, Fraktion, im ganzen Land enorm gewachsen. Offenbar meinte Siebenstädter darüber einfach hinweggehen zu können. Siebenstädter war ein arroganter Sturkopf, ein eitler Fatzke, der sich selbst für schlauer hielt als den gesamten Rest der Welt. Allerdings wurde gemunkelt, dass er in letzter Zeit

Fehler machte, er hatte regelrechte Aussetzer, erkannte die Zeichen der Zeit nicht mehr.

Prof. Bernburger spielte seinen Augen ein kühles Lächeln auf, sagte: »Wir reden später weiter.« Siebenstädter nickte, »Es war mir ein Vergnügen«, ließ ihn stehen. Die vulgär-darwinistischen Ideen, verbunden mit der geradezu obszönen Aufforderung zur Senioren-Euthanasie, erfüllten Prof. Bernburger mit Zorn, zumal Siebenstädter offenkundig nicht einer unausweichlichen gedanklichen Konsequenz gefolgt war, sondern ausschließlich aus einer böswilligen Laune, aus Lust an der Provokation argumentiert hatte. In einer Situation wie der gegenwärtigen, in der die Gesellschaft als Ganze und jeder Einzelne in seiner Existenz bedroht war, brauchte es mehr denn je an den Schnittstellen zwischen Politik und Bevölkerung, wie sie die öffentlich-rechtlichen Rundfunkanstalten darstellten, Menschen mit Verantwortungsgefühl und Kooperationsbereitschaft, keine egomanischen, profilneurotischen Zyniker wie Siebenstädter. Prof. Bernburger würde sich umhören, nachhaken. Niemand war unverwundbar, keine Karriere verlief so sauber, dass der steile Aufstieg nicht im Verborgenen auch die Gründe für den späteren Absturz mitlieferte. Immer wieder hatte es geheißen, Siebenstädter nutze seine Position für Affären mit jungen Frauen. Selbst wenn er sie anschließend mit seiner ganzen patriarchalen Macht unterstützt, ihnen Kontakte, Aufträge, Posten verschafft hatte, würde es sicher die eine oder andere geben, der er zu viel schuldig geblieben war. Die Zeiten, wo nur Leute aus der Politik, Parteifunktionäre, Regierungsmitglieder, gewählte Volksvertreter wie er selbst, wegen moralischen Fehlverhaltens zurücktreten mussten, während der Journaille dieselbe verkommene Zügellosigkeit nachgesehen wurde wie Schauspielern, Theaterleuten, Musikern, Künstlern gehörten spätestens seit der #Metoo-Debatte der Vergangenheit an. Inzwischen hatte es Produzenten, Regisseure, Unterhaltungsredakteure erwischt, auch in den Sendeanstalten waren die Zeiten vorbei, da ein Programmdirektor bei Praktikantinnen, Volontärinnen, Assistentinnen das *ius primae noctis* geltend machen konnte. Selbst der Abgang der größten Dreckschleuder unter den Zeitungsmachern, Gerd Sickmann, war durch Belästigungsvorwürfe wenn nicht ausgelöst, so doch dramatisch beschleunigt worden. Es bestand kein Zweifel, dass auch Kurt Siebenstädter einiges auf dem Kerbholz hatte.

Siebenstädter bezahlte das Deodorant, atmete tief durch, als er an die frische Luft trat. Er ärgerte sich, dass er mit seinen überspitzten Thesen Bernburger eine offene Flanke geboten hatte. Zum Glück funktionierten die Rollen in dem Stück, für das sie besetzt waren, nicht so, dass dieser ihn bei nächster Gelegenheit attackieren konnte. Solange er sich selbst nicht mit einer eigenen Meinung in der Öffentlichkeit positionierte, spielte es keine Rolle, was er dachte. Er war zu politischer Neutralität, Äquidistanz, Gleichbehandlung verpflichtet, allenfalls eine leichte Tendenz würde man ihm nachsehen, doch sobald er erkennbar einer Seite zuneigte, würde er angreifbar, vor allem würde er sich der Überraschungsmomente berauben, der Unberechenbarkeit, für die man ihn sowohl feierte als auch verabscheute.

Er sah auf die Uhr. Maria Andriessen erwartete ihn in zwanzig Minuten, zu was auch immer. Er überquerte die Straße, passierte die Opel-Vertretung, ging am Vodafone-Shop vorbei zum Kulturkaufhaus. Der frisch gewählte amerikanische Präsident schaute aus dem Schaufenster von einem Plakat, sein Blick vervielfachte sich auf Dutzenden Buchumschlägen, er grinste mit heruntergezogenen Mundwinkeln, als hielte er mit Mühe einen Schmerz unter Kontrolle. *The life the run and what matters now.* Ein alter Mann, der einen jüngeren umarmte, der alte mit Nadelstreifen, goldgefassten Manschettenknöpfen in den Nationalfarben. *A life of trial and redemption promise me dad give me your word that no matter what happens you're going to be all right, der Unfalltod seiner Frau, der Krebstod des Sohnes, am Horizont imaginäre Pferde oder Schicksale, Vergangenheit oder Zukunft, beides weit weg, aber fest im Blick, im Schaufenster daneben the vice president, die Stellvertreterin, person of colour, the truth we hold, indisch-karibisch, home grown diversity, die Kinder in der Nachbarschaft durften nicht mit uns spielen, weil wir schwarz waren, jetzt Covergirl white washed dank Photoshop. Wer hat Angst vor der schwarzen Frau? Niemand! Und wenn sie kommt? Dann laufen wir! Sie trug das Haar offen, lächelte, man hätte ihr eine Hausratsversicherung abgekauft, seine Tochter zu ihr aufs College geschickt, gemeinsame Fotos mit Doktorhüten geschossen.*

Siebenstädter ging hinein, er kannte sich aus, weil er regelmäßig hier Bücher kaufte, überlegte kurz, Maria Andriessen wenn schon keinen Wein, dann vielleicht einen Roman mitzubringen, von Haus aus war sie Literaturwissenschaftlerin. Früher hatte er nach Möglichkeit immer die wichtigsten Neuerscheinungen gelesen, doch in letzter Zeit hatte er den Überblick verloren. Er könnte einen Verkäufer fragen, aber ein Buch zu verschenken, das er selbst nicht kannte, war eigentlich zu riskant. Er überlegte, in die Klassikerabteilung zu gehen, vielleicht spränge ihm etwas ins Auge. Im Grunde hatte er keine Zeit mehr. Wo welche Bücher standen, wusste er, aber nicht, wo die Toiletten waren, folgte den Schildern.

Die Toiletten waren blitzsauber, Schiefer und weiße Fliesen, Zitronengras-beduftet, kunststeinerne Buddhas, lebender Bambus in Nischen über den Waschbecken. Er schloss sich in eine Kabine ein, öffnete die oberen Hemdknöpfe, sprühte sich großzügig Deodorant unter die Achseln, *AXE, der Duft, der Frauen provoziert* hatte es geheißen *once upon a time*, jetzt: *die neuen AXE mood booster machen gute Laune, bleibt gut drauf haltet Abstand #AHA*. Er fragte sich, was Bernburger überhaupt von ihm wollte, wenn schon die Deofabrikanten glaubten, mit Paarungswilligen auf Distanz ließe sich mehr Geld verdienen als mit der Aussicht auf hemmungslosen Sex?

Er wusch sich die Hände, betrachtete sich im Spiegel, während er die Seife zwischen den Fingern einmassierte. Die spitz zulaufende Maske gab seinem Gesicht die Silhouette eines Manga-Froschs, darüber das feinverästelte Netz der Knitterfalten um die trübgrauen Augen, auf die sich seine zunehmend schweren Lider herabsenkten. Bald würde er aussehen wie ein alter Chinese. *Mit den Jahren auch nicht mehr ganz in dem Zustand, daß man sich / seine Liebhaberinnen noch persönlich aussuchen kann – / Wahrlich, so ist es Freunde, keine widerspricht.*

Er schaute kurz in den Himmel, als er wieder hinaustrat. Das Schwarz des Alls, die Lochmuster der Sternbilder verschwanden hinter dem opaken Ablicht von erleuchteten Schaufenstern, Werbetafeln, Straßenlaternen. Ab Mitte des Monats folgte die Weihnachtsdekoration. *Morgen, Kinder, wird's was geben.* Siebenstädters Arbeit würde sich wieder monatelang mehr oder weniger nachts abspielen. Es störte ihn nicht, hatte sogar Vorteile, im Schutz der Dunkelheit blühte das Geheime, Scheue, Verbotene, nicht selten stellte sich eine Vertraulichkeit ein, die im Sommer fehlte. *Sie und ich hier, die letzten, die ersten, die noch oder schon wieder auf sind, niemand sieht, niemand hört uns, was ist die Welt so stille, vertrauen Sie mir, machen Sie ein Herz aus Ihrer Mördergrube.*

Siebenstädter ging ein Stück zurück Richtung Bahnhof, bog links in die schnurgerade, todlangweilige Straße zum Ernst-Lemmer-Haus, passierte eine Apotheke, eine Reinigung, den überbauten Hof des Hotels *Maritim*. Gegenüber residierte der rumänische Botschafter in seinem herausgeputzten Gründerzeit-Palais, heller Sandstein, roter Klinker, nicht zu vergessen die FDP, die gerade zwischen Verantwortungspathos und Freiheitsgeschwafel verhungerte wie der Esel zwischen den Heuhaufen. Gesichtslose Neubauten für überflüssige Verwaltungen, Parkplätze mit verwildertem Baumbestand, der Wehrbeauftragte des Deutschen Bundestags, das Presse- und Informationsamt. Siebenstädter zog sein Telefon aus der Jackentasche, tippte: »Bin in 5 Minuten da. Nur zur Info: Habe gerade Bernburger getroffen, der spukt da wahrscheinlich auch irgendwo rum.«

Die Nachricht wurde sofort als gelesen markiert. Über dem Textfeld erschien die Zeile *Maria Andriessen schreibt*. Offenbar wartete sie auf ihn, hatte sich zumindest nicht konzentriert mit etwas anderem beschäftigt. Siebenstädter blieb stehen, starrte auf sein Telefon, »Du bist angemeldet, ich komme runter«, dazu ein lächelndes Emoji. Sie freute sich auf das Treffen, wollte, dass er das wusste.

Der Gebäudekomplex des Ernst-Lemmer-Hauses zog sich zu beiden Seiten der Straße hin. Im Inneren befanden sich zweitausend Büros, darunter die von über dreihundert Abgeordneten. Durch verglaste Brücken, ein unterirdisches Tunnelsystem konnte man alle anderen Gebäude des Deutschen Bundestags, einschließlich des Plenarsaals, erreichen, ohne einen Fuß auf die Straße zu setzen, ein sicherheitstechnisch plausibles, der Bürgernähe wenig zuträgliches Konzept.

Siebenstädter drückte die Klingel am Haupteingang, zog erneut die Maske über Mund und Nase, eine Männerstimme fragte: »Wat jibt's?!«

»Ich habe einen Termin mit Frau Andriessen.«

Surrend öffnete sich die Schleuse. Er trat ein, wartete, bis sie sich wieder geschlossen hatte, dann erst fuhr die zweite Glastür zur Seite, entließ ihn ins Foyer.

Er zog seine Jacke aus, legte sie in die graue Kiste, die ihm der BGS-Mann hinstellte, warf seinen Schlüsselbund, eine Handvoll Münzen, das Portemonnaie hinterher. Die Kiste verschwand im Schacht des Röntgengeräts, während Siebenstädter mit erhobenen Händen die Torsonde passierte.

Er sah Maria Andriessen durch die Halle kommen, sie machte einen jungmädchenhaften Satz in ihren halbhohen Pumps, als wollte sie ihm entgegenlaufen, warf ihr dickes, dunkelbraunes Haar zurück wie in einer Shampoowerbung, hob die Hand zu einem angedeutetem Winken, ihre Augen lachten.

Das Gebäude wirkte noch höher, als es war, holzvertäfelte Hallen, taghell erleuchtet, dunkelgrauer Steinboden, von weißen Adern durchzogen, überlange, überschlanke Betonpfeiler, offene Treppenaufgänge, schmale Brücken auf T-Trägern, gläserne Wände in Innenhöfe, gläserne Decken für den Blick in den Himmel, Innenräume, die nach Außenräumen aussahen, schwedischer Katalog-Modernismus, ähnlich ausdruckslos wie im Hauptstadtstudio. Die Büros dicht an dicht, als wären es Zellen auf

Gefängnisfluren, nur dass sich statt der Sichtfenster für die Kontrollblicke des Wachpersonals neben jeder Tür ein Bildschirm befand.

»Wie geht's?«, fragte Maria Andriessen.

»Ganz gut.«

»Schön, dass es so unkompliziert geklappt hat.«

Die Worte hallten durch den Raum, wurden endlos fortgetragen. Vielleicht hätte man, bevor die Abgeordneten eingezogen waren, doch besser einen Gebäudeakustiker hinzugezogen.

»Wenn sich zwei Leute auf dem Gang unterhalten, hören alle anderen mit, oder?«, sagte er.

»Da sollte man jedenfalls vorsichtig sein.«

»Dann reden wir am besten übers Wetter.«

»So schlimm ist es auch wieder nicht.«

Das Ernst-Lemmer-Haus bestand aus sechs oder sieben Gebäuden, die ursprünglich nichts miteinander zu tun gehabt hatten. Einige waren alt, spätes 19. Jahrhundert, dazwischen, daneben, dahinter hatten die Architekten neue Elemente gesetzt, großzügige Freiflächen, Wasserspiele, Grünanlagen, eine künstliche Welt, die an Kolonialbauten auf fremden Planeten in amerikanischen Science-Fiction-Serien erinnerte. Siebenstädter ging einen halben Schritt hinter Maria Andriessen, Wellen *Chanel Nr. 5*, vermischt mit Körperlotion, zogen ihm in die Nase, voll und schwer. Er wollte »Du riechst gut« sagen, erinnerte sich, dass sie erst neulich getwittert hatte: »Frauen brauchen keine Komplimente, sondern gleichen Lohn für gleiche Arbeit.«

Es war das erste Mal, dass er sie hier traf. Normalerweise verabredeten sie sich im *Borchardt*, im *Einstein Unter den Linden*, im *Lutter&Wegner* zum Frühstück, Lunch, Kaffee, Dinner. Das Büro war der letzte Schritt vor der Einladung nach Hause. Wenn die Gerüchte stimmten, lungerte dort kein Ehemann mehr herum, von einem neuen Liebhaber hätte man gehört. Maria Andriessen bog ab, stieg jetzt vor ihm die Treppe hinauf, ihr Hintern hing schwer in der dunkelblauen Nadelstreifenhose, verjüngte sich zu einer handlichen Taille.

Siebenstädter suchte nach unverfänglichen Sätzen, die jeder hätte mithören dürfen, doch ihm fiel nichts ein. Er war es kaum mehr gewohnt zu plaudern, ziellos, frei schwebend über dies und das. Mit Irene traf er Absprachen, tauschte Informationen, hauptsächlich hörte er zu, was in der Schule passiert war, immer sehr viel, wenig Bedeutsames, nichtsdestoweniger musste es des Langen und Breiten erzählt werden. Nora sprach ohnehin nur noch selten mit ihm. Jetzt, wo es kaum Hintergrundrunden, weder Empfänge noch offizielle Zusammenkünfte oder Festakte gab, bei denen sich die Leute des politischen Betriebs trafen, so taten, als bestimmten sie die Geschicke des Landes, der Welt, Kontakte knüpften, hielten, vertieften, sich gegenseitig ihre Wichtigkeit bestätigten, merkte er, dass er Freunde im eigentlichen Sinne schon lange nicht mehr hatte. Es gab niemanden in seinem Leben, mit dem er sich ausschließlich um seiner selbst willen traf, über persönliche Dinge aus persönlichen Gründen sprach. Dementsprechend war ihm irgendwann das Bedürfnis abhandengekommen, Mitteilungen über Gedanken, Empfindungen, Vorlieben und Abneigungen zu machen. Er hatte nichts zu sagen und wen sollte das interessieren? Doch jetzt, während er Maria Andriessen folgte, den Blick nicht von ihren hin- und herschwingenden Hüften lassen konnte, ärgerte er sich, dass er kein Thema fand, über das zu reden interessant unterhaltsam, anregend gewesen wäre, so dass sie gedacht hätte, Siebenstädter ist ein interessanter, unterhaltsamer, anregender Gesprächspartner, mit dem man öfter reden sollte, einfach nur so.

»Gefällt dir das Gebäude eigentlich?«, fragte er in den Wiederhall ihrer klackernden Absätze, die Schlurfgeräusche der Kreppsohlen seiner Desert Boots.

»Im Moment bin ich froh, dass ich hier sein kann und nicht nur zu Hause hänge, da würde mir die Decke komplett auf den Kopf fallen, es ist ja so schon alles schlimm genug.«

Er überlegte, ob sie die allgemeine oder ihre persönliche Lage meinte, fragte jedoch nicht.

Sie blieb stehen, öffnete die Tür zu einem der zweitausend Büros, indem sie einen elektronischen Schlüssel an ein Sensorfeld hielt, sagte: »Es ist ziemlich schlicht, Standardausführung, kennst du wahrscheinlich.«

Der Raum war eher klein, keine zwanzig Quadratmeter, linker Hand befand sich eine Kommode mit Schubladenelementen, Ablagen, darüber Hängeregale voller Bücher, Aktenordner, Kladdenhalter, gegenüber ein Fernseher, ein

Receiver, weitere Regalfächer. Der Schreibtisch war leicht gerundet wie in billigen Businesshotels, verschwand unter einem Wust aus Zeitungen, Dokumenten, Notizen, Vorlagemappen, dazwischen erhoben sich Telefon, Tastatur, Bildschirm aus den Papierfluten. Siebenstädter sah durch eine halb geöffnete Tür in einen Nebenraum mit identischer Ausstattung, der allerdings deutlich aufgeräumter war. Dort arbeitete normalerweise Maria Andriessens persönliche Referentin, Kerstin irgendwas, der Nachname fiel ihm nicht ein, Ende zwanzig, Politologin, Mädchen für alles und heute entweder im Homeoffice oder bereits in den Feierabend entlassen.

Maria Andriessen ließ sich in ihren ledernen Schreibtischsessel fallen, fragte: »Willst du was trinken? Kaffee, Wasser oder …« Sie schaute auf die Uhr: »Es ist schon nach sechs … lieber Rotwein? Oder einen Whisky?«

Siebenstädter trat zu der bodentiefen Glaswand, schaute aus dem fünften Stock hinunter in den Innenhof auf die Kronen junger Bäume, wahrscheinlich irgendetwas Tropisches, das auch im Winter belaubt blieb. Gegenüber wechselten sich in loser Folge schwarze Fensterflächen und beleuchtete Büros ab. Vor einigen Jahren, ehe hochauflösende Smartphone-Kameras allgemeiner Standard geworden waren, hatte ein unscharfes Handyfoto des Abgeordneten Herbert Grubber die Runde gemacht, wie er mit heruntergelassener Hose zwischen den Schenkeln seiner auf einem dieser gerundeten Schreibtische liegenden Sekretärin stand.

»Warum nicht mal einen Whisky, hatte ich lange nicht.«

Siebenstädter setzte sich in einen der beiden Stahlrohrstühle neben dem Stahlrohrtisch mit der runden Massivholzplatte. In der Mitte stand ein Chromagan-Set mit kleinen Fächern, darin befanden sich Würfelzucker, Instantkaffee, Teebeutel, Trockenmilch, Löffel, einzeln verpackte Schokoladentäfelchen, einzeln verpackte Bisquits. In dem Chaos, das rundherum herrschte, wirkte es, als hätte Maria Andriessen den Tisch in letzter Sekunde frei geräumt, um einen Ruhepunkt für seine müden Augen zu schaffen.

»Bei der Gelegenheit fällt mir ein, dass ich tatsächlich noch mit niemandem auf den Wahlausgang in den USA angestoßen habe«, sagte sie, während sie sich hinunterbeugte, den Unterschrank öffnete, eine Flasche Tullamore Dew herausholte – einfachen irischen Whisky, den Siebenstädter während des Studiums manchmal im Irish Pub am Heumarkt getrunken hatte.

»Ohne Eis«, sagte sie. Es war eine Feststellung, keine Frage.

»Wie war das noch mit den EU-Strafzöllen auf Bourbon?«, sagte er.

»Fünfundzwanzig Prozent. Aber wer braucht schon Bourbon?«

Sie goss großzügig ein, rollte auf ihrem Stuhl ein Stück in seine Richtung, reichte ihm ein Glas. Ihre Finger berührten sich kurz, als er es ihr aus der Hand nahm: »Auf Neuanfänge diesseits und jenseits des Atlantiks.«

»Prost«, sagte Siebenstädter und sah ihr in die Augen. Er neigte nicht zum Aberglauben, aber so oder so konnte es nur besser werden.

Tullamore Dew war rauer als die angesagten Single Malts aus schottischen Destillen, die einem sonst meistens angeboten wurden als Symbol für Geld und Kennerschaft, gerade deshalb mochte er ihn: ein Schuss Schmerz gegen den Schmerz.

Natürlich wusste Maria Andriessen, dass er ein *verheirateter Mann* war. Sie würde entscheiden, hatte entschieden, ob sie, unabhängig vom allgemeinen Gesetz, weibliche Solidarität, moralische Einwände oder das, wonach ihr gerade war, zur Handlungsmaxime erhob. Vielleicht war sie von ihrem Kronkorkenfabrikantenmann wegen einer anderen, jüngeren, dünneren, dümmeren verlassen worden, die sich in ihre Ehe gedrängt hatte, ohne Rücksicht auf Augenhöhe, Treueversprechen, Eheverträge. Vielleicht fühlte Maria Andriessen sich deshalb momentan zu gar nichts verpflichtet, ließ sich von niemandem vorschreiben, was sie zu tun oder zu lassen hatte, nicht einmal von sich selbst. Irene und sie waren einander einige Male begegnet, vor drei, fünf, sieben Jahren beim Bundespresseball, und Siebenstädter hatte während des nächsten Lunchs mit Maria Andriessen Bemerkungen fallen lassen, nebenbei, abwinkend, mit einer Spur Resignation, dass seine Ehe mehr oder weniger nur noch auf dem Papier bestehe, wegen Nora fortgesetzt werde, ansonsten tue und lasse jeder, was er wolle, was vermutlich nur für ihn selber stimmte, aber natürlich konnte er nicht ausschließen, dass auch Irene Klassenfahrten, Fortbildungen, Kollegengeburtstage als willkommene Gelegenheiten für Nebenbefriedigungen nahm.

»Alle sind erleichtert, dass wir den Psychopathen im Weißen Haus los sind, wobei man ja erst mal sehen muss, ob er tatsächlich geht. Es gibt ernstzunehmende Beobachter, die einen zweiten amerikanischen Bürgerkrieg für möglich halten, aber unabhängig von dem, was er zu Hause veranstaltet, war er natürlich auch globalpolitisch eine Katastrophe, es funktionierte ja einfach nichts mehr auf internationaler Ebene ...«

Siebenstädter trank noch einen Schluck Whisky: »Für mich wird es jetzt wieder schwieriger. Bis letzte Woche musste ich mir abends, selbst wenn den ganzen Tag über nirgends auf der Welt etwas Interessantes passiert war, keine Sorgen machen, womit ich die nächste Sendung fülle, irgend ein Knaller lief frühmorgens garantiert über den Nachrichtenticker, und es fand sich auch immer jemand, der sich darüber aufregen wollte. Das ist jetzt leider vorbei ...«

Er lachte. Maria Andriessen lachte nicht, verdrehte die Augen: »Du musst aufpassen, Kurt, wenn du solche Sachen sagst, solche und andere, ähnliche, du weißt schon, was ich meine.«

Er runzelte die Stirn: »Nicht so genau.«

»Es brodelt im Hintergrund. Da sind diverse Leute, die finden, dass du mit deinen Anmoderationen, aber auch bei den Fragen immer häufiger Grenzen überschreitest, die im öffentlich-rechtlichen Rundfunk nicht überschritten werden sollten.«

»Seit Neuestem, also seit gerade mal ein oder zwei Jahren gibt es diese neue Empfindsamkeit, oder?«

»Die Sensibilität ist einfach in vielen Bereichen gestiegen. Das kann man begrüßen oder bescheuert finden, es ändert nichts an der Tatsache, dass es so ist. Und ich muss dir nicht sagen, wie schnell Dinge in der öffentlichen Wahrnehmung kippen.«

»Was weißt du?«

»Nichts. Ich hab meine Ohren halt offen und höre dies und das. Spätestens seit du dich vorletzte Woche mit Werner Brahm darüber ausgelassen hast, dass du früher im Familienurlaub immer Zigeunerschnitzel …«

»Du meinst das *Zett-Wort-Schnitzel* …«

»… dass das dein Lieblingsessen gewesen ist und dass du als Schüler nach einer Geschichte im Deutschunterricht davon geträumt hast, einen Zigeuner-Freund zu haben, der dir dieses legendäre Gericht ›Igel in Ton‹ zubereitet … *Jenö war mein Freund*, hieß die Geschichte übrigens – stand auch noch in meinem Lesebuch.«

»Genau.«

»Aber da heißt es eben auch ganz selbstverständlich, dass Jenö klaut.«

»Es ging darum zu zeigen, dass der Begriff schon lange mindestens so positiv besetzt wie diskriminierend gemeint ist. Für mich war das mit fünfzehn regelrecht ein Sehnsuchtswort: *Zigeuner* standen für Freiheit, wilde Musik, glutäugige Frauen, südländische Lebensart, *heute hier, morgen dort …*«

»Das klingt zwar positiv, wird aber inzwischen als pure Diskriminierung empfunden. – Wir müssen da im Übrigen inhaltlich gar nicht drüber streiten, ich weiß schon, was du meinst und will dir gar nichts unterstellen. Ich warne dich nur, weil ich den Eindruck habe, dass sich da was zusammenbraut, und je nachdem, wer wo was aufgreift, bist du innerhalb von zwei, drei Tagen weg vom Fenster. Da steht dann *Siebenstädter bedient rassistische Klischees,* irgendjemand wird Fotos ausgraben, die dich im lockeren Gespräch mit Philip Friedmark oder von der Dommel zeigen: *Siebenstädter und seine Kontakte zur Neuen Rechten.* Und wenn das erst mal gedruckt ist, findet sich auch jemand, der Geschichten aus deinem Vorleben ausgräbt. Ich brauche dir doch nicht erzählen, wie die Mechanismen funktionieren, wenn genug Leute der Meinung sind, dass du wegmusst. Selbst Gerd Sickmann ließ sich nicht halten, nachdem Vorwürfe publik wurden, dass er auf einer Verlagsparty eine Mitarbeiterin im Pool angegrapscht hat, und von dem haben alle immer gedacht, er ist der Mann, der entscheidet, wer sich hier zu Höhenflügen aufschwingt und wer abstürzt. Die Zeiten ändern sich, Kurt. Zum Glück.«

Du hast das Potenzial, es sehr weit zu bringen in diesem Beruf, bei dir stimmt einfach alles, Aussehen, Timbre, Attitude, was die Recherche anlangt, wie man sich auf einen

Gesprächspartner vorbereitet, da kann ich dir ein paar Tricks zeigen, mache ich gerne, besser nach Feierabend, wenn du Lust hast, können wir mal was zusammen essen gehen, ich lad dich ein, magst du eher Italienisch, Japanisch, Orientalisch, ich weiß einen guten Perser, aber ich komme auch gern zu dir.

Siebenstädter schüttelte den Kopf. Er wusste, dass Maria Andriessen recht hatte, wollte es trotzdem nicht glauben. Gerade war er doch noch, und das gut dreißig Jahre lang, rebellischer Vorkämpfer für Offenheit, Liberalität, Toleranz, für größtmögliche Freiheit in möglichst vielen Belangen gewesen, hatte gegen klerikalfaschistischen Muff, Großtantenmanierlichkeit, das schöne Händchen, Krawattenzwang, gegen angstneurotische Verklemmtheiten, moralische Makel, das ganze Unglück zwischen den Beinen und in den Betten rebelliert, das zweitausend Jahre Christentum und zweihundert Jahre bürgerliche Moral der Lust und der Liebe im Abendland zugefügt hatten. *Das Wunder der Vereinigung dein Mann deine Frau das unbekannte Wesen Sexus Nexus Plexus Vorspiel und Nachspiel joy of sex more joy of sex Emanuelle küsst Männer Emanuelle küsst Frauen weiße und schwarze Zunge Mund Hand keine Angst vorm Fliegen über das Delta der Venus Salz auf unserer Haut du willst es doch auch.* Auf einmal trieb die Benutzung bestimmter Wörter zartbesaiteten Damen wieder die Schamesröte ins Gesicht, falsche Formulierungen lösten Empörung, Kreischen und Ohnmachtsanfälle aus wie zuletzt in den 1960er Jahren, wenn einer beim Kaffeekränzchen seiner Großmutter »Pissen! Kacken! Ficken!« geschrien hätte.

»War es das, was du mir sagen wolltest?«, fragte Siebenstädter.

»Ich fände es einfach schade, wenn du deine Sendung verlieren würdest.«

»Das Missverständnis besteht schon darin, dass alle denken, ich hätte eine Meinung, absurderweise finden sie dann, dass meine Meinung ihrer eigenen diametral entgegengesetzt ist, aber ich meine gar nichts. Ich bin Dialektiker, ich widerspreche aus Prinzip, weil erst aus der Kontroverse Erkenntnisgewinn entsteht. Je schärfer, pointierter, rücksichtsloser argumentiert wird, desto deutlicher wird, worum es geht. Wenn ich den, der mir gegenübersitzt, bis aufs Blut reize, wird er irgendwann mit dem herausrücken, was er wirklich denkt.«

»Das glaube ich dir nicht«, sagte Maria Andriessen.

»Was glaubst du mir nicht?«

»Dass du keine Überzeugungen hast.«

»Deshalb bist du in einer Partei und ich nicht. Du hältst kämpferische Reden, streitest dich mit Leuten aus anderen Lagern. Du glaubst, dass es relevant ist, ob dies oder das so oder so entschieden wird. Ich glaube das nicht, und selbst wenn ich es theoretisch glauben würde, wüsste ich nie, ob das, für das ich mich starkmache, tatsächlich die bessere Lösung ist. Deshalb stelle ich Fragen, hinterhältige, polemische, unverschämte Fragen, weil mir zu jedem deiner Argumente zehn Gegenargumente einfallen, und das ist ausnahmslos bei allen so, die ich am Mikrofon habe, von ganz links bis ganz rechts. Vielleicht frage ich sogar besonders gemein, wenn ich den Verdacht habe, ich könnte womöglich auf deiner Seite sein – um dir die Chance zu geben, meine Zweifel auszuräumen. Leider gelingt es nie, weder dir noch sonst jemandem. Aber wenn wir als Journalisten das nicht mehr dürfen, weil irgendwer sich eventuell von einer überspitzten Formulierung gekränkt fühlen könnte, ist der demokratische Prozess tot.«

»Ich geb' dir ja in Teilen recht, und mir liegt das selber auch nicht, doch inzwischen versuche ich, mich zusammenzureißen. Wenn du dich an den Aufschrei erinnerst, als ich vor zwei Jahren gesagt hab, ›es wird Zeit, dass die Liberalen mal wieder ordentlich eins auf den Sack kriegen …‹«

»Das hatte ich fast schon wieder vergessen. Am Ende hast du dich offiziell für deine *verunglückte Wortwahl* entschuldigt – das fand ich, ehrlich gesagt, viel schlimmer als deine Formulierung.«

»Ich wollte nur sagen: Pass ein bisschen auf.«

Siebenstädter schwenkte die bernsteinfarbene Flüssigkeit in seinem Glas, sah zu, wie sie ölig in die Mitte zurücklief. Das Gespräch hatte die falsche Wendung genommen. Wie kamen sie jetzt wieder zurück auf die Ebene, um die es eigentlich gegangen war. Er trank den Rest in einem Schluck. Der Whisky bildete einen scharfen Glutpunkt in seinem Magen, eine Welle aus Wärme schoss ihm bis in die Zehen.

Wenn Maria Andriessen schon gehört hatte, dass sein Stuhl wackelte, befand er sich in Wirklichkeit vermutlich längst im freien Fall. Es ging nur noch darum, Haltung zu bewahren, während die Schwerkraft unerbittlich ihre Arbeit machte – in geordnetem Zustand zu zerschellen.

Sie stand auf, lachte, schenkte erst ihm und dann sich selbst nach. »Schau nicht so, als wär dir 'ne Laus über die Leber gelaufen. Das ist guter Whisky. Prost.«

Siebenstädter versuchte ein Lächeln, das zu einem schiefen Grinsen missriet: »Auf unserem Schulklo stand ein Spruch, angeblich von Seneca: *Bleib auf deinem Posten und hilf durch deinen Zuruf, und wenn man dir die Kehle zudrückt, bleib auf deinem Posten und hilf durch dein Schweigen.* Unabhängig davon, was ich sage, wollen sowieso alle, dass nicht ausschließlich Reisiger und ich *Das Magazin am Morgen* moderieren, sondern schnellstmöglich mindestens eine Frau ins Team kommt. Da ich den besten Vertrag habe und den Sender das meiste Geld koste, liegt es nahe, mich zu ersetzen. Der Grund ist vermutlich egal.«

»Wenn du sagst, das ist mein Stil, für alles andere sollen sie sich andere suchen, respektiere ich das natürlich.«

Er zuckte mit den Schultern, schaute an ihr vorbei in den hell erleuchteten Hof, sah im Gebäudetrakt gegenüber andere fleißige Parlamentarier in ihren Büros, dachte an Herbert Grubber zwischen den Beinen seiner Sekretärin. Sicher kannte auch Maria das Bild, möglicherweise war es aber auch nur unter Männern herumgereicht worden. So wie er jetzt, dreißig Meter Luftlinie entfernt, dem hochgewachsenen Abgeordneten – es konnte Großbeeren von den Liberalen sein – beim Telefonieren zuschauen konnte, wäre alles, was sie hier täten, öffentlich.

Er fragte sich, wann das Bedürfnis nach Privatsphäre, Diskretion, einer Art totalitärem Transparenzwahn gewichen war? Jeder sollte immer so leben, dass alle anderen ihm jederzeit dabei zusehen konnten, ohne etwas anstößig oder auch nur merkwürdig zu finden. Selbst die Gentrifizierungsbourgeoisie im Prenzlauer Berg oder in Friedrichshain ließ ihre Ökobaugruppenobjekte mit Fensterfronten planen, durch die man von der Straße aus sehen konnte, welche Farbe die lackierten Fußnägel der Dame des Hauses hatten.

»Jetzt sei nicht beleidigt«, sagte Maria Andriessen. »Ich habe übrigens noch was für dich.«

Sie sah ihn verschmitzt und triumphierend an, wartete auf seine Reaktion.

Maria Andriessen konnte innerhalb von wenigen Sekunden in einen anderen Modus wechseln, hatte jetzt wieder diese warme Lebendigkeit, gegen die er machtlos war. Siebenstädter lächelte mit ironisch hochgezogenen Brauen, es geriet eine Spur zu säuerlich. Während er sich gerade noch vorkam, als würde er vollkommen isoliert vor der verschlossenen Tür des Senders stehen, waren sie jetzt wieder eine Frau und ein Mann, die zu zweit mit zu geringem Abstand in einem Zimmer saßen, jeder ein Glas Whisky in der Hand, und die auf jeden Fall etwas Besseres zu tun gehabt hätten, als über amerikanische Präsidenten und Karriereenden zu reden.

»Ich bin gespannt.«

»Unser Lieblingsfeind, der Gesundheitsminister, ist ja vor gut drei Wochen positiv getestet worden, offenbar hatte er Glück und kaum Symptome. Kann passieren, dass man sich ansteckt, gerade in so einer Position, wo man trotz allem immer noch viele Leute persönlich treffen muss, was aber tatsächlich pikant ist: Ein paar Tage vorher hat er, nachdem er morgens noch vollmundig erklärt hatte, private Treffen seien die eigentlichen Pandemietreiber, ein Dutzend Leute, Unternehmer, Geschäftsfreunde, unter anderem die Spitze der Spar- und Creditgenossenschaft Warendorf, die ihm auch seine Villa finanziert hat, zu einem exklusiven Spendendinner im *Schwarzen Adler* eingeladen, alle in einem Raum an einem Tisch, ohne Abstand, ohne vorherige Tests. Jeder, der eingeladen war, ausschließlich Männer übrigens, sollte ihm – also seinem Kreisverband – Geld überweisen, angeblich gab es auch einen Hinweis auf die Summe, 9999 Euro, genau so viel, dass die Namen nicht öffentlich gemacht werden müssen.«

»Woher hast du die Information?«

»Von jemandem, der ihm abgesagt hat.«

»Namen?«

»Keine Namen.«

»Aber ich kann das verwenden?«

»Du musst natürlich ein bisschen nachrecherchieren, also es sollte klar sein, dass du diese Geschichte selbst an die Öffentlichkeit holst.«

Er lachte, nahm noch einen Schluck Whisky, schüttelte den Kopf, fragte sich, welches Spiel Maria Andriessen spielte, ob er selbst eine Figur oder ein Mitspieler war? So oder so saß er in der Falle, weshalb es vollkommen egal war, was er sagte, tat oder nicht tat, an die große Glocke hängte oder unter den Tisch fallen ließ. Wenn der Gesundheitsminister stolperte oder gar stürzte, über seine eigenen Füße, mit Hilfe eines Radiokommentars, was nützte es Maria Andriessen? Sein Ressort stand für diese Legislaturperiode den Christdemokraten zu. Wenn man sich trotzdem, aufgrund der aktuellen Ausnahmesituation, dazu durchringen würde, es ohne Ansehen der Parteizugehörigkeit demjenigen mit dem meisten Sachverstand zu übertragen, führte kein Weg an Bernburger vorbei. Wollte Maria Andriessen das? Oder war sie inzwischen auf der niedrigsten Stufe ihre Berufstands angekommen, wo es nur noch darum ging, dem politischen Gegner größtmöglichen Schaden zuzufügen, ganz gleich, welche Folgen es für das Land hatte?

»Auf wen oder was kann ich mich berufen?«

»Du bist lange genug dabei, um zu wissen, wie du das, was du weißt, so aussehen lässt, dass man dir das, was du nicht weißt, auch noch verrät.«

Siebenstädter schaute in ihr immer noch schönes Gesicht, lächelte, konnte nicht sagen, ob die Kälte oder Wärme in ihrem Blick überwog, das Berechnende oder das Ungeschützte, was davon aus ihr selbst kam, was ihm galt, was der Situation geschuldet war und was den

Zielen, die sie nie aus den Augen verlor. Er spürte den Impuls, das kurze Stück, das sie voneinander entfernt waren, anderthalb Meter, auf sie zuzugehen, ihr ins Haar zu greifen, einen Arm um sie zu legen, sie auf ihre signalrot geschminkten Lippen zu küssen, jetzt nicht.

Stattdessen schaute er auf die Uhr, stand auf, sagte: »Ich überleg es mir, aber jetzt muss ich zu Bernburger. Mal hören, was der von mir will, wobei ich es eigentlich weiß, im Grunde kann ich mir den Quatsch sparen. Vorhin hätten wir fast Rasierwasser zusammen gekauft, mehr Intimität ist unter Männern ja kaum vorstellbar.«

Er trank den Rest Whisky im Stehen. Maria Andriessen stand ebenfalls auf, trat auf ihn zu, griff nach seiner Hand, jetzt wäre der Moment für den nächsten Schritt, aber gegenüber war mindestens ein halbes Dutzend Fenster erleuchtet, darin andere Parlamentarier, wissenschaftliche Mitarbeiter, Sekretärinnen, Praktikanten, die sie hier genauso sahen wie er sie. Maria Andriessen deutete mit einem halben Achselzucken in einer abgebrochenen Drehbewegung auf die Glasfront, drückte noch einmal seine Hand, warm und vielversprechend: »Wenn ich noch etwas höre in den nächsten Tagen, melde ich mich, wir können zusammen essen, ich lad dich ein: Mein Zwiebelkuchen ist legendär.«

III.

Siebenstädter zog Maria Andriessens Bürotür hinter sich zu, entschied, Bernburgers Hintergrundrunde ausfallen zu lassen. Er konnte sich jetzt keinesfalls zwei Stunden lang dessen alarmistisches Gerede anhören, ganz gleich, ob es der Bedrohungslage angemessen war oder nicht. Womöglich würde er ausrasten, herumschreien, Gläser an die Wand werfen, einem der oberschlauen Leitartikler ins Gesicht schlagen, bis die Zähne aus dem Kiefer brachen. Er sah es vor sich, es war nur ein Bild, ein hässliches Bild, eines Tages würde etwas Derartiges passieren und damit dieser Tag nicht heute wäre, ging er nicht hin.

Er konnte Bernburger später oder morgen eine E-Mail schreiben, sich entschuldigen, dass er für eine kurzfristig anberaumte Sitzung in die Redaktion gemusst habe. Bernburger würde es glauben oder nicht glauben. In der Politik waren Konferenzen nach zwanzig Uhr nichts Ungewöhnliches. Vielleicht wäre er sogar erleichtert, einen potenziellen Virenüberträger weniger im Raum zu haben, zumal ihm nach dem Gespräch im Drogeriemarkt klar sein musste, dass Siebenstädter nicht bereit war, Teil irgend eines Propagandaapparats zu werden.

Zu Hause konnte er sich noch nicht blicken lassen. Irene würde ihn mit Fragen löchern, wissen wollen, weshalb er schon zurück sei, warum er so schlechte Laune habe, ob es an ihr liege, ihm etwas von verkappter Depression erzählen. Er würde versichern, dass alles in Ordnung sei, kein Grund zur Sorge, und kaum, dass er sich gesetzt, ein Buch zur Hand genommen hätte, würde einer ihrer endlosen Abendmonologe folgen, Aufregung, Empörung, Spott über die neuesten Idiotien ihres Chefs, der dem abgewählten US-Präsidenten nacheiferte und der Meinung war, wenn sich eine Weltmacht vom Golfplatz aus regieren ließ, sollte das erst recht für die Leitung eines mittelmäßigen Berliner Gymnasiums gelten.

Kneipen, Cafés, Restaurants waren geschlossen. Da er ein paar Stunden einfach seine Ruhe haben wollte, blieb nur das Büro.

Siebenstädter verließ das Gebäude durch den Seitenausgang, blieb stehen, war enttäuscht, verfinstert, erleichtert. *Sie wird mich anrufen und zu sich nach Hause einladen, sie sucht nur nach einem unverfänglichen Grund, wenn es anders wäre, hätte sie die Idee gar nicht ins Spiel gebracht, vielleicht hat sie schon genauso lange Lust auf mich wie ich auf sie – eine unsinnige Idee, reine Selbstüberschätzung. Ich nütze ihr nichts, sehe schon längst nicht mehr gut aus, rieche nach Niederlage, nach aufziehendem Alter.*

Das Hauptstadtstudio lag dem Ernst-Lemmer-Haus unmittelbar gegenüber. Siebenstädter überquerte die leere Straße, hielt seine Karte an das magische Auge. Auch hier öffnete sich nur die äußere Tür, schloss sich hinter ihm, sobald er eingetreten war. Erst nach Inaugenscheinnahme durch die Pförtner am Empfangstisch wurde er ins Innere des Gebäudes vorgelassen. Die Schleuse war Teil der verschärften Sicherheitsmaßnahmen, die sich Antiterrorexperten nach den Anschlagsserien in Paris und Brüssel 2015/2016 ausgedacht hatten.

Er winkte Frau Severin und Herrn Breitner, die Spätdienst hatten und auch heute wieder enttäuscht sein würden von ihrem Arbeitstag. Normalerweise herrschte hier ein ständiges Kommen und Gehen, Besuchergruppen, Schulklassen wechselten sich mit bekannten Gesichtern ab, Prominente aus Politik, Kultur, Unterhaltung, Sport sprachen ihre Ansichten, Einschätzungen, Weisheiten in Mikrofone und Kameras, erklärten, mahnten, forderten, wiesen entschieden zurück, erzählten von Zusammenbrüchen, Katastrophen, Glück, doch momentan fanden die meisten Interviews per Telefon oder Videoschalte statt, so dass für die Pförtner nicht einmal Autogrammkarten abfielen.

»So spät noch hier?«, fragte Frau Severin.

»Es ist ja momentan einiges los auf der Welt und in Amerika hat der Tag gerade erst angefangen.«

Auf den Bildschirmen hinter ihnen liefen öffentlich-rechtliche Sendungen, eine Tierarztserie, ein bayrischer Provinzkrimi, eine romantische Bootsfahrt auf einem verwunschenen Fluss, Werbung für französischen Weichkäse.

Er sah Edelgard Brandmüller, parlamentarische Staatssekretärin im Außenministerium, die breite Treppe in der

Mitte des Gebäudes herunterkommen. Sie starrte auf ihr Smartphone, deaktivierte den Flugmodus, um nichts zu verpassen. *Der abgewählte Präsident rief den Ausnahmezustand aus, der neu gewählte Präsident wurde festgenommen, der abgewählte Präsident wurde festgenommen, der neu gewählte Präsident ermahnte die Bevölkerung zur Ruhe, Teile der Armee rückten auf das Kapitol vor, Ruhe ist jetzt die erste Bürgerpflicht, verfassungstreue Generäle gaben eine Erklärung ab,* God bless America, *Kampfflugzeuge stiegen auf, in Washington, Atlanta, Columbus, Ohio, fielen Schüsse.*

Siebenstädter bog rechts in den Gang, wo sich die Aufzüge befanden, drückte den Knopf, drehte sich weg, um nicht in ein Gespräch verwickelt zu werden. Die Tür öffnete sich, er stieg ein, fuhr hinauf in den fünften Stock. Der Boden des Flurs war mit grauem Kunstfilz ausgelegt. Dass er die gleiche Farbe hatte wie die Steinplatten im Ernst-Lemmer-Haus, fiel ihm heute erst auf, aber während dort jeder mit dem Klackern seiner Absätze, dem forschen Rhythmus der eigenen Schritte ein Zeichen setzte, bewegten sich hier, unabhängig vom Schuhwerk, alle nahezu geräuschlos.

Das ganze Haus wirkte unbelebt, als hätten die Mitarbeiter es schon vor Monaten verlassen. Siebenstädter zog seinen Schlüsselbund aus der Hosentasche, öffnete die Tür zu seinem Büro, betätigte den Lichtschalter. Die in der Decke versenkten Energiesparlampen leuchteten auf, sonderten dieses seltsam tote Licht ab, ausgelöst durch einen obskuren chemischen Prozess. Hochgiftige Substanzen, denen die Wärme des Feuers fehlte, reagierten miteinander. Wenn dem Hausmeister eine defekte Birne zu Bruch ging, musste die gesamte Etage dekontaminiert werden.

Er hängte seine Jacke über den hellbraunen Ledersessel, warf einen kurzen Blick auf die Weltkarte von 1957, die dem Schreibtisch gegenüber hing. Sie stammte aus dem Geographieraum seines Gymnasiums. Damals hatte es die Sowjetunion noch gegeben, Jugoslawien, die Tschechoslowakei. Große Teile Afrikas waren britisch, französisch, belgisch, portugiesisch gewesen. Die Karte hing dort, um ihn täglich daran zu erinnern, dass keine Grenze, kein Staat, keine Regierung, kein System, keine Ideologie auf Dauer Bestand hatte. Selbst die Idee vom *Ende der Geschichte* nach der Auflösung des Ostblocks hatte sich als grober Unfug erwiesen. Niemand sollte ihm etwas von *ewigen Werten, universellen Rechten* erzählen.

Er trat ans Fenster, schaute hinaus in die lichtgespickte Dunkelheit der Stadt. Nicht nur dass die Ausstattung seines Büros hochwertiger als bei Maria Andriessen war, er hatte auch die entschieden bessere Aussicht. Statt in eine aseptische Agora auf Alpha Centauri blickte er auf die Spree, eingezwängt in ein gemauertes Kanalbett zwar, aber doch immerhin ein Fluss, lebendiges Wasser, eine unablässige Bewegung, die ins Meer mündete, dahinter die Gebäude der Nachrichtenagenturen, Privatsender, Produktionsfirmen, ein Block DDR-Mietshäuser aus Waschbetonplatten. Vor allem war er hier vollkommen unbeobachtet.

Von einem Zimmer am anderen Ufer aus hätte man ein Teleskop benötigt, um zu sehen, was er trieb und mit wem.

Normalerweise fuhren neben Frachtern, polnischen Schubverbänden in erster Linie Touristenboote vorbei, vollverglast oder mit Ausflugsdecks. Wenn sein Fenster im Sommer offen stand, hörte er das scheppernde Gerede der Reiseführer aus altertümlichen Lautsprechern. *Wir nähern uns jetzt dem eigentlichen Zentrum der Macht, zu Ihrer Linken befindet sich das Hauptstadtstudio. Mitten im Regierungsviertel gelegen, ist es das Ohr am Puls der Zeit. Rund 70 Korrespondenten berichten von hier aus über das Geschehen in Reichstag, Kanzleramt, den Ministerien, übermitteln Nachrichten, Interviews, Kommentare an die Redaktionen in ihren jeweiligen Bundesländern. Mit ein bisschen Glück sehen Sie gleich den Parteichef der Liberalen, den Wirtschaftsminister oder sonst ein hohes Tier zur Tür herauskommen: Halten Sie Ihre Kameras schussbereit.* Jedes Mal, wenn ihm die Stimme eines dieser Möchte-Gern-Entertainer ins Ohr drang, sah er sich selbst in einem gescheiterten Leben, wie er dort unten Rentnern aus Wanne-Eickel, Bitterfeld oder 's-Hertogenbosch mit auswendig gelernten Scherzen, aufgepeppten Banalitäten das Gefühl gab, sich an einem welthistorisch bedeutenden Ort zu befinden.

Er ließ sich auf seinen orthopädisch optimierten Drehstuhl fallen, schaltete den Computer ein. Auf seinem Schreibtisch herrschte ein noch größeres Durcheinander als bei Maria Andriessen. *Der Raum, in dem alles geschah, zu viel und nie genug, wie meine Familie den gefährlichsten Mann der Welt erschuf, Abschied mit Hörspiel, Berliner im Souvenir-Rausch, Feuer der Freiheit, das chinesische Jahrhundert, die potente Frau, der letzte Buddha.* Dazwischen Unmengen Post, gedruckte Einladungen zu virtuellen Veranstaltungen, geöffnete und ungeöffnete Leserbriefe, in denen Hinweise auf Fehler, dringende Bitten, vermeintliche Enthüllungen gewaltiger Skandale steckten, deren Absender ihn beleidigen, beschimpften, bedrohten; gelegentlich verliebte sich eine Frau in seine Stimme, bot an, sich zu treffen – schon länger nicht mehr. Selten war er darauf eingegangen.

Sein Blick blieb an den Bilderrahmen neben dem Stiftkasten hängen: Irene mit zwanzig, schwarz-weiß, die Lippen scharf konturiert und dunkel, die Augen ein Abgrund aus Versprechen, die schon lange niemand mehr hielt; Nora mit acht oder neun, sie hatte den Arm um Tibor gelegt, lachte mit einem fehlenden Eckzahn, außerdem ein Foto aus dem vorletzten Jahr in einem goldziselierten Klapprähmchen: Irene und Nora, eine ansehnlich älter werdende Mutter Wange an Wange mit der präpubertären Tochter, beide würden als Südfranzösinnen durchgehen. Daneben stand, *Lieber Papa, ich wünsche Dir alles Gute zu Deinem 50. Geburtstag. Das Bild ist, damit Du Dich nie alleine fühlst im Büro*. Solche Fotos, solche Sätze würde es auf absehbare Zeit nicht mehr geben. Nora schwieg jetzt meist, verbarrikadierte sich in ihrem Zimmer, kam lediglich zu den Mahlzeiten heraus. Wenn sie überhaupt noch mit ihm sprach, war der Ton fordernd, gereizt, belehrend. *Ich brauch neue Schuhe: gib mal Geld; so wie du »Asiaten« sagst, ist es voll rassistisch.* Sie hatte sich die Haare auf der linken Seite radikal kurz rasieren und Henna-rot färben lassen, rechts waren sie lackschwarz als Overcut geschnitten, 80er-Jahre-Punk gekreuzt mit Elementen des Popper-Looks, von dem sie nicht einmal wusste, das es ihn gegeben hatte, Neofeminismus, Konsumgläubigkeit, Oberschülerrebellion, das selbstgerechte Heldentum aller Pubertierenden aller Zeiten und Weltgegenden. Bis vor Kurzem hatte er ausgeschlossen, dass er als entspannter, verständnisvoller Vater, der seiner Zeit ohnehin auf ewig voraus sein würde, jemals davon betroffen sein könnte.

Siebenstädter nahm das Foto von Irene als junger Frau, klappte den Ständer ein, legte es in die Schublade, betrachtete Nora, die Tochter – seine Tochter –, die jetzt immer öfter eine Allianz mit der Mutter bildete, ganz gleich ob es um die Filmauswahl, das Essen oder politische Positionen ging. *Frauenpower macht Männer sauer,* hatte es schon vor dreißig Jahren geheißen.

Er schüttelte den Kopf, räumte auch die beiden anderen Rahmen in die Schublade, eine sinnlose Geste, er war *ein verheirateter Mann*, er hatte ein Kind – er war *Vater*. Ersteres ließe sich ändern, Letzteres nicht, hier galt, anders als in der Ehe: *Bis dass der Tod euch scheidet.*

Er spürte Schmerz, gefolgt von Zorn, gefolgt von Leere. Nichts blieb. Die Momente des Glücks, die es gegeben hatte, waren ihm meist erst bewusst geworden, wenn sie längst wieder der Vergangenheit angehört hatten. Gutes und Schlechtes verwandelte sich unterschiedslos in verblassende Bilder, die nichts bedeuteten. Ihm fiel ein Bibelzitat ein, das bei ihrer – bei überhaupt allen Hochzeiten – verlesen und bepredigt worden war: *Wenn ich die Sprache der Menschen und Engel redete, hätte aber die Liebe nicht, wäre ich dröhnendes Erz oder eine lärmende Pauke.* Wahrscheinlich lag da der Fehler – sein Fehler. Er liebte nicht, vermutlich hatte er nie geliebt, von Anfang an nicht, oder die Liebe war ihm zu einem sehr frühen Zeitpunkt abhandengekommen.

Das Telefon klingelte, er hob ab, »Ja, was gibt's?«

»Trabach hier, ich hab gesehen, dass du da bist, komm mal in mein Büro, ich muss was mit dir besprechen.«

»Ich speicher noch meinen Text ab«, sagte er, obwohl er gar nichts geschrieben hatte. »Zwei Minuten.«

Ihm schwante nichts Gutes, doch er war zu lange dabei, als dass es ihn ernsthaft nervös gemacht hätte.

Jürgen Trabach, Chefredakteur, Politik, Anfang sechzig, mit einer Stimme, bei der die Zuhörer nach drei Sätzen einschliefen, war kein guter Reporter gewesen, kein guter Moderator, aber immer derjenige, der zu allem die kompetenteste, mit historischen, ökonomischen, soziopsychologischen Fakten untermauerte Einschätzung abgab, erstklassig im Aufbau von Beziehungsnetzwerken innerhalb und außerhalb des Hauses, dabei freundlich, verbindlich im Ton. Selbst wenn er einen hinauswarf, verließ man sein Büro mit dem Gefühl, befördert worden zu sein.

Niemand wusste, was er wirklich dachte, wahrscheinlich nicht einmal er selbst. Im Prinzip hatte Siebenstädter dafür Verständnis, doch anders als er war Trabach nicht von Zweifeln zerfressen. Trabach bestand aus fragloser Selbstgewissheit. Was er formulierte, war keine persönliche Meinung, sondern eine fundierte Analyse von Tatsachen. Seine Kompetenz, sein Wissen, die Gründlichkeit, mit der er sich über alles informierte, was von Bedeutung sein könnte, sich auf der Basis von Sachkenntnis ebenso kompetent wie abgewogen äußerte, führte dazu, dass er ein unerschütterliches Vertrauen in seine eigenen Stellungnahmen hatte, das sich nicht selten auf den Gesprächspartner übertrug: Wenn Trabach das so dachte, konnte es nicht ganz falsch sein. Seine Frau, Susanne, war Orthopädin mit eigener Praxis, alterslos, attraktiv, perfekte Zähne, naturidentisches Blond. Sie hätte in jeder Vorabendserie die Ärztin spielen können, die sie war, hatte erstklassige Kinder zur Welt gebracht, zwei Töchter und einen Sohn, die Medizin, Jura und Musikwissenschaft studierten. Der Musikwissenschaftler machte Praktika und Volontariate in den Feuilletons der wichtigsten Zeitungen, wechselte von dort in die Klassikredaktion des Rundfunks, nicht weil sein Vater hinter den Kulissen Strippen zog, sondern weil er fleißig, flexibel und immer perfekt vorbereitet war, dazu das sanfte Timbre mitbrachte, das seinem Erzeuger für die große Karriere am Mikrofon gefehlt hatte.

Trabach hatte sich mit Siebenstädter geschmückt, solange die Hörer noch einen Moderator mit investigativem

Biss, vorurteilsfreiem Blick, ätzendem Humor hatten haben wollen, einen Weckrufer gegen die Morgenmüdigkeit, gegen die Vorhersehbarkeit des Tages, gegen die Langeweile, die ein geordnetes Leben in den geordneten Verhältnissen eines geordneten Landes mit sich brachte. Doch seit geraumer Zeit galten Ironie, gezielte Provokationen, kalkulierte Grenzüberschreitungen, um die Sendung im Gespräch und die Hörer bei der Stange zu halten, nicht länger als hohe Schule des Magazin-Journalismus, sondern als Zeichen charakterlicher Verkommenheit, und Trabachs Ton war spürbar kühler geworden.

Siebenstädter fiel ein, dass er nach Whisky roch, wogegen abends nach acht im Prinzip nichts einzuwenden war. Vor zwanzig Jahren wäre es auch morgens um acht kein Problem gewesen – Gottfried Schiefelberger, damals Chefredakteur beim *Stern*, hatte sich eine Flasche schottischen Single Malt pro Woche in seinem Vertrag festschreiben lassen, doch auch in dieser Hinsicht war nichts mehr wie zu Beginn seiner Karriere. Während damals alle mehr oder weniger bei jeder Gelegenheit gesoffen hatten, nahm seit gut zehn Jahren die Zahl der Mineralwasserenthusiasten unaufhaltsam zu. Wer mittags beim Italiener den angebotenen Grappa aufs Haus tatsächlich trank, stand bei den Jüngeren schnell im Verdacht, ein *Alkoholproblem* zu haben.

Siebenstädter zog die Schublade mit dem Bürozeug heraus, in der Dutzende Werbekulis, Marker, Heftklammern, Anspitzer, Radiergummis, Lineale lagen, fand zwischen

Aspirin, Magensäureblockern, Grippostad den Rest einer Rolle Pfefferminzbonbons, die dort vermutlich seit mehreren Jahren vor sich hin gammelten, schob sich trotzdem eins in den Mund. Die meisten Aromen hatten sich verflüchtigt, aber ein Rest Schärfe war noch da, sollte reichen, die Fahne so weit abzuschwächen, dass sie nicht über den gebotenen Sicherheitsabstand von anderthalb Metern hinauswehte. Er überlegte, seine FFP2-Maske wieder aufzusetzen, ließ es dann aber. Die Tür zu Trabachs Büro stand offen, er klopfte trotzdem.

»Komm rein.«

Trabach saß am Rechner, tippte demonstrativ weiter, ein wichtiger Mann bei wichtiger Arbeit, konzentriert, präzise, immer auf den Punkt, ohne dass er sich dabei je von irgendetwas aus der Ruhe bringen ließ. Auch sein Schreibtisch war voll, allerdings erkennbar geordnet: der souverän bestellte Acker eines Arbeitstiers. Jeder Zettel, jedes Buch, jede Notiz befand sich dort, wo sie hingehörte und wo er sie auf Anhieb fand, sobald sie benötigt wurde.

»Sekunde. Setz dich.«

Siebenstädter sagte »Danke«, setzte sich aber nicht, sondern trat vor das gerahmte Plakat, das rechts an der Wand hing: *Matera – European Capital of Culture 2019*: die in den Felsen geschlagene Stadt, ein Labyrinth aus Dächern, Mauern, Treppen, Kuppeln, Türmen in unendlichen Schattierungen aus Grau, vorzeitlich, verfallen, wie unbewohnt, als hätte ein tödlicherer Vorläufer der aktuellen Seuche schon vor Jahrhunderten alles Leben ausgelöscht.

»Warst du mal dort?«, fragte Siebenstädter.

»Letztes Jahr im August. Susanne und ich haben *Cavalleria Rusticana* auf der Piazza San Pietro Caveoso gesehen, sehr eindrucksvoll, aber auch sonst, die Atmosphäre, die Architektur, wirklich ein Erlebnis.«

Trabach war immer dort, wo das Schöne, Wahre und Gute für Leute mit Stil, Geschmack und – natürlich auch, aber an letzter Stelle – Geld zelebriert wurde. Er tippte jetzt eine dramatische Buchstabenfolge immer schneller und mit anschwellender Lautstärke in die Tastatur, warf seine Rechte final in die Luft wie ein Pianist nach dem Schlussakkord einer Beethoven-Sonate und wandte sich Siebenstädter zu.

»Die Zeiten sind nicht einfach gerade. Aber das weißt du natürlich. Zum Glück sind wir den Psychopathen im White House jetzt erst mal los. Jedenfalls sieht es so aus. Wetten würde ich nicht drauf. Im AA sind sie auch skeptisch, hat mir die Brandmüller vorhin gesagt. *The mad president* … Hast du *Game of Thrones* gesehen?«

Siebenstädter nickte.

»Großartig, oder?!«

»Einer seiner Milizen-Kommandeure hat neulich im Interview erklärt: ›Wenn es einen zweiten amerikanischen Bürgerkrieg gibt, wird er kurz sein, denn wir sind bewaffnet und die Linken sind es nicht.‹«

»Stimmt wahrscheinlich.«

»Vermutlich.«

»Irgendwie zieht es sich gerade zu, weltweit.«

»Keine Ahnung.«

»Die Menschen spüren, dass etwas in der Luft liegt. Es herrscht eine große Verunsicherung. Anders als wir im Sommer gehofft haben – also einige von uns, ich war da immer skeptisch –, ist die Sache mit dem Virus auch noch längst nicht ausgestanden. Leider haben die Pessimisten unter den Wissenschaftler:innen mit ihren Prognosen bislang immer recht behalten. Wenn du mich fragst, geht es gerade wieder richtig los. Leider traut die Politik sich nicht, die notwendigen Entscheidungen zu treffen, aus Angst vor ein paar Irren. Bernburger, aber auch Garbsen, die Finck, Mirjam Kohlhaase von Max Planck – eigentlich sind sich nahezu alle Fachleute einig, dass wir jetzt drei, vier Wochen extrem restriktive Maßnahmen brauchen, wenn das hier bis Weihnachten nicht komplett aus dem Ruder laufen soll. Und da stehen wir im öffentlich-rechtlichen Rundfunk natürlich auch ein Stück weit in der Verantwortung.«

Siebenstädter setzte sich. Offenbar ging es nicht um die neuesten Beschwerden dieser oder jener Gleichstellungsbeauftragten, Antidiskriminierungsstelle, Parteizentrale, weder um sein Verhältnis zu Werner Brahm, der ja immerhin nach wie vor eine eigene Show im Ersten hatte, noch grundsätzlich um sensible Ausdrucksweise beziehungsweise das, was seitens Berliner Gymnasiastinnen, Pädagogikstudentinnen und Soziologieprofessorinnen dazu erklärt wurde. *Gilt jetzt der Gesichtsschleier der Frau mit morgenländischem Migrationshintergrund als Mund-*

Nasen-Schutz oder ist er ein Symbol für den politischen Islam, weil man dann die blauen Flecken nicht mehr sieht, und macht es einen Unterschied, ob sie Gemüse verkauft oder Kinder unterrichtet?

»Natürlich müssen wir gerade in Zeiten wie diesen extrem diskret und vorsichtig mit den – sagen wir – Wünschen der Politik umgehen. Als Medien stehen wir ja inzwischen bei Teilen der Bevölkerung unter Generalverdacht und auch, wenn es sich um eine Minderheit handelt: Sie ist sehr laut. Den Demagogen der Rechten ist es gelungen, dieses ganze ›Lügenpresse‹-Geschrei von der Flüchtlingskrise, Stichwort ›Bevölkerungsaustausch‹ etcetera pp., mit einem kurzen Schlenker über die Leugnung des Klimawandels auf die Maßnahmen gegen die Pandemie umzulenken. Das ändert nichts an der Tatsache, dass wir die Politik in dieser extrem angespannten Lage unterstützen müssen. Da geht es jetzt mal nicht in erster Linie um Meinungsfreiheit, sondern um richtig oder falsch. Es kann ja im 21. Jahrhundert niemand mehr ernsthaft so tun, als ließen sich sinnvolle Aussagen machen, die den Erkenntnissen der Wissenschaft diametral entgegengesetzt sind, erst recht nicht in einem Bereich wie der Verbreitung von Krankheitserregern, die nachvollziehbaren biologischen und physikalischen Gesetzen folgt und für deren Vorhersage es mathematische Modelle gibt. Ich gehe jetzt mal nicht davon aus, dass du da anderer Meinung bist.«

Siebenstädter überlegte, ob er Trabach gegenüber den Gedankengang wiederholen sollte, dass es sich bei der

Pandemie um eine Reaktion der Natur auf eine dramatisch hohe menschliche Populationsdichte handele, die man zur Entlastung des Planeten am besten einfach laufen lasse. Ein Massensterben würde der Erde eine Atempause verschaffen, bis Technologien bereitstünden, mit deren Hilfe sich die Anwesenheit derart vieler Menschen weniger verheerend auswirkte. Es wäre die einzig vernünftige Konsequenz einer Weltsicht, die sich ohne Sentimentalitäten dem Primat der Wissenschaft verpflichtet fühlte und diesen nicht mit einem dubiosen, spätchristlichen Humanismus vermengte. Jeder, der in dieser Logik dachte, würde dem zustimmen müssen, auch wenn es ihn selbst oder seine Eltern, seine Großeltern das Leben kostete.

Siebenstädter nickte.

»Du weißt«, sagte Trabach, »ich rede dir eigentlich nicht in die Arbeit rein, auch wenn ich deine Art gelegentlich grenzwertig finde. Normalerweise bin ich – genau wie du – der Ansicht, dass das gesamte politische Spektrum zu Wort kommen muss. Jedenfalls sobald die Leute in die Parlamente gewählt wurden und nicht gegen geltende Gesetze verstoßen. Aber im Moment, auch wenn ich dich nicht jeden Morgen höre, häufen sich Beschwerden und zwar aktuell besonders von den Gesundheitsexpert:innen aller Parteien – außer von ganz rechts –, du würdest zu häufig Gäste einladen, die, auch wenn sie nicht direkt dem Querdenker-Spektrum zuzuordnen sind, doch in eine ähnliche Richtung argumentieren und in der Bevölkerung die Bereitschaft unterminieren, sich Coronakonform zu verhalten. Die Literaturkritikerin Dora-Maria Stachel zum Beispiel, die statt künstlich verstärkter Angst eine andere Art des Umgangs mit dem Tod fordert. Oder dieser Philosoph, Vechta-Grabbeking, der mal Kultursenator in Hamburg war und neu über das Verhältnis von Sicherheit und Risiko in einer freiheitlichen Gesellschaft nachdenken will. Du hast ständig diese Leute zum Gespräch. Ich weiß, das sind hochrespektable Persönlichkeiten, die es weit von sich weisen würden, mit irgendwelchen Verschwörungsgläubigen in einen Topf geworfen zu werden. Nichtsdestoweniger sind Freiheit, Bürgerrechte pipapo, jedenfalls nach Ansicht nahezu aller Virolog:innen, Epidemiolog:innen, Intensivmediziner:innen dieser Tage einfach mal nur die zweite Priorität, und wir sollten daran arbeiten, die Zustimmung zu Maßnahmen zu fördern, die das Virus erwiesenermaßen effektiv eindämmen, statt die kritischen Eingaben von selbsternannten Bürgerrechtler:innen zu verbreiten. Ganz egal wie gut sie gemeint sind, sie unterscheiden sich letztlich nur graduell von dem Besorgte-Bürger-Gequatsche auf den Querdenker-Demos. Aber ganz abgesehen von der Sachebene: Zusammen mit dem Ärger, den du dir ohnehin schon regelmäßig einhandelst, kann da schnell eine Lage entstehen, wo du zumindest in deiner jetzigen Position für uns nicht mehr zu halten bist. Ich sage dir das in aller Freundschaft.«

Siebenstädter zuckte mit den Achseln: »Ich versuche – genau, wie du es gerade ausgeführt hast –, möglichst viele unterschiedliche Stimmen zu Wort kommen zu lassen, damit die Hörer sich selbst eine Meinung bilden können. So habe ich diese Arbeit immer verstanden. Manchmal gefällt mir, was die Leute von sich geben, meistens nicht, und dann frage ich nach, bis sie sich selbst entlarven – oder nachvollziehbare Argumente bringen. Ich finde übrigens auch nach wie vor die Laborhypothese interessant.«

»Ich gebe dir nur weiter, unter vier Augen, was sich im Hintergrund zusammenbraut. Welche Schlüsse du daraus ziehst, ist ganz allein deine Sache. Falls du meine persönliche Meinung wissen willst: Ich fände es schade, wenn wir dich verlieren würden. Gerade weil sich da momentan an so vielen Stellen Maßstäbe verschieben, möchte ich dich eigentlich so lange wie möglich halten. By the way: Wolltest du nicht zu Bernburger heute Abend?«

»Ich hab ihn vorhin im Drogeriemarkt getroffen, dann kam eine Nachricht von Maria Andriessen, sie hätte etwas ziemlich Brisantes für mich, also bin ich noch bei ihr gewesen und jetzt versuche ich, ihren Andeutungen hinterherzurecherchieren, bevor uns jemand von den Zeitungen die Geschichte wegschnappt. Leider sind ihre Infos nicht so, dass man sie gleich verwerten kann. Ich halte dich auf dem Laufenden, sobald ich mehr in der Hand habe.«

»Worum geht's?«

Siebenstädter ignorierte die Frage und betrachtete das Gespräch als beendet: »Sonst noch was?«

»Ich gehe mal davon aus, du weißt, was du tust, und dass wir das irgendwie hinbekommen, ist schließlich auch in deinem Sinne, für die Rente bist du ja noch ein bisschen zu jung.«

Siebenstädter ging zurück in sein Büro, schüttelte den Kopf.

Es war ein Spiel. Bislang hatte er immer die Gewissheit gehabt, die Regeln zu verstehen, sich elegant und instinktsicher zwischen den verschiedenen Ebenen hin und her zu bewegen, so dass er auf Seiten der Gewinner stand. Doch offenbar kippten gerade einige Selbstverständlichkeiten, die er trotz allem für unverrückbar gehalten hatte.

Er zog einen der Romane, die auf dem Tisch lagen, aus dem Durcheinander, schlug ihn an einer zufälligen Stelle auf, in der unsinnigen Hoffnung, auf einen Satz zu stoßen, der ihm, nach Art eines Schriftorakels, einen entscheidenden Anstoß gäbe oder wenigstens seine aktuelle Lage auf den Punkt brächte.

In der Kong-Suite des Shigatse-Crown-Hotels trank Deng Yao eine halbe Flasche Whisky, die ihm auch keine weiteren Erkenntnisse brachte, aber die Gedanken fühlten sich so schon viel besser an.

Siebenstädter lachte kurz auf. Der Roman erzählte, wie die chinesische Regierung den letzten Panchen Lama hatte verschwinden und durch eine Marionette ersetzen lassen, eine der leichteren Übungen, wenn man sich anschaute, mit welchem Aufwand sie seit einem Jahr den Ursprung des Virus zu verschleiern versuchten, doch auch das zählte inzwischen zu den Verschwörungstheorien, mit denen man sich ins Abseits manövrierte.

Er klappte das Buch zu, überlegte, wen er anrufen könnte, um mehr über das obskure Spendendinner des Gesundheitsministers zu erfahren. Natürlich ließen sich immer Leute auftreiben, die zu einem schäbigen kleinen Verrat bereit waren, sei es aus Eitelkeit, weil sie meinten, ihre Karriere auf diese Weise voranzutreiben, oder in der Hoffnung, den eigenen Kopf in letzter Sekunde aus der Schlinge zu ziehen. *Herr Lehrer, ich weiß was: Im Scheißhaus brennt noch Licht.* Siebenstädter hatte keine Sympathien für Verräter, Petzen, selbst Whistleblower mochte er im Grunde nicht, ganz gleich, ob sie gute oder schlechte Gründe geltend machten. Dementsprechend fehlte ihm eigentlich die Lust, Maria Andriessens Hinweisen nachzugehen. De facto hatten sich die Maßstäbe für das, was ein Politiker tun durfte, ohne zurücktreten zu müssen, in den vergangenen vier Jahren dramatisch verschoben. Wenn ein amerikanischer Präsident damit prahlen konnte, jeder Frau zwischen die Beine zu greifen, die ihm gefiel, wenn er einer Pornodarstellerin Schweigegeld für ein paar Ficks zahlte, ohne dass es Konsequenzen hatte, war es auch kein Problem, wenn ein deutscher Minister heimlich Sponsoren zum Essen einlud und dafür Cent-genau unterhalb der Meldepflicht angesetzte Spendenbeträge kassierte.

Siebenstädter sah auf die Uhr. Inzwischen war es zwanzig vor neun. Nach sechs bekam man in der Provinz ohnehin niemanden mehr an den Apparat, weder bei Banken noch in den Lokalredaktionen.

Sein Handy vibrierte, »Martin Buchner« stand auf dem Display.

Er runzelte die Stirn, fragte sich, was der Oberliberale um diese Zeit von ihm wollen konnte, nahm ab.

»Buchner hier, guten Abend, Herr Siebenstädter. Wo störe ich Sie gerade?«

»Im Büro.«

»Das trifft sich gut.«

»Wie man's nimmt.«

»Ich muss mit Ihnen reden, am besten jetzt gleich. Sind Sie abkömmlich? Auf Sendung werden Sie ja heute nicht mehr gehen. Ich würde Ihnen meinen Wagen schicken.«

»Worum geht's?«

»Nicht am Telefon.«

»Ich müsste noch … – Aber so wichtig ist das nicht.«

»Der Fahrer klingelt in zehn Minuten, Hauptstadtstudio, Wilhelmstraße, passt das?«

»Ich kann runterkommen.«

»Ist kein Problem, wenn er warten muss, dafür wird er bezahlt.«

»Ich komm' runter.«

Siebenstädter hielt Martin Buchner für einen eiskalten Machtmenschen, einen abgebrühten Taktiker, einen eitlen Schönling, doch aus Gründen, die ihm nicht klar waren, mochte er ihn trotzdem irgendwie. In letzter Zeit entdeckte er sogar gemeinsame Ansichten, was er bis vor zwei, drei Jahren kategorisch ausgeschlossen hätte. Buchner war liberal im ursprünglichen und umfänglichen

Sinne. Trotz der primär ökonomischen Ausrichtung seiner Partei sah er darin weniger einen *Markenkern* als eine Geisteshaltung. Nach dem personellen Ausblutungsprozess Anfang des Jahrtausends und trotz der machtpolitischen Bedeutungslosigkeit der Liberalen, seit die große Koalition regierte, war es ihm mehr oder weniger im Alleingang gelungen, den Wiedereinzug in den Bundestag zu schaffen und die Wahlergebnisse in den Ländern zu stabilisieren. Buchner trat ebenso gewinnend wie verbindlich auf, konnte klug, unterhaltsam und mit angemessen weit ausholenden Exkursen über die politische und philosophische Geschichte des Liberalismus reden, daraus seine eigenen Konzepte ableiten, eloquent erläutern, wie sich diese Ideale in die deutsche, europäische und globale Zukunft denken ließen. Während alle anderen Parteien sich nicht erst seit dem Ausbruch des Virus in ihren jeweiligen Schwerpunktthemen, Kernbereichen, Interessensgebieten für immer kleinteiligere Regelungen, Kontrollen, Zwangsmaßnahmen starkmachten – Überwachungskameras an jeder Kreuzung, autofreie Zonen in Innenstädten, Steuerpflicht für Flaschensammler –, sprach sich Buchner weiterhin konsequent für Deregulierung, Eigenverantwortung, Selbstkontrolle aus, damit die Menschen vor lauter Bürokratie nicht jegliche Lust verloren, eigene Ideen zu entwickeln, ihre Erfindungen in Produkte zu verwandeln, aus Visionen Unternehmen zu formen. *I did it my way. I am what I do, I do what I am, Schubidubidu.* Trotzdem oder gerade deshalb taten

Buchner und die wenigen halbwegs prominenten Gesichter seiner Partei sich in der aktuellen Situation schwer, dem Wahlvolk plausible Alternativen zu Lockdown-Szenarien unterschiedlicher Radikalität anzubieten. Freiheit und Sicherheit schlossen sich aus. Wenn man den Umfragen Glauben schenkte, zeigte die überwiegende Mehrheit der Bevölkerung aber gerade Verständnis, wenn nicht sogar Zustimmung für strikte Maßnahmen und deren Durchsetzung, während esoterische Spinner, rechte Splittergruppen, selbsternannte DDR-Opfer, die die Gefährlichkeit des Virus leugneten, bei der wissenschaftlich-aufgeklärten Klientel der Liberalen hauptsächlich Kopfschütteln hervorriefen. Daran änderte auch der Umstand nichts, dass sich Lobbyisten von Industrie, Handel, Gastgewerbe für weniger strenge Regelungen oder Ausnahmen einsetzten. Buchner machte dieser Tage oft keine glückliche Figur. Wer ihn nicht kannte, konnte sogar den Eindruck gewinnen, dass er versuchte, bei den Halbhirnen vom rechten Rand Stimmen abzufischen.

Siebenstädter schaltete den Computer aus, ohne eine E-Mail an Bernburger geschrieben zu haben, wunderte sich über die Dringlichkeit, mit der Buchner ihn sehen wollte.

Wahrscheinlich hatte er einen Inspirationsschub gehabt, benötigte einen größeren Auftritt im *Magazin am Morgen*, um seine neuesten Geistesblitze unters Volk zu bringen, am besten zwischen sieben und acht, wenn die meisten Leute zuhörten. Unter den unzähligen Politikern, die Siebenstädter in den vergangenen Jahrzehnten kennengelernt hatte, gehörte Buchner zu der Handvoll wirklicher PR-Profis, die bei ihren Kampagnen so gut wie nichts dem Zufall überließen. Im Gegensatz zu seinem lautesten Stellvertreter, dem holsteinischen Lebemann Radunski – oder auch zu Maria Andriessen –, agierte er dabei emotional extrem diszipliniert.

Siebenstädter zog seine Jacke an, löschte das Licht, schloss die Tür seines Büros ab.

Im Foyer winkte er Frau Severin, wünschte ihr »eine ruhige Nacht«.

»Ich hab gleich Feierabend.«

Auf der Straße herrschte ebenso große Leere wie auf dem Wasser, keine Passanten, keine Radfahrer, keine Autos, keine Schiffe. Die Luft war für November noch immer erstaunlich lau. Er wunderte sich, dass Buchner ihm einen Wagen schickte. Dergleichen war ihm in den vergangenen zwanzig Jahren noch nie passiert.

Ein dunkelblauer 7er BMW bog um die Ecke, hielt unmittelbar neben ihm an. Siebenstädter holte eine frische Maske aus seiner Arbeitstasche, zog sie sich übers Gesicht, eher er einstieg.

»Guten Abend, Herr Siebenstädter?«

Die Stimme des Fahrers hatte einen fragenden Unterton.

»Guten Abend. Tut mir leid, dass Sie da jetzt noch mal raus mussten.«

»Die Stimme, klar, jetzt erkenne ich Sie. Ich höre Sie oft morgens, wenn ich Frühdienst habe. Finde ich super, wie Sie da immer kein Blatt vor den Mund nehmen.«

»Danke«, sagte Siebenstädter.

Ihm war nicht nach einem Gespräch zumute.

Anders als die meisten Taxifahrer, die sich wenig darum scherten, ob ihre Kunden reden, Musik hören oder einfach ihre Ruhe wollten, hatte der Partei-Chauffeur, oder was immer er war, offenbar strikte Anweisung, auf die Bedürfnisse des jeweiligen Gastes zu achten und sich dementsprechend zu verhalten.

Sie fuhren über die Spree-Brücke. Die Spiegelungen der Lichter im Wasser bildeten düstere Rhythmen wie auf den Nachtbildern von van Gogh. Es folgten ein Park, eine Baustelle, die geisterhaft beleuchtete Fassade eines barocken Palais, fette Säulen, nackte Göttinnen, giftige Adler, unmittelbar daneben die schäbige Opel-Filiale, die nach der Wende, als die armen Vettern im Osten noch sehnlicher nach Westautos als nach Bananen verlangt hatten, in eine Bombenlücke gequetscht worden war. Eine Gruppe Jugendlicher mit Bier- und Wodkaflaschen torkelte laut grölend von irgendwo nach nirgendwo.

Unmittelbar hinter dem Sanitätshaus bog der Fahrer rechts in die Reinhardstraße. Die meisten Gebäude, Büros und Luxusapartments waren nach 1989 errichtet worden, banal geometrische Formen, Stahlbetonschrott mit Hilfe von Glas, Granit, eloxiertem Aluminium auf edel getrimmt. Noch vor fünfzehn Jahren hatte die halbe Stadt aus Brachen bestanden, keine Straße ohne Leerstellen, in denen Wildwuchs herrschte, Birken, Pappeln, Haselnusssträucher, die sich selbst säten, Unkraut, das aus Rissen in geborstenen Asphaltflächen brach. Mittlerweile waren nahezu überall die Besitzverhältnisse geklärt, Entschädigungen geflossen, spekulative Verkäufe getätigt worden. Eigentum verpflichtete zur Gewinnmaximierung. Das Unorganisierte, Chaotische, die Freiräume, die Berlin immer anders hatten sein lassen als gewöhnliche Metropolen ohne Mauer und ohne die Restitutionsansprüche Enteigneter, Exilierter, der Nachkommen Ermordeter, würden bald endgültig verschwinden.

Der Wagen hielt. Die Fahrt war so kurz gewesen, dass Siebenstädter sich schämte, nicht zu Fuß gegangen zu sein.

Trotz seiner Neigung zu radikalsozialistischen Ideen, die er aus der Spätpubertät herübergerettet hatte, war er sicher, dass Buchner ihm Sympathie entgegenbrachte. Ohnehin war es nur noch das anarchistisch-utopische Element, das Siebenstädter mit linken Visionen verband. Vermutlich würde er nicht einmal das Volksbegehren zur Enteignung der großen Wohnungsunternehmen unterzeichnen. Seine Abneigung gegen Zwangsmaßnamen, gegen den grassierenden Regelungswahn, nahm von Jahr zu Jahr zu. Zumindest das sprach gegen seine Sorge, dass er an Alterskonservatismus litt. Alte Leute wollten Recht und Ordnung, sonst bekamen sie Angst. Aber ein Land, in dem die Länge der Hundeleinen zentimetergenau festgelegt war, je nachdem, ob man sie im Treppenhaus, im Park oder auf dem Bürgersteig benutzte, wo man ein Jurastudium benötigte, um die gesetzlichen Rahmenbedingungen für die Eröffnung einer Frittenbude zu begreifen, konnte nicht funktionieren, und es machte auch keinen Spaß. Bei diesen Themen lagen Buchner und er nah beieinander.

Unmittelbar bevor er die Klingel betätigte, öffnete sich surrend die Eingangstür. Tatsächlich stand dort Martin Buchner persönlich, um ihn in Empfang zu nehmen. Er trug eine grellgelbe FFP2-Maske zum modisch geschnittenen mittelblauen Anzug, streckte ihm den Ellbogen für eine virussichere Begrüßung entgegen, ein Pseudoritual, das Siebenstädter noch alberner fand als die mittlerweile zum christlich-abendländischen Identitätsmerkmal erhobene Händeschüttelei.

»Schön, dass es so spontan geklappt hat. Haben Sie schon zu Abend gegessen?«

»Nicht wirklich, macht aber nichts.«

»Ich habe dem Koch gesagt, dass er noch eine halbe Stunde bleiben muss.«

Sie gingen durch die geklinkerte, mit einem Glasdach überbaute Halle, wo sonst die Pressekonferenzen der Partei, Programmpräsentationen und Wahlempfänge stattfanden. Auch hier hatten sich die Architekten dafür entschieden, Außenraum in Innenraum umzuwandeln, was immer damit symbolisiert werden sollte.

»Sie wundern sich bestimmt, dass ich Sie so spontan hergebeten habe, aber wir kennen uns inzwischen ja schon länger, und ich hab' in den vergangenen Jahren den Eindruck gewonnen, dass wir doch ein Stück weit auf einer Wellenlänge liegen.«

Siebenstädter lachte: »Politisch komme ich eigentlich aus einer ganz anderen Ecke, aber ja: In letzter Zeit wundere ich mich tatsächlich des Öfteren, dass ich gegen das, was Sie sagen, wenig einzuwenden habe.«

»... was nicht unbedingt von Vorteil sein muss.«

Buchner war schlau. Er hatte, obwohl gerade erst vierzig geworden, beträchtliche Erfahrung im Umgang mit Menschen, wusste, wie er Unsicherheit, Eitelkeit, Geltungsbedürfnis seines Gegenübers so anspielte, dass dieser sich ebenbürtig fühlte. Siebenstädter musste sich eingestehen, dass Buchners Methode, Leute um den Finger zu wickeln, auch bei ihm funktionierte, und er verachtete sich dafür.

Sie erreichten den Eingang der Lounge. »Bitte, nach Ihnen«, sagte Buchner, ließ ihm als Gast und Älterem mit formvollendeter Geste den Vortritt. Diese Art der Souveränität im Gebrauch bürgerlicher Umgangsformen ging Siebenstädter ab, seine kleinbürgerliche Herkunft klebte an ihm, ganz egal wie lange er sich auf dem politischen Parket bewegte. Buchner witterte sowohl den Klassenunterschied als auch den psychologischen Vorteil, der ihm daraus erwuchs.

Siebenstädter kannte die Lounge von den Hintergrundrunden. Meist waren sie zehn oder zwanzig Journalisten, unter denen er regelmäßig zu den bekannteren gehörte, als Radiomoderator eines populären Formats in der Rangfolge der politischen Bedeutung jedoch immer am unteren Ende rangierte.

Der Raum strahlte eine sonderbare Atmosphäre aus, in der sich Elemente aus englischem Upper-Class-Club, angesagtem Restaurant und Chefetage mischten. Die halbhohen Wandvertäfelungen waren aus rötlichem Tropenholz, darüber hingen Portraits ehemaliger Parteivorsitzender, die sich mit gegenstandslosen Gemälden abwechselten. Entlang der Wände waren in blauem Leder gepolsterte Bänke eingebaut. Von der hohen Decke hingen gelb lackierte Lampen an langen Kabeln, tauchten den Raum in unregelmäßiges Licht. Lediglich ein Tisch war besetzt. Dort standen jetzt Vera Neubert-Hettig und Lothar Radunski auf, lächelten vielsagend. Radunski hob kurz die Hand, während die Neubert-Hettig in einer seltsam ungelenken Bewegung leicht in die Knie ging und ihm ebenfalls ihren Ellbogen für einen irgendwie debil wirkenden Berührungskontakt entgegenstreckte: »Herr Siebenstädter: Wie schön!«

»Bitte, nehmen Sie Platz«, sagte Buchner.

Kaum dass sie saßen, erschien ein junger Mann in schwarzer Smokinghose, weißem Hemd, fragte: »Was darf ich zu trinken bringen?«

»Gerne ein Bier«, sagte Siebenstädter.

»Für mich das Gleiche«, sagte Buchner.

Radunski hob sein fast leeres Glas, »Noch eins, bitte«, und nahm den letzten Schluck.

»Ich hätte gern den Chardonnay«, sagte Vera Neubert-Hettig.

»Wir essen eine Kleinigkeit, würde ich vorschlagen«, sagte Buchner. »Was hat die Küche im Angebot?«

»Es gäbe Tournedos vom schottischen Angusrind mit Sauce béarnaise, grünen Bohnen und Kartoffelgratin; den Norwegischen Wildlachs mit Rosmarin gegrillt und einem kleinen Risotto milanese oder, wenn es vegetarisch sein soll, die geschmorten Auberginen mit Bulgur und Hummus. Ansonsten hätten wir wie immer die mediterranen Vorspeisen. Da könnte ich eine schöne Platte zusammenstellen, dazu frisch gebackenes Fladenbrot.«

Buchner sah Siebenstädter an: »Worauf haben Sie Lust?«

Siebenstädter legte die Stirn in Falten. Er mochte es nicht, wichtige Dinge mit vollem Mund zu besprechen, und dass es in wenigen Augenblicken um irgendetwas hochgradig Wichtiges gehen sollte, war offensichtlich: »Habt ihr schon gegessen?«

»Wenn Sie nicht so großen Hunger haben, nehmen wir doch einfach so eine Platte, wo von allem was drauf ist.«

»Ist mir sehr recht«, sagte Vera Neubert-Hettig.

»Ernesto soll ein paar mehr Gambas drauflegen«, sagte Radunski. »Mit ordentlich Knoblauch.«

Siebenstädter fragte sich, was dieser Aufmarsch liberaler Alphatiere zu bedeuten hatte. Es kam ihm umso seltsamer vor, als ihm heute bereits von verschiedenen Seiten das Ende seiner Radiokarriere angedroht worden war.

»Die Karten werden ja dieser Tage in vielerlei Hinsicht neu gemischt«, sagte Buchner. »Ich nehme mal an, wir sind einer Meinung darüber, dass einiges von dem, was gerade mit großem Getöse debattiert wird, nicht in die

Richtung führt, die wir uns für die Gesellschaft der Zukunft wünschen.«

»... immer neue Verbote, Rechteeinschränkungen, pauschale Zwangsmaßnahmen, dazu das ganze Theater, wer noch was wie sagen darf ... Es ist gerade alles kein Vergnügen«, knurrte Radunski.

Vera Neubert-Hettig sagte: »Wir werden uns trotzdem auf konstruktive Weise damit beschäftigen müssen, jedenfalls, wenn wir nicht die Wählerinnen und Wähler unter dreißig verlieren wollen.«

»Was wir ja schon des Öfteren im persönlichen Gespräch festgestellt haben, ist, dass Sie – obwohl Sie sich mit persönlichen Meinungsäußerungen extrem zurückhalten – in vielen Fragen im Grunde liberale Ansichten vertreten. Ich würde sogar so weit gehen zu sagen, dass Sie, jenseits von parteipolitischem Kleinklein, *ein Erzliberaler* sind, also jemand, der jedem das Recht zubilligt, nach seiner eigenen Façon selig zu werden. Oder, wie es Voltaire so treffend formuliert hat: ›Ich teile Ihre Meinung nicht, aber ich würde mein Leben dafür einsetzen, dass Sie sie äußern dürfen.‹«

»Also, ob ich mein Leben für jeden Unsinn opfern würde, den die Leute so von sich geben, muss ich noch mal sehen ...«

»Sie wissen schon, was ich meine: Selbst da, wo Sie vielleicht der gegenteiligen Ansicht sind, liegt Ihnen jede Form der Volkspädagogik fern, diese ganzen Ideen vom Staat als Umerziehungsanstalt für den besseren Menschen, wie sie vor allem den Grünen vorschweben ...«

Der Kellner brachte die Getränke, Buchner hob sein Glas: »Ich würde sagen, wir stoßen erst mal an, allein schon, weil es dieser Tage ja selten genug Gelegenheit dazu gibt. Zum Wohl.«

Sie stießen reihum die Gläser aneinander, alle sahen sich dezidiert in die Augen. Radunski sagte, während er sich Vera Neubert-Hettig zuwandte: »Sicher ist sicher, nicht wahr, Frau Kollegin.«

»In deinem Alter auf jeden Fall, lieber Lothar.«

Buchner verdrehte die Augen, fuhr fort: »Es ist aber natürlich auch klar, dass jemand wie Sie, Herr Siebenstädter, der sich beispielsweise mit den aktuell ziemlich aggressiv vorgetragenen Forderungen nach politisch korrektem Sprachgebrauch nicht recht anfreunden kann, über kurz oder lang beim öffentlich-rechtlichen Rundfunk einen schweren Stand haben wird. Ich könnte mir vorstellen, dass Ihre Kladde mit Hörerbeschwerden mittlerweile ganz schön dick ist.«

»Sagen wir mal: Sowohl Zustimmung als auch Ablehnung werden lauter. Letzteres erfüllt die Chefredaktion natürlich mit einer gewissen Sorge. Nächstes Jahr steht da ja ein Wechsel an. Man muss sehen, wer kommt und ob da für jemanden wie mich noch Platz ist.«

Was bleibt noch, wenn die Schere im Kopf sämtliche, von den Schrottplätzen, Jauchegruben, Gärkammern des Unbewussten hochschießenden Vergleiche, Sprüche, Zoten in gute und böse einteilt, alles Ungehörige vorauseilend wegschneidet, abhackt, nur Wortschnipsel übrig lässt, die sich zu keinem Witz, keiner absurden Wendung, schrägen Pointe mehr zusammenfügen? Worüber sollen sie hämisch grinsen, schmutzig lachen, lauthals schimpfen, sich schämen und fremdschämen, die gemeinen, geifernden, schadenfrohen Menschen an den Radiogeräten, wenn vor lauter Todernst das Jonglieren mit dem Halbgaren, Unausgesprochenen, Zwischenzeiligen, dem Ranzigen, Schmuddeligen, Verzettelten auf der Strecke bleibt, wenn ich mehr und mehr zum Nachrichtensprecher mutiere, ein unsichtbarer Anchorman ohne Stimmbildung, der die Worte niemals so astrein hochdeutsch artikulieren, die Sätze nie so fein musikalisch phrasieren wird, wie die Sprechpuppen, die zur halben und vollen Stunde die objektiven Neuigkeiten aus dem Land und dem Erdkreis verlesen.

»Was die Strategien der Pandemiebekämpfung anlangt, habe ich den Eindruck, dass Sie auch da, zwar nicht skeptisch, aber doch zumindest – ich sag mal – nicht panisch sind. Sie klingen jedenfalls nicht, als ob Sie auf einer Linie mit Bernburger lägen: Gesundheitsschutz über alles, koste es, was es wolle – nach dem Motto: Wen interessiert das Grundgesetz, wenn es um Leben und Tod geht. Sie plädieren auch hier eher – immer im Rahmen des medizinisch-hygienisch Verantwortbaren natürlich – für ein Festhalten an den bewährten Spielregeln der parlamentarischen Demokratie. Momentan fällen ja tatsächlich fragwürdige Kungelrunden ohne Mandat und unter Umgehung des Parlaments die Entscheidungen für unser Land, was im Übrigen schon mehrere ehemalige Verfassungsrichter scharf kritisiert haben.«

»Ich plädiere gar nicht. Ich bin ja kein Mediziner, auch kein Virologe und sowieso sehe ich meine Aufgabe nicht darin, den Leuten politische Maßnahmen zu verkaufen. Als Journalist mit einem relativ breit aufgestellten Format bin ich dafür zuständig, zu allen, die Macht ausüben, kritische Distanz zu wahren, und erst mal sämtliche Gründe aufs Tapet zu bringen, die gegen die jeweiligen Entscheidungen sprechen, ganz egal worum es geht und auch unabhängig davon, was ich selber denke.«

Warum redet Buchner die ganze Zeit um den heißen Brei herum, stellt unablässig Gemeinsamkeiten heraus, tut so, als wären wir heimlich Verbündete? Was will er von mir? Soll ich erneut vereinnahmt, meiner Unabhängigkeit beraubt werden, nicht anders als vorhin im Gespräch mit Bernburger, nur unter umgekehrten Vorzeichen und mit dem Unterschied, dass wir uns jetzt statt in einem Drogeriediscounter für Kleinbürger und Arbeiter in der exklusiven Lounge der Partei der Besserverdienenden treffen, wo sonst der Chef des Bundesverbands der Deutschen Industrie, die Vorstandsvorsitzenden von Daimler und der Deutschen Bank, Topintellektuelle aus amerikanischen Ostküsten-Think-Tanks bewirtet werden?

»Wir haben viele gute Ideen, wie wir die Freiheit der Bürgerinnen und Bürger, die Innovationskraft unserer Ingenieure, die Stellung der Unternehmen im Land stärken können. Programmatisch stehen wir nach dem

Wahldebakel von 2013 inzwischen besser da als je zuvor, aber die Vermittlung unserer Inhalte an die Wählerinnen und Wähler hakt in letzter Zeit ein bisschen, da ist jedenfalls Luft nach oben.«

Der Kellner kam mit einer großen Schieferplatte, auf der sich allerlei Häppchen befanden, Auberginen- und Kichererbsenpaste, in Teig ausgebackenes Gemüse, gefüllte Blätterteigröllchen, marinierte Sardinen und in der Mitte ein Berg gegrillter Garnelen unter Kräutern und Knoblauch. Er reichte jedem einen Teller, verschwand wieder, kehrte mit einem kugelrund aufgeblähtem Fladenbrot zurück.

»Lassen Sie sich's schmecken«, sagte Buchner und gab Siebenstädter den Brotkorb.

»Nimm von den Gambas – die sind absolut sensationell«, sagte Radunski.

Siebenstädter riss ein Stück Brot ab, legte sich zwei Garnelen auf den Teller, obwohl er weder Lust hatte, sie mitsamt ihrer Schalen zu essen, noch sie mit den Fingern zu pulen. Mit Messer und Gabel zerlegen wollte er sie erst recht nicht, denn dabei rutschte man immer ab und bespritzte sein Gegenüber mit Fett.

»Ist klar, worum es geht«, sagte Radunski.

»Dass Winfried Borsig aufgehört hat, wissen Sie ja«, sagte Vera Neubert-Hettig.

»Ich hätte gern in der Sendung mit ihm darüber gesprochen, aber er wollte nicht.«

»Wir haben wirklich alles getan, um ihn zu halten«, sagte Buchner. »Er war absolut erstklassig – der beste Pressesprecher, den wir bislang hatten – jedenfalls in meiner Zeit.«

»Kann ich nur bestätigen«, sagte Radunski. »Nützt aber nichts. Er wollte nun mal nicht mehr.«

»Was auch ein bisschen an uns lag«, sagte Vera Neubert-Hettig.

Wenn Borsig so großartig gewesen ist, warum sagen sie dann, dass es bei der medialen Vermittlung liberaler Themen und Inhalte hakt? Kaum ist einer aus dem Haus, gilt das, was er gemacht hat, nichts mehr, und mit der persönlichen Loyalität ist es schneller vorbei als bei Trainerwechseln im Fußball.

»Wir haben lange überlegt, wer für den Job in Frage kommt. Es gibt natürlich viele hervorragende Journalisten, Leute, die gut in die Medien vernetzt sind und die vor allem mit so unterschiedlichen Temperamenten umgehen können, wie sie sich bei uns nun einmal finden – in allen anderen Parteien im Übrigen auch …«

Siebenstädter sagte: »Ich hatte nicht vor, in eine Partei einzutreten.«

»Borsig ist auch nicht bei uns eingetreten, das hat er von Anfang an klargestellt«, sagte Radunski. »Oder schau dir den Regierungssprecher an: Der war jahrelang parteilos, obwohl die Bundeskanzlerin ohne ihn kein Wort herausbringt.«

»Wichtig ist vor allem«, sagte Buchner, »dass Sie liberale Inhalte überzeugend und – ich sag mal – trotzdem *volksnah* kommunizieren, so, dass nicht nur der Unternehmer oder die Anwältin, die uns sowieso wählen, verstehen, worum es uns geht, sondern vor allem Leute, die noch gar nicht wissen, dass wir die Partei sind, die ihre Interessen am besten vertritt. Nur dann gewinnen wir neue Wählerschichten. Abgesehen davon brauchen wir jemanden, der einen Draht zu den Pressekollegen hat, also quasi mit jeweils einem Bein in beiden Lagern steht. Wie ich Sie einschätze, sind Sie imstande, sich binnen Sekunden auf die unterschiedlichsten Persönlichkeiten einzustellen. Das ist für uns viel entscheidender als die politischen Ansichten eines meinungsstarken Redakteurs oder profilierten Kommentators. Der will am Ende des Tages in erster Linie doch nur wieder seinen eigenen Senf unters Volk bringen.«

»Ich bin nicht einmal sicher, ob ich …«

»Natürlich, ich will da gar keinen Hehl draus machen, spielt Ihre enorme Popularität eine Rolle, die Art, wie Sie von den Leuten wahrgenommen werden: Als jemand, der aufrichtig ist, der keine Scheu hat, auch unangenehme Wahrheiten anzusprechen, und der sich nicht einseifen lässt – nicht einmal von mir.« Buchner lachte.

»Kannste dir das vorstellen?«, fragte Radunski.

Siebenstädter starrte auf seinen Teller, schob die Messerspitze vorsichtig zwischen Schale und Fleisch. Die Garnele löste sich mühelos ab.

»Parteisprecher bei euch?«

»Sie wären unsere absolute Wunschbesetzung, da sind wir uns alle drei einig«, sagte Vera Neubert-Hettig. »Und – glauben Sie mir: Das kommt sehr selten vor.«

»Was das Finanzielle anlangt … Mal so grob ins Blaue gesprochen: Wir verdoppeln ihr jetziges Gehalt. Dafür fallen Ihnen ein paar Verdienstmöglichkeiten weg, Moderationen, Show-Geschichten – ich weiß nicht, wie weit Sie für Unternehmen Veranstaltungen machen oder Werbung? Das geht natürlich nicht, solange Sie bei uns im Team sind. Dienstwagen kommt dazu … Was fahren Sie jetzt?«

»Einen Passat.«

»Zahlt der Sender?«

»Nein.«

Er schob sich ein Stück Garnele in den Mund, war froh, dass er nicht reden musste, solange er etwas zu kauen hatte.

»Also ich kann sagen: Wir sind mit BMW sehr zufrieden, wenn das was für Sie wäre.«

»Wie sind die Gambas? – Könnte man sich dran gewöhnen, oder?«

Sie wollten ihn kaufen, als Ganzes, er war ein Gesamtpaket, fest verschnürt, mit Ecken und Kanten, nur gewaltsam zu öffnen und im Inneren befand sich nichts – ein leerer Pappkarton. Deshalb wollten sie ihn, weil er keine Überzeugungen hatte, ohne Moral, ohne Anstand war, ein ganz und gar Ungläubiger, der nicht einmal an sich selber glaubte, sich auf nichts festlegen ließ, gefühllos, achselzuckend, ohne Scham. Da er keiner Idee folgte, konnte er zu allem alles sagen, solange es nur unterhaltsam klang, die Lacher auf seine, die Empörten auf die Seite der Anderen zog. »Für eine gute Pointe würden Sie Ihre Mutter verraten«, hatte Trabach ihm schon vor zehn Jahren erklärt. Damals war es als Kompliment gemeint gewesen. Doch für Trabach wäre er bald untragbar. Morgen, in einem Monat, binnen Jahresfrist würden sie ihn mit großem Getöse vor die Tür setzen, weil irgendetwas, das er gesagt, gefragt, kommentiert, ironisiert, verspottet hatte, in einer der frisch ausgerufenen Tabuzonen lag. Die Sportreporterin Ina Vogelsang hätte fast ihre Sendung verloren, weil sie irgendeinen Fußballtrottel gefragt hatte, ob sein Hattrick ihm nach der Kritik in den zurückliegenden Wochen nicht *ein innerer Reichsparteitag* gewesen sei. Angeblich hatte sie durch den Gebrauch dieser Wendung den Nationalsozialismus verharmlost. *Pippikakapups.*

Hier würden sie ihm dafür, dass er redete, wie er redete, dass er war, wie er war, das Doppelte zahlen und das ohne zu wissen, wie viel er überhaupt verdiente. Er müsste sich keinem schwäbischen Mittelständler andienen, ob der nicht jemanden brauchte, der seine Firma in der Öffentlichkeit repräsentierte, keinem DAX-Vorständler einreden, dass der Unsinn, den seine Lobbyvertreter von sich gaben, besserer Formulierungen bedurfte, wenn das mit der Gesetzesänderung klappen sollte. Danach kämen die Möbelhauseröffnungen in Wanne-Eickel, Biesdorf-Süd, schließlich Butterfahrtenanimationen durch die norddeutschen Provinzen. *Die Leberwurst von Bauer Aloisius ist nicht nur frei von Geschmacksverstärkern, Farbstoffen, Konservierungsmitteln, sondern aufgrund unserer patentierten 3-Stufen-Relax-Schlachtung hat die Sau vor ihrem*

Tod nachweislich nicht eine Sekunde Stress gehabt. Das schmeckt man nicht nur – es kommt auch, wie amerikanische Studien zweifelsfrei nachgewiesen haben – Ihren Herzkranzgefäßen zugute!

»Ich weiß, das ist keine kleine Entscheidung«, sagte Buchner, »Vermutlich sind Sie nach – wie lange? – zwanzig Jahren bei den Öffentlich-Rechtlichen quasi unkündbar, selbst wenn man Ihnen das Mikrofon abdreht. Bevor Sie da rausgeworfen werden, müssen Sie mindestens mal das Horst-Wessel-Lied in der Sendung singen. Diese Art Sicherheit können wir natürlich nicht bieten. Bei uns ist es, aber das wissen Sie ja, ein bisschen wie in der Bundesliga: Wenn Tore fallen, werden Sie gefeiert, sobald der Abstiegskampf droht, fliegen Sie raus. Aber vielleicht lockt Sie ja gerade so eine Herausforderung.«

Was wissen sie, was ich nicht weiß, noch nicht weiß, wobei sie vermutlich annehmen, dass ich es weiß, diskret darüber hinweggehen, dass in den Aufsichtsgremien längst offen über meinen Rauswurf gesprochen wird, dass er vielleicht schon beschlossene Sache ist, die Nachricht ist durchgesickert, und ehe mein Ruf und der Ruf des Senders durch ein unappetitliches Entlassungsverfahren wirklich beschädigt sind, nehmen sie mich unter Vertrag zu allseitigem Vorteil und Nutzen.

»Abgesehen davon ist es auch so«, sagte Radunski, »wenn dir das nach drei, vier Jahren hier zu stressig wird, kennen dich so viele relevante Leute in wichtigen Funktionen, dass du jederzeit einen gut dotierten Job in irgendeiner

Dachorganisation oder einer Stiftung findest für ein paar gepolsterte Jahre bis zur Rente.«

Final parking position als Marketingchef beim holsteinischen Fischereiverband, handgemachte Gummistiefel, Glencheck-Tweed und den Kabeljau statt des Jagdhunds auf der Krawatte: Meine sehr verehrten Damen und Herren, liebe Fischköppe, es ist nicht alles schlecht, was recht ist und billig, und früher war auch nicht alles besser, der Klimawandel mit seinen verlässlich steigenden Temperaturen wird neue Arten aus südlicheren Gefilden in unsere Fanggründe spülen, unterarmdicke Garnelen aus Amrumer Mangroven – in Zukunft ein Muss für jeden Gourmet.

Siebenstädter war schwindelig, seine Wangen glühten, er wollte weg. »Das ist ein verlockendes Angebot, nicht nur wegen der hervorragenden Küche, wirklich kein Vergleich mit der Kantine bei uns, ich könnte mir das, wenn ich länger darüber nachdenke, aber in jedem Fall müsste ich es zumindest pro forma mit meiner Frau …«

Warum redete er, als wäre seine Zusage reine Formsache, was sollte Irene im Übrigen dagegen einzuwenden haben, wenn er nicht die Hälfte seiner Tage spätestens um vier in der Frühe zur Tür hinausmusste, der Kredit für das Haus in der halben Zeit abbezahlt wäre, das Auto dank neuester Technologie autonom einparkte? Trabach verlangte, auch wenn er es freundlicher ausdrückte, dass er in der Pandemie die Regierungslinie unterstützte und dabei so tat, als wäre er der Wahrheit, nichts als der Wahrheit verpflichtet, *die Wissenschaft hat festgestellt festgestellt festgestellt / dass Covid-19 Omas fällt / Oma-ha-s fällt.* Hier wäre er zuständig für das große Freiheits-Tamtam, die Berliner Version des amerikanischen Traums, den nicht nur sonderbegabte Cryptowährungsschürfer, fabelhaft integrierte Impfstoffentwickler, Ökostrombatterietüftler, sondern ebenso die alleinerziehende Mutter an der Drogeriemarktkasse, der selbständige Obdachlosenzeitungsverkäufer mit innovativem Marketingkonzept träumen sollte. *Freiheit ist das, was Leute wie ich erfunden haben, um Zigaretten zu verkaufen.*

»Nimm noch von den Gambas.«

»Natürlich müssen Sie das nicht sofort entscheiden.«

Sein Handy brummte, er hatte vergessen, es auf stumm zu schalten. *TRABACH/DIENST* stand da, darunter: »Update für morgen früh: 6 Uhr 10 hast du den Gesundheitsminister live am Telefon.«

»Wägen Sie in aller Ruhe ab.«

»Noch ein Bier?«

»Danke.«

»Oder lieber einen Schnaps? Es gibt einen erstklassigen Aquavit, kleine Brennerei aus Trondheim, der Besitzer ist ein alter Freund von mir, bekommst du in Deutschland nur hier und bei mir zu Hause.«

»Bis wann müsst ihr es wissen?«

Als würde sich etwas ändern, wenn er drei Tage, drei Wochen oder drei Monate Zeit hätte zu überlegen, ob es besser war, im Namen der Regierung, der Volksgesundheit, der Wissenschaft zu sprechen oder sich von einer demokratisch einwandfreien Klientelpartei mit beträchtlichen finanziellen Möglichkeiten kaufen zu lassen.

»Heute ist Montag«, stellte Buchner fest. »Donnerstag?«

»Sollte passen.«

»Nur um das noch mal klarzustellen: Am Geld muss es nicht scheitern. Dass ein Spot mit Ihrer Stimme bei Millionen von Menschen nicht einfach nur einen hohen Wiedererkennungswert hat, sondern ... Das ist hier jedem bewusst. Wenn man den Mann auf der Straße, der meint, dass *die da oben* – also Ihr Journalisten und wir Politiker – sowieso alle unter einer Decke stecken, fragt, wen er denn noch für unbestechlich hält, dann fällt zuverlässig immer Ihr Name. Und wenn ich gegenüber dem Vorstandsvorsitzenden oder dem Aufsichtsrat XY ›Kurt Siebenstädter‹ sage, dann kommt eben auch: Guter Mann – der nimmt kein Blatt vor den Mund. Das ist ein gewaltiges Kapital – Ihr Kapital. Und wenn Sie uns davon profitieren lassen, soll es nicht Ihr Schaden sein.«

Radunski winkte dem Kellner und rief: »Bring mal eine Runde Aquavit.«

Siebenstädter nickte wie ein debiles Kind, stocherte in den Garnelenschalen auf seinem Teller herum.

»Wie gesagt, ich muss das mit meiner Frau besprechen, am besten heute Abend noch, dann kann sie schon mal eine Nacht drüber schlafen.«

Er schaute auf die Uhr, es war kurz nach zehn. »Ich würde mich auch langsam auf den Weg machen, der Wecker klingelt um drei, morgen früh hab ich hohen Besuch in der Sendung, da sollte ich halbwegs ausgeschlafen sein.«

»Mein Fahrer bringt Sie. Ich muss ohnehin noch mal ins Büro.«

Buchner griff nach seinem Telefon, »Ja, Herr Ranft, Buchner hier, würden Sie unseren Gast, Herrn Siebenstädter, nach Hause fahren ... Genau ... In ein paar Minuten ... – Wo müssen Sie hin?«

»Wilhelm-Morgner-Straße.«

Der Kellner kam mit den Schnäpsen.

»Wir werden das Schiff schon schaukeln«, sagte Radunski. »Prost!«

»Zum Wohl.«

»Auf Sie.«

Siebenstädter kippte den Aquavit in einem Schluck herunter.

»Hab ich zu viel versprochen?«

Er stand auf, zog die Jacke an, nahm seine Arbeitstasche vom Boden, wusste, dass es einen denkbar unsouveränen Eindruck machte, derart abrupt aufzubrechen, als wollte er fliehen – er wollte fliehen –, sah erneut auf die Uhr: »Ich bin seit fast zwanzig Stunden auf den Beinen.«

»Natürlich ... Wobei: Zwölf-, Vierzehn-Stunden-Tage hat man hier auch schon mal leicht, aber Sie beginnen natürlich ein bisschen später.«

Alle standen jetzt, lächelten. Vera Neubert-Hettig hatte einen leicht gequälten Zug um den Mund. Siebenstädter hob kurz die Hand, das musste reichen.

»Ich bringe Sie noch zur Tür«, sagte Buchner.

Er sollte etwas sagen, wie sehr er sich freue, dass er schon lange gedacht habe, es sei Zeit, nicht nur zu fragen, sondern zu gestalten, schließlich wolle er seiner Tochter … Seine Tochter würde kein Wort mehr mit ihm reden, wenn er das Angebot annähme. Und Irene, die bis vor Kurzem weder links noch rechts, weder progressiv noch konservativ gewesen war, entdeckte die Feministin in sich, nicht irgendeine altbackene Spät-68er- oder 78er-Öko-Mondphasen-Variante, sondern die neueste Avantgarde-Version, die amerikanische Soziologinnen und Philosophinnen gerade für den gesamten Erdkreis verkündet hatten – ihm fiel die Bezeichnung nicht ein. Irene meinte, wenn sie sich an die Spitze des gesellschaftlichen Fortschritts stellte, wiche das Alter einen Schritt zurück, und zumindest nötigte es Nora Respekt ab.

»Überlegen Sie sich's in Ruhe«, sagte Buchner, als sie auf die Straße traten. »Es wäre mir auch persönlich eine große Freude, wenn Sie zu uns ins Team stoßen würden.«

»Ich melde mich. Ein, zwei Tage, länger dauert's auf keinen Fall.«

Siebenstädter ließ sich auf die Rückbank des Wagens fallen. Buchner warf die Tür hinter ihm zu. Es war sein Wagen, sein Fahrer und bald wäre Siebenstädter *sein Pressesprecher*.

Er schwieg und dementsprechend schwieg auch der Fahrer. Der Bordbildschirm zeigte die Route in die Wilhelm-Morgner-Straße, der Punkt, in dem er saß, setzte sich in Bewegung. Vor dem Friedrichstadtpalast bogen sie links ab.

Wo waren all die Leute, die um diese Zeit bei diesem Wetter normalerweise die Straßen bevölkerten, Konzert-, Theater-, Varieté-, Galerie-, Restaurantbesucher, die Flaneure, Bildungs- und Billigtouristen, Partypeople, Gymnasiasten auf Klassenfahrt, die sonst hier durch die Gegend zogen auf der Suche nach irgendetwas, das einem großen oder kleinen Abenteuer ähnelte, ihnen vorgaukelte, dass sie am Leben waren, ein Leben hatten. Dafür kippten sie Drinks, rauchten THC*-optimiertes Gras, warfen Pillen ein, zogen Pulver durch die Nase, um ihre grauen Gehirne in fremde Galaxien zu katapultieren, hinaus in den Weltraum, unendliche Weiten, das nächtliche All, dort würden zwischen ihren Ohren, ihren Beinen Sterne explodieren, Stoffwechselekstasen, Botenstoffexplosionen in fremden Augen, zwischen fremden Lippen, auf fremder Haut, irgendetwas musste passieren, so weit entfernt vom heimischen Herd, trautes Heim, Glück allein, hier, im Großstadtdschungel, wo die wilden Menschentiere unterwegs waren, Momente versprachen, die nichts hielten, doch da war niemand, nur Füchse und Ratten, Gott zum Gruß und guten Appetit, der Tisch kärglich gedeckt dieser Tage, kaum weggeworfene Burger, Döner, Chinanudeln. Eine Wasserstoffperoxyd-blonde Frau in rosafarbener Ledercorsage, weißen Stiefeln bis über die Knie, fast keinem Röckchen, schwenkte ihren weiß verpackten Hintern, ihr weißes Lederbeutelchen, um Arbeit zu finden, die sie nicht* *tun durfte, körpernahe Dienstleistungen waren wieder untersagt, nur die Friseure blieben geöffnet. Siebenstädter hatte noch nie eine Nutte angefasst, vielleicht würde er demnächst damit anfangen, wenn auf den Klausurtagungen zu nächtlicher Stunde der Roomservice nicht nur für Essen und Trinken aufs Haus ging, die Parteidelegation in Belgrad, Abu Dhabi, Wladiwostok überzeugt werden sollte, sich bei den heimischen Finanzinstituten für Joint Ventures, Kreditgarantien, Finanzkooperationen einzusetzen. So lief es schon lange nicht mehr, dank effektiver Antikorruptionsmaßnahmen, allgegenwärtiger Kameras, der disziplinierenden Wirkung weiblicher Delegationsmitglieder – so lief es noch immer, würde es bis in alle Ewigkeit laufen.* Siebenstädter spürte die Wirkung der verschiedenen Alkoholika, die durch seine Adern flossen, das Pochen des Herzschlags in den Schläfen.

Er war kein Parteisprecher, kein Marketingfritze, kein Werbefuzzi, auch wenn ihm zu nahezu allem ein dummer Spruch einfiel, Knallchargengerede, das er sich jetzt versilbern und vergolden lassen konnte. Statt drohender Arbeitslosigkeit leuchtete das große Geld im Großen Wagen am Himmel über Berlin. *Und führe uns nicht in Versuchung, sondern erlöse uns von dem Übel.* Auch wenn er keine Moral hatte, war er doch auch nicht käuflich, er war käuflich, obwohl er Moral hatte. Niemand sollte versuchen, ihm weiszumachen, dass sich auf anständige Weise sauberes Geld verdienen ließ, es gab nicht einmal einwandfreie Möglichkeiten, es wieder auszugeben. Ganz gleich, womit man sich fortbewegte, was man am Leib trug, womit man sich den Bauch füllte, es klebte Gift, Dreck, Blut daran, ölverseuchte Paradiesböden, umgekippte Flüsse, Zwangsarbeiter an Fließbändern, verbrannte Näherinnen, Kindersklaven, die Pole schmolzen, die Wüsten breiteten sich aus, Anfang November um zweiundzwanzig Uhr siebenunddreißig herrschten in der bundesrepublikanischen Hauptstadt frühlingshafte sechzehn Grad, ganz egal ob er es glaubte oder nicht glaubte, wissen wollte oder nicht wissen wollte. Was waren, verglichen mit dem, was seine bloße Existenz direkt oder indirekt, wissend oder unwissentlich Tag für Tag an Ressourcen verbrauchte, an Unrecht finanzierte, Verbrechen hinnahm, ein paar dumme Sprüche zum Mitschreiben und Merken, als Entscheidungshilfe für das Wahlvolk, *Kontrolle ist gut, Vertrauen ist besser, die Zukunft gehört der Freiheit, für ein Land der Möglichkeiten, nicht der Verbote, blau, blau, blau blüht der Enzian.*

Siebenstädter zuckte zusammen, schüttelte den Kopf, hatte das Bedürfnis, sich zu ohrfeigen, mit kurzen schnellen Schlägen, wie es früher die Boxtrainer in den Ringpausen mit ihren weich geklopften Schützlingen gemacht hatten. Ganz gleich, wann der Wecker klingelte und wer ihm dann zugeschaltet werden würde, er musste dringend etwas anderes sehen, hören, riechen, schmecken, bevor er ins Bett ging, zu Irene ins Bett kroch, die im Zweifel schon schlief, ein undeutliches »Na-wie-wars?« lallte. *Er hatte Whisky mit Maria Andriessen getrunken, sie ficken wollen, daraus war nichts geworden, vorerst, Bernburger hatte er sich geschenkt, dafür bei den Liberalen das Angebot für eine feindliche Übernahme seiner gesamten Person unterbreitet bekommen, das auszuschlagen ein schwerer Fehler wäre, das anzunehmen einer bedingungslosen Kapitulation gleichkäme, auf dem Heimweg hatte er sich eine Nutte vom Straßenstrich in Buchners 7er BMW geholt, sie war da so traurig herumgestöckelt, dass ihn Mitleid überwältigt hatte angesichts ihrer unseligen Lage, während sie die Torstraße, die Greifswalder Straße entlanggerauscht waren, hatte sie ihm einen geblasen wie seinerzeit Divine – die Göttliche – Brown Hugh Grant, da kam die Polizei und fragt, was soll denn das, morgen würden schöne Schwarz-Weiß-Fotos von ihm, leicht derangiert, frontal, Rechtsprofil, Linksprofil, das Schild mit dem Aktenzeichen vor der Brust in der Hand über den Ticker gehen, mit deren Weitergabe sich irgendjemand auf der Wache, der sich partout nicht identifizieren ließ, den Traum einer vierwöchigen Karibik-Kreuzfahrt erfüllte, und deshalb war seine Karriere als Radiomoderator heute Abend so unwiderruflich zu Ende, wie seine Karriere als liberaler Parteisprecher niemals beginnen würde.*

Der Wagen hielt an der Ampel zur Danziger Straße, die Pizzeria auf der gegenüberliegenden Seite hatte noch geöffnet, vor dem Döner-Imbiss daneben standen junge Leute. Einige aßen, einige hatten Bierflaschen in der Hand, die Stehtische waren zusammengeschoben, in Folie verpackt, aneinandergebunden, trotzdem benutzbar.

»Danke, es reicht«, sagte er, »Sie können mich hier rauslassen, ich gehe noch ein paar Schritte durch die Luft.«

Bevor der Fahrer antworten konnte, öffnete Siebenstädter die Tür, stieg aus, ohnehin war weit und breit kein anderes Auto in Sicht. Er überquerte die Kreuzung bei Rot, ein Akt des Widerstands, gegen was auch immer. Vor dem Döner führten drei Jungs große Reden, sahen aus wie arische Mustermänner, mit ihren blond gescheitelten Haaren im Hitlerschnitt, *Seiten auf null mit Übergang*, und imitierten orientalische Migrantendiktion. »Isch sag dir, Digga, isch hab mir drei Gramm durchgezogen, Samstag, noch Wodka draufgekippt, halbe Flasche geext, ich war so was von breit, kann misch voll nisch erinnern.« – »Ich aber, du Spast«, sagte eines der beiden Mädchen, das offenbar seine Freundin war. »Du hast nämlich alles vollgekotzt, und ich hab's geputzt, damit deine Alten nichts davon mitkriegen.« – »Voll eklig.« – »Ehre geht raus an Babette.«

Er kannte das von Nora, auch bei ihr in der Klasse sprachen die Bildungsbürgerkinder, Prenzelschwabensprösslinge jetzt wie türkische Ticker, arabische Kleinkriminelle. Das Wort »Ehre«, das nicht einmal sein Nazi-Großvater noch benutzt hatte, erlebte eine völlig unerwartete Renaissance. Noras Deutschlehrerin war *voll der Ehrenmann*, nachdem sie bei den Online-Überprüfungen der Online-Hausaufgaben auch Fotos handgeschriebener Blätter akzeptiert hatte.

Babette trug eine Jeansjacke, wie sie schon während seiner Schulzeit angesagt gewesen war, die andere ein Adidas-

Modell, womit damals nur die Sorte Jungs herumgelaufen war, die ihre Freizeit auf dem Bolzplatz verbrachten. Beide präsentierten ihre Bäuche unter sehr kurzen Pullis. Eine hatte ihren Nabel mit einer Strasssteinblüte gepierct. Dazu hatte sie rosa-blau marmorierte Leggings an, die so eng waren, dass sich die Schamlippen im Schritt abzeichneten. In dem Moment, wo Siebenstädter realisierte, was er wahrnahm, sah er den Blick des dritten der halbstarken Jungs, der seinen Augen gefolgt war und in dessen Gesicht sich die Mimik zu dem Gedanken *so ein widerlicher geiler alter Sack* verfestigte. Siebenstädter erinnerte sich, dass er genau diesen Gedanken, vermutlich mit dem exakt gleichen Gesichtsausdruck gehabt hatte, als er mit siebzehn oder achtzehn seine damalige Freundin, Katja, nach Hause gebracht hatte und an der Bushaltestelle, wo sie warten mussten, der Blick eines Typs um die vierzig, ein ganzes Stück jünger, als er selbst es jetzt war, Anzug und weißes Hemd, die Strickkrawatte gelockert, aber nicht ausgezogen, in aller Ruhe Katjas Beine hinaufgefahren, dann über ihrem Hintern gekreist und von dort auf die Spitzen ihrer Brüste gesprungen war, die sich, da sie keinen BH trug, deutlich unter ihrem David-Bowie-T-Shirt abzeichneten, rechts und links der Bowie-Schläfen, in denen der rotblaue Blitz auslief.

IV.

Es war halb zwölf, als er die Haustür aufschloss. Tibor stand da, drückte ihm die Schnauze gegen das Hosenbein. Seit einiger Zeit sprang er nicht mehr an ihm hoch, weniger, weil die Versuche ihn zu erziehen gefruchtet hätten, sondern weil seine Gelenke steif wurden. Er rannte kaum noch, zeigte Anzeichen von Kurzatmigkeit, vielleicht ein Indiz für Herzprobleme. Hundejahre zählten siebenfach. Ein achtjähriger Labradorrüde war 56, ein gesetzter Herr auf der Schwelle zum Greis. Siebenstädter strich über den Hundekopf, hängte die Jacke an einen Garderobenhaken. Aus dem Wohnzimmer drangen Stimmen, eine amerikanische Comedy-Serie mit eingespielten Lachern. Er staunte, dass Irene noch auf war. Normalerweise döste sie um neun vor dem Fernseher ein, schlurfte um halb zehn nach mehrfacher Aufforderung seinerseits die Treppe hinauf ins Bad. Wenn er ins Bett kam, schlief sie meist schon. Siebenstädter brauchte wenig Schlaf, fünf Stunden reichten, ganz gleich, ob er in der Frühe moderiert hatte oder anderntags moderieren würde. Selbst an freien Tagen wachte er spätestens um halb sechs das erste Mal auf.

Vielleicht witterte Irene etwas, hatte den Verdacht, dass er gar nicht zu Bernburger gegangen war, sich stattdessen mit einer Frau getroffen hatte, wollte Beweise, ihn umarmen, an ihm riechen, ob Parfüm oder Schweiß, die Lockstoffe einer Fremden an ihm klebten. Siebenstädter spürte ein schlechtes Gewissen, schob es beiseite. Er hatte nichts getan, was für eine Verurteilung reichte, fühlte sich trotzdem schuldig. *Wer eine Frau auch nur lüstern anblickt, hat im Geiste mit ihr schon die Ehe gebrochen.* Die alten Gesetze standen unerbittlich da, daran änderten weder Unglaube und Kirchenaustritt noch prügelnde Nonnen und pädophile Pfaffen etwas. *Wer zweimal mit derselben pennt, gehört schon zum Establishment.* Auch das hatte nicht funktioniert. Trotz Pornoschwemme, florierender Datingportale, detaillierter Berichte über offene Beziehungen, neue Formen emanzipierter Partnertauschpartys schlug das Pendel mit Macht zurück. Sexuelles Fehlverhalten bekam die fettesten Schlagzeilen, brachte die meisten Klicks, die wütendsten Kommentare, beendete Karrieren beim Film, an Universitäten, in der Politik, den Medien. Nora hatte empört erzählt, dass eine schwangere Fünfzehnjährige aus der Stufe über ihr von den anderen als »Schlampe« beschimpft worden war. Sie selbst betrachtete Mütter, die ihre Männer betrogen, Väter, die ihre Frauen wegen einer anderen verließen, mit abgrundtiefer Verachtung. Er spürte, wie ihm heiß und kalt wurde, versuchte sich zu beruhigen: Es war alles immer einvernehmlich gewesen, wahrscheinlich würde er trotz allem bei Irene bleiben.

Siebenstädter trat ins Wohnzimmer, Tibor trottete an ihm vorbei, fiel seufzend in seinen Korb. Irene war tatsächlich noch wach oder wieder aufgewacht, als er die Haustür geöffnet hatte, schaute ihn an, es lag kein Vorwurf in ihrem Blick, eher Erwartung, als rechnete sie mit einer Neuigkeit, einer Wendung zum Besseren, dass sich etwas änderte, verändert hatte, in ihm, in ihrem gemeinsamen Leben, an der Weltlage. Es konnte nicht ewig so weitergehen, in keinerlei Hinsicht, doch alles deutete darauf hin, dass es genau so weiterging. *Winter's coming*. Bernburger und vor ihm schon die Kanzlerin hatten gedroht: Wenn jetzt nicht sofort die Schotten dicht gemacht würden, stünde ein verheerendes Weihnachtsfest mit Tausenden Toten pro Tag ins Haus. In letzter Zeit fragte Irene des Öfteren, wenn er aus dem Sender kam, ob es etwas Neues gebe, mit dieser Hoffnung in der Stimme, als könnte er früher als alle anderen vom plötzlichen Zusammenbruch der Virenstämme, von dem entscheidenden Medikament, dem *game changer* erfahren haben. Vielleicht war aber auch irgendetwas von dem, was am Nachmittag, am Abend durch seinen Kopf geschossen war, vermittels gleichgeschalteter Elementarteilchen, Quarks, Neutrinos über den Äther, ein morphisches Feld zu ihr gelangt. Manchmal geschahen sonderbare Dinge: Dass man auf die Minute genau gleichzeitig mit jemand anderem, Tausende Kilometer entfernt, den gleichen Gedanken dachte. Vielleicht passierte es in Wirklichkeit gar nicht so selten, man erfuhr nur nie davon, weil kein Mensch auf die Idee kam, eine frühere Geliebte, einen ehemals besten Freund, die plötzlich so präsent gewesen waren, als befänden sie sich im selben Raum, anzurufen und zu fragen: Kann es sein, dass du gerade noch einmal unbedingt mit mir schlafen wolltest, dass du vor gut einer Stunde gedacht hast, dieser Moment, kurz nach unserem 18. Geburtstag, als wir zusammen vor dem Puff standen, in den wir uns dann doch nicht hineingetraut haben, war vielleicht schon der beste Augenblick unseres Lebens?

Realistisch betrachtet konnte Irene weder von seinem Treffen mit Maria Andriessen erfahren haben noch von Buchners Angebot.

Er ließ sich in den Sessel ihr schräg gegenüber fallen. Auf dem Tisch stand eine angebrochene Flasche Rotwein, daneben ein halbvolles Glas.

- Und Du hast allen Ernstes den Goldfisch gegessen?

- Ich hab ihn in Sojasoße getunkt – schmeckt wie Sushi, nur frischer.

Gelächter vom Band.

»Willst du das gucken?«

Sie schüttelte den Kopf: »Wie war's?«

Er schaltete den Apparat aus, stand wieder auf, trat an den Schrank, holte sich ein Glas, schenkte sich ebenfalls Wein ein.

»Langweilig, unsinnig, nichts, was irgendwie neu gewesen wäre. Keine Ahnung, warum er uns dafür hat antanzen lassen, wo doch jedes Kind weiß, dass er der größte Hypochonder im Deutschen Bundestag ist, die unermüdliche Kassandra des viralen Weltuntergangs.«

Irene gähnte, versuchte dabei die Frage »Wer war sonst noch da?« zu artikulieren. »… von denen, die man kennt?«

Er wusste nicht, warum er log, statt einfach die zeitliche Abfolge dessen, was geschehen war, geringfügig zu ändern. *Gerade als er ins Restaurant des Ernst-Lemmer-Hauses hatte gehen wollen, war ein Anruf von Buchner gekommen, ob sie sich treffen könnten, es sei sehr wichtig. Das war ihm dann interessanter erschienen, als die immer gleiche Bernburger-Leier, und dann habe ihm Buchner allen Ernstes vorgeschlagen …*

Wie immer folgte aus der ersten Lüge die zweite, die dritte, die vierte, der Sockel eines Lügenturms auf einem Lügenfundament, auf einem Lügen-Erdreich, auf einem erlogenen Magmakern.

»Nicht viele: Rabanus von den *Tagesthemen*, die Rettschlag vom *heute journal*, Kessler, der besonders viele kritische Fragen hatte, so dass Bernburger am Ende völlig genervt war.«

»Und dafür habt ihr über drei Stunden gebraucht, trotz Pandemie und allem?«

Er hörte Zweifel in ihrer Stimme.

»Es könnte sein, dass …«

Ein Anruf könnte gekommen sein, eine Frage, ein Angebot, während er an der Kreuzung, im Foyer, am Ufer der Spree gestanden hatte, wir kaufen nichts, wir lassen uns nicht kaufen, schon gar nicht am Telefon, wie wäre es, könnten Sie sich vorstellen, hätten Sie nicht Lust, würden Sie nicht gerne an etwas glauben, für etwas einstehen, kämpfen, Freiheit / Freiheit / ist das Einzige, was zählt, *statt des ewigen Larifari, Wischiwaschi* freedom's just another word / for nothing left to loose *das Ende der unerträglichen Ausgewogenheit, der ermüdenden Neutralität, des Proporzgehorsams, selbst wenn im Hintergrund, Untergrund, Abgrund* Sieg Heil *geraunt wurde,* Volk und Vaterland, Blut und Boden, *schließlich waren auch sie gewählt, hatten Volkes Stimme, stellten Mitglieder im Deutschen Bundestag, in sämtlichen Landesparlamenten, der Staatsvertrag billigte ihnen öffentlich-rechtliche Redezeit zu, und er, Kurt Siebenstädter, war der überparteilich unparteiische Vollstrecker der in der Verfassung garantierten Meinungsvielfalt, musste entsprechend genau geregelter Verteilerschlüssel den Vorsitzenden, Stellvertretern, Abgeordneten, Ausschussmitgliedern aller Fraktionen ihre Sendeminuten geben, dazwischen klerikalen Frauenhassern, radikalen Feministinnen, Tierrechtsfanatikern, Schlachthofmogulen das Wort erteilen.*

»Was könnte sein?«

Er trank einen Schluck, war unsicher, ob sein Gesicht, seine Haut, seine Stimme selbst bei einer vollkommen irrelevanten Fehlinformation bereits Symptome der Unwahrheit gezeigt hatte, die Irenes angeborenen, durch unzählige erfundene Entschuldigungen für Zuspätkommen, Abwesenheiten, fehlende Hausaufgaben sensibilisierten Lügendetektor ausschlagen ließen, oder ob doch bohrende Eifersucht eingesickert war, die nur darauf lauerte, Ungereimtheiten, Widersprüche, Falschaussagen zu identifizieren.

Früher, vor dem Virus, als er manchmal an drei, vier Abenden pro Woche Termine und Möglichkeiten gehabt hätte, sie zu betrügen, war sie so gut wie nie auf die Idee gekommen, ihn einer Affäre zu verdächtigen. Doch jetzt, wo fast nichts mehr stattfand, witterte sie überall fremde Frauen. Vielleicht war es auch der unerbittlich näher rückende 40. Geburtstag, der sie verunsicherte, sich selbst entfremdete, alles in Zweifel zog, worauf sie die letzten fünfundzwanzig Jahre gesetzt hatte.

Er sah sie an, Irene, seine Frau, die das Recht hatte zu erfahren, welche sonderbare Wendung sein und ihr Leben nehmen könnte, wenn er und sie es wollten, zumindest hatte er Buchner erklärt, dass er mit ihr reden müsse, ehe er eine Entscheidung fällte, wie es sich gehörte in einer gleichberechtigten Partnerschaft.

»Kann sein, dass es Ärger gibt.«

»Weil du wieder Sachen gesagt hast, die kurz vor knapp an rassistischer Beleidigung, Diskriminierung, rechten Parolen vorbeischrammen? – Manchmal denke ich, du legst es bewusst darauf an, dass sie dich rauswerfen, damit du dich endlich wie ein richtiger Held fühlen kannst.«

»Ich versuche einfach, meine Arbeit so ausgewogen zu machen, wie es das Rundfunkgesetz verlangt.«

»Das bist doch nicht du, Kurt. So hast du doch früher nicht gedacht. Was ist da passiert?«

»Nichts ist passiert.«

Er hatte sie verloren, Irene, und gerade verlor sie vielleicht auch sich selbst, kurz vor diesem finalen Geburtstag, den französische Frauen niemals aussprachen, das lebenshungrige, unersättlich verzweifelte Mädchen, Tochter des Finanzbeamten mit Vollstreckungsgewalt, der schließlich auch sein eigenes Urteil über sich, *Tod durch den Strang*, mit harter Hand vollstreckt hatte, als sie noch fast ein Kind gewesen war. Aus Zucht, Ordnung, Glaube, Heimat, Sitte hatte es sie in die zügellos chaotische, gottlos unzüchtige Hauptstadtwelt hinaus katapultiert, wo alles möglich war und nichts von dem galt, was in ihrer Kindheit für unantastbar, unumstößlich, *heilig heilig heilig Herr Gott Sabaoth* erklärt worden war. Das wilde Mädchen, Irene, das ihn noch einmal herausgerissen hatte aus der Langeweile routinierter Scharfzüngigkeit, investigativer Doppelmoral, aus der ermüdenden Wiederholung dekorativ inszenierter Paarungsakte am Rande von Parteitagen, Bundesversammlungen, Wahlkampfauftritten, *war schön mit dir, nimm's nicht persönlich, ich ruf dich an.* Ein grell flackerndes Irrlicht war sie gewesen, eine zarte Flamme, die geschützt werden musste, die niemand schützen konnte, auch er nicht – er erst recht nicht.

»Wo kommt diese Bitterkeit her?«, hörte er sie sagen, sah, wie sie den Kopf schüttelte, auf einmal ihrer Mutter, seiner Schwiegermutter, ähnelte, als diese angesichts der leeren Kirche an Ostern den Glauben verlor.

Die Irene, die dort auf dem Sofa saß, ihn anschaute, in deren Gesicht zum ersten Mal etwas wie Widerwillen stand – nicht mehr nur Trauer, Enttäuschung, Mitleid, sondern Abscheu, war *eine verheiratete Frau*, so wie er *ein verheirateter Mann* war, zwei Menschen in diesem unwürdigen Aggregatzustand, der nichts mit den Ausgangssubstanzen zu tun hatte, die seinerzeit, nach einer belanglosen Party im politischen Berlin, zufällig, aus einer Laune des Schicksals heraus, den fatalen Anziehungen folgend, die durch Neurotransmitter, Synapsen in bestimmten Stammhirnarealen ausgelöst wurden, zusammengeflossen waren.

Er zuckte mit den Schultern, es gab nichts zu sagen.

Die Idee, dass ein einziger Mensch genügte, um dem Leben einen Sinn zu geben, war eine der Lügen romantischer Wirrköpfe, die sich, obwohl millionenfach widerlegt, über alle Umbrüche, Moden, Paradigmenwechsel der letzten hundertfünfzig Jahre gehalten hatte und die nach wie vor, trotz global exponentiell wachsender Scheidungsraten mit der vereinigten Macht sämtlicher Massenmedien weltweit verbreitet wurde. Niemand rettete jemanden vor irgendetwas, am wenigsten vor sich selbst, so wenig wie Arbeit gegen die Leere half oder Politik ein erfülltes Leben schenkte.

»Ich muss mit dir reden«, sagte sie.

Es klang, als wollte sie ihm eröffnen, dass sie sich von ihm trennen werde, weil es nicht mehr auszuhalten war mit ihm, weil sie im Dunst dieser Giftigkeit, Düsternis, seiner Verachtung, seinem Hass auf alles und jeden kein Leben führen konnte. Jetzt hatte sie sich in einen Kollegen verliebt, jünger, positiver, dem Glück, der Zukunft zugewandt. Vielleicht bemerkte sie gerade, dass sie auf Frauen stand, wollte etwas anderes auszuprobieren, ihrer weiblichen Identität neu und ganz anders gewahr werden. Wer etwas auf sich hielt, entdeckte gerade die Fluidität der Geschlechtergrenzen. Das würde auch erklären, weshalb sie schon lange keine Lust mehr auf ihn hatte. Es ging bereits seit ein paar Monaten, seit den Zeugniskonferenzen im Sommer, als sie anschließend bei der Kollegin Ruth Mingels im Garten gegrillt hatten und spätnachts ein Text von ihr gekommen war: »Ich kann nicht mehr fahren, übernachte bei Ruth.«

Er hätte sogar Verständnis dafür: Ruth sah toll aus und hatte dieses Funkeln im Blick, tausend Versprechen lagen darin für Frauen und Männer gleichermaßen.

»Ich habe Nora gesagt, dass ich mit dir spreche. Sie muss sich bis morgen entscheiden, und wenn wir aufstehen, bist du schon weg: Sie will nach Amerika, für ein halbes Jahr, es gibt ein Austauschprogramm des Bundestags, auf das sie sich bewerben kann. Ihr Klassenlehrer sagt, dass sie gute Chancen hat, ausgewählt zu werden, und dass er sie unterstützt.«

Siebenstädter hatte Mühe, das, was er hörte, richtig einzuordnen, obwohl doch auf der Hand lag, worum es ging: Nora, sein Kind, seine Tochter, sein kleines Mädchen, wollte nach Amerika, ein klarer, einfacher Wunsch.

»Sie ist doch viel zu jung für so was.«

»Sie wird demnächst vierzehn. Es ist ein mehrstufiges Auswahlverfahren, das Ganze zieht sich über Monate hin. Wenn sie tatsächlich genommen wird, geht es frühestens nächsten Sommer los, nach den Ferien, immer vorausgesetzt, dass dieses Virus bis dahin irgendwie unter Kontrolle ist.«

»Solche Sachen finden normalerweise erst in der zehnten, elften Klasse statt.«

»Es ist alles früher heute. Sie haben nur zwölf Schuljahre – wenn du dich erinnerst. Nora macht mit siebzehn Abitur. Du warst fast zwanzig damals, ich auch.«

»Hat dieser faschistoide Psychopath im Weißen Haus nicht hinreichend gezeigt, was für ein abgewirtschaftetes, verkommenes Drecksland das ist? Abgesehen davon, dass diese Austauschprogramme doch meistens als verkappte Sozialhilfe missbraucht werden. Da landet sie bei irgendwelchen White-Trash-Republikanern in Wyoming oder bei den Mormonen in Utah.«

»Das ist bei diesem Austauschprogramm anders.«

»Und du unterstützt sie? – Muss wohl, sonst würdest du nicht bis in die Nacht hiersitzen und auf mich warten.«

Ihm schlug das Herz bis zum Hals. Die Schläge verdichteten sich zu einem Kloß. Er nahm einen großen Schluck Wein, versuchte, die Schwellung hinunterzuspülen. Gerade war sie doch noch ein Kind gewesen, dem er die Welt hatte zeigen wollen, Natur und Tiere, Filmklassiker, berühmte Bilder, bedeutende Bauwerke, verträumte, vibrierende, zukunftsweisende Städte, wild zerklüftete Gebirgslandschaften, das Meer in Frankreich, das Meer in Italien, das Meer in Schweden. Vom Leben in all seinen Facetten hatte er ihr erzählen wollen, Jahr für Jahr neu, damit sie verstand, was auf sie zukam, vorbereitet war, gerüstet, für all die schönen und entsetzlichen Dinge, die dort draußen lauerten, Typen, die ihr an der Straßenbahnhalte das Handy abzogen, die sie in vollen Bussen begrapschten, ihr an die Wäsche gingen, wenn sie betrunken auf irgendeiner Party in der Ecke hing. Mit alldem hatte er doch gerade erst … – Hatte er, wenn er ehrlich war, aufgehört, vor zwei oder drei Jahren schon, weil er jedes Mal tiefer gekränkt gewesen war, wenn sie nicht mit ihm ins Museum, ins Kino, den Tierpark hatte fahren wollen, sondern lieber mit ihren komischen Freundinnen Serien auf dem iPad guckte, in den hintersten Winkeln der Spielplätze herumhing. Er hatte sich mehr um sie kümmern wollen, hätte sich mehr um sie kümmern müssen, mehr fragen, mehr zuhören, öfter Karten oder »Mensch ärgere Dich nicht« spielen, einfach sagen: Komm, wir fahren jetzt in den Wald, gehen Pilze suchen, Beeren pflücken. Stattdessen hatte er sich eingeredet, dass für all diese Dinge noch reichlich Zeit sei, es heute und morgen, diese Woche, diesen Monat wegen des Parteitags, wegen der Landtagswahl hier, der Europawahl da, der Krise der Konservativen, der Krise der Sozialdemokraten, der Krise der Linken, wegen seiner Überarbeitung, Erschöpfung, wegen der Leere in seinem Kopf leider gerade nicht ging.

»Ich hab mich auch erschrocken im ersten Moment, als Nora mit der Idee kam, aber andererseits denke ich: Noch hat sie die Noten und den Ehrgeiz. Wer weiß, wenn ich ihre Aussetzer anschaue, die sich in letzter Zeit ja häufen, wie lange sie überhaupt noch echte Ziele verfolgt. In dem

Alter, das sag ich jetzt als jemand, der Tag für Tag mit Heranwachsenden zu tun hat, kann es mit der Motivation von jetzt auf gleich komplett vorbei sein.«

Sein Telefon vibrierte in der Hosentasche. Wer wollte um diese Zeit noch etwas von ihm? Wer um diese Zeit etwas von ihm wollte, musste einen wichtigen Grund haben. Er zog es betont beiläufig heraus. »Ich weiß nicht, eigentlich bin ich nicht dafür«, sagte er, rutschte mit dem Daumen auf den Home-Button.

MARIA ANDRIESSEN: »Bist du noch wach?«

Ein Sekundenbruchteil ungebührlicher Freude, der richtige Text zur falschen Zeit am falschen Ort. Er spürte, wie er rot wurde, halb vor Aufregung, halb, weil er sich ertappt fühlte. Warum, zur Hölle, gab es keine Technik, mit der sich das Erröten in unpassenden Situationen verhindern ließ? Wie viele Lieben, Ehen, Geschäftsabschlüsse waren im Lauf der Menschheitsgeschichte über dem spontanen Einschuss überhitzten Blutes in Wangen und Ohren gescheitert, zerbrochen, geplatzt, warum hatte niemand während der letzten Jahrtausende eine Psychotechnik, einen simplen Trick entdeckt oder erfunden, mit dem es sich unterdrücken ließ?

»Es ist ja doch auch nicht so, dass wir uns noch groß mit ihr beschäftigen, Kurt. Ich sag das ganz ohne Vorwurf. Wir haben beide beruflich viel um die Ohren. Aber jedes Mal, wenn sie fragt, ob du etwas mit ihr unternimmst, hast du Wichtigeres zu tun, dauernd meckerst du rum, sie soll nicht auf Demonstrationen gehen, hier nerven dich ihre politischen Ansichten, da machst du dich über ihre Wortwahl lustig, ganz egal ob sie normale Jugendsprache benutzt, wie sie heute nun mal reden, oder sich um geschlechtergerechte Ausdrucksweise bemüht: alles alberner Quatsch in deinen Augen.«

»Man muss sich in dem Alter mit seinen Eltern streiten, das ist wichtig für die Selbstfindung, und da du deine Meinungen ja gerade offenbar an denen der Jugendlichen ausrichtest, muss wohl oder übel ich diesen Part übernehmen.«

»Das kommt noch dazu: So toll, dass sich eine junge Frau hier unbedingt wohl fühlt, ist die Gesamtatmosphäre bei uns schon lange nicht mehr, daran ändert auch der Hund nichts, hörst du mir überhaupt zu?«

»Klar, höre ich dir zu, da ist gerade eine Nachricht von Trabach, dass ich morgen früh, halb sechs, den Gesundheitsminister live am Telefon habe.«

Noch während er den Satz sagte, merkte er, dass es eine sehr dumme Lüge war, spürte, wie eine neue, noch heißere Röte über die Röte gespült wurde, die sein Gesicht beim Lesen von Maria Andriessens Namen geflutet hatte.

»Wieso fragt Trabach dich das jetzt, um kurz vor Mitternacht, wo du normalerweise längst schlafen würdest? Rechnet er damit, dass du dich da jetzt noch drauf vorbereitest, oder was?«

»Keine Ahnung, Scheidtchen und Trabach sind ja ganz eng miteinander, vielleicht ist dem Herrn Minister auf dem Nachhauseweg eingefallen, dass er der Welt etwas enorm

Wichtiges mitzuteilen hat. Da wollte er auf Nummer sicher gehen und die Sache lieber gleich auf der nächsthöheren Ebene regeln, frag mich nicht, ich finde es auch komisch, sehr komisch, aber mich wundert inzwischen gar nichts mehr bei uns im Haus.«

Er fand, dass die Erklärung zumindest halbwegs plausibel klang, jedenfalls konnte er jetzt Maria Andriessen antworten, ohne dass es verdächtig wirkte, tippte in sein Telefon: »Recherchiere gerade noch ein paar Sachen für morgen früh.«

Er schrieb nicht: »Sitze gerade mit meiner Frau zusammen, wir sprechen über die Zukunft unserer Tochter.«

»Ich glaube, wenn wir – wenn du Nora verbietest, sich darauf zu bewerben – und mehr als eine Bewerbung ist es ja erst mal noch nicht –, kann das zu einem echten Bruch zwischen euch führen. Das fände ich sehr schade. Es ist gerade schwer genug für sie, dass ihr Vater zunehmend … Wie hat sie sich neulich ausgedrückt: ein reaktionärer alter Sack wird.«

Er spürte einen Stich in der Brust, der weder organische Ursachen noch Auswirkungen hatte. In seinem linken Arm zog es nicht, es bahnte sich kein Schwindel an. Alle Jugendlichen aller Zeiten und Räume hielten die Älteren für zurückgeblieben, vorgestrig, reaktionär. Es ging auch nicht um die Formulierung, zumindest nicht in der Hauptsache. Es war die Kluft, die sich plötzlich auftat zwischen Nora und ihm, während er bislang allenfalls einen Haarriss wahrgenommen hatte, den er normalem, pubertärem Trotz infolge schlechter Einflüsse manipulativer Lieblingslehrer, großmäuliger Peergroup-Führer, amerikanischer Highschool-Serien zuschrieb.

Sein Telefon brummte erneut: *MARIA ANDRIESSEN:* »Wir könnten morgen nach deiner Sendung zusammen Mittag essen, ich hätte da noch was.«

War das eindeutig oder zweideutig? Warum schrieb sie nicht »weitere Informationen, pikante Details, Namen und Zahlen«, sondern nur »ich hätte da noch was«? Dazu drei vielsagende Pünktchen, die er mit allem füllen konnte, was ihm in den Sinn kam. Er spürte, wie ihm der Schweiß ausbrach. Innerhalb kürzester Zeit und ohne dass er sich auch nur ansatzweise bewegt hatte, bildeten sich Tropfen auf seinen Schläfen. Er strich mit beiden Händen rechts und links den Kopf entlang, kniff das Gesicht zusammen. Es sollte so aussehen, als hätte ihm Noras Bemerkung, wenn sie denn überhaupt gefallen war, einen schweren Schlag versetzt.

Er schrieb: »Gern, aber alle Restaurants sind geschlossen.«

»Können wir jetzt vielleicht erst mal klären, was ich Nora morgen früh sage, bevor du wieder komplett in deinem beschissenen Handy verschwindest? Oder interessiert es dich nicht, was mit deiner Tochter ist?«

»Wenn ihr es sowieso schon beschlossen habt, ohne im Vorfeld mit mir zu reden, obwohl bestimmt wochenlang Zeit dazu gewesen wäre, dann ist das ja wohl so. Wir sind schließlich eine demokratische Familie. Ihr habt die Zwei-

Drittel-Mehrheit. Tibor können wir leider nicht fragen, wobei ich sicher bin, dass er dagegen ist.«

»Also würdest du dich nicht querstellen?«

»Ich weiß gar nicht, warum immer so getan wird, als wäre ich der autoritäre Patriarch, der allein seine allmächtigen Entscheidungen fällt.«

»So meine ich das gar nicht.«

»Wie dann?«

»Du weißt genau, dass Nora schon die Freude verdorben ist, wenn sie spürt, dass du komplett bescheuert findest, was sie vorhat.«

»Ich finde es gar nicht.«

»Was findest du gar nicht?«

Da war ein Klammergriff um seinen Herzmuskel, eine unsichtbare Hand, die jetzt wieder fester zudrückte, so dass der Kloß in Luft- und Speiseröhre ein Stück höher hinaufgeschoben wurde. Er atmete hörbar tief ein. Das Ausatmen klang wie ein Seufzer. Es fiel ihm schwer, einen klaren Satz zu formulieren. Halb leise, fast genuschelt sagte er: »Hätte es nicht wenigstens ein Frankreich- oder England-Austausch sein können?«

Ab einem bestimmten Alter bestand das Leben nicht aus Zielen, Perspektiven, Hoffnungen, Visionen, sondern aus Abschieden. Das, was einem eben noch aus weiter Ferne entgegengekommen war, schoss plötzlich vorbei wie ein Porsche auf der Gegenfahrbahn, bildete einen Augenblick später schon nur noch einen verschwindenden Punkt im Rückspiegel.

»Wie gesagt, für mich war es auch ein Schock, als sie damit ankam. Aber ich sehe natürlich, dass eine selbstbestimmte Loslösung von den emotionalen und praktischen Abhängigkeiten gegenüber der Familie einen regelrechten Entwicklungsschub mit sich bringen kann. Gerade weil sie ein Mädchen ist – rein biologisch im Übrigen ja schon eine Frau. Da kommt es noch einmal mehr darauf an, sie selbstbewusst und selbständig ins Leben zu entlassen, damit sie eine Chance hat, die strukturellen und systemischen Benachteiligungen auszugleichen, die Frau-Sein ja leider immer noch bedeutet.«

Sein Telefon vibrierte erneut, die Schrift *MARIA ANDRIESSEN:* »Ich könnte uns Pasta kochen« leuchtete auf.

Er war nicht auf Sendung, ihm lag nichts an Streit, er hatte nicht einmal Lust, Irene in ihrem feministischen Schwung mit irgendeiner Boshaftigkeit zu provozieren, obwohl er keine Sekunde daran glaubte, dass es gut war, ein vierzehnjähriges Mädchen allein für ein halbes Jahr in ein Tausende Kilometer entferntes, von rassistischen, nationalistischen, schießwütigen, evangelikalen Fundamentalisten bevölkertes Land zu schicken. Aber wenn das Kind, seine Tochter, fortwollte, sollte sie halt gehen. Er war auch gegangen. Etwas später, dafür umso endgültiger. *Du weißt ja gar nicht, wie gut du es hast*, war der Satz seines Vaters gewesen, den er damals am meisten gehasst hatte. Fest stand, dass sie dort, in *god's own country*, ganz gleich, wo sie landete, weitaus weniger Freiheiten genießen würde als hier. Vielleicht rief sie nach einer Woche heulend an, *bitte, holt mich hier raus, diese Leute sind unerträglich, ich vermisse euch so und Berlin ist tausend Mal cooler als Cheyenne.*

Siebenstädter hing nicht am Leben in dieser Konstellation, auch wenn das Haus schön war, keine fünfzig Meter vom Volkspark entfernt, ein Glückskauf, besser wurde Wohnen in der Stadt Berlin nicht. Es war nie sein Traum gewesen, eine mitteleuropäische Kleinfamilie zu gründen. Zu jedem Zeitpunkt eines jeden Lebens gab es Alternativen, andere Orte, eine andere Arbeit, andere Menschen, den Tod. Morgen würde er mit Maria Andriessen zu Mittag essen. Er konnte eine neue, hochdotierte Stelle antreten, mit Dienstwagen der Luxusklasse, und wenn er dazu keine Lust mehr hatte, Medienkoordinator des Autoherstellers werden.

»Realistisch betrachtet ist es doch so: Wenn sie sagt, dass sie wegwill, ist sie in Wahrheit längst weg.«

Er schrieb: »Klingt großartig, bin um 13 Uhr fertig im Sender.«

»Man kann sich nicht vornehmen, sein Kind zur Selbständigkeit zu erziehen und dann beleidigt sein, wenn es genau diese Selbständigkeit in seinen Wünschen und Entscheidungen an den Tag legt.«

Siebenstädter hatte sich nichts dergleichen vorgenommen. Er war kein Pädagoge, weder als Journalist noch als Vater, sondern wäre zufrieden gewesen, wenn sich das Zusammenleben für alle Beteiligten halbwegs erträglich dargestellt hätte. Offensichtlich war ihnen nicht einmal das gelungen. Darüber müsste man reden, aber nicht jetzt. Für diese Art Gespräch fehlte ihm die Kraft. Er war erschöpft, nicht aufgrund fehlenden Schlafs, eher wegen der endlosen Wiederholung der vergeblichen Kämpfe, in die er, wie alle anderen auch, täglich verstrickt wurde. Sie fingen vor Sonnenaufgang an, wenn er in die Straßenbahn stieg, die letzten oder vorletzten Schnapsleichen, Speed-Psychotiker, Cannabis-Gespenster hereintorkelten, sich neben ihm auf die Bank fallen ließen, rülpsten, Reden schwangen, unverständlich vor sich hin brabbelten, auf den Boden kotzten. Es setzte sich fort in endlosen Redaktionssitzungen, wo jeder am Tisch annahm, das, was er dachte, beobachtet hatte, zu meinen glaubte, wäre der Schlüssel zu allem, was aktuell verstanden, deutlich gemacht, verändert werden müsse, sei es hinsichtlich des Sendungsformats, der Organisationsstruktur, des Personalschlüssels. Dazu allmorgendlich ein halbes Dutzend Großsprecher, Meinungsführer, Überzeugungstäter am Mikrofon, die wussten, wie die Stadt, das Land, der Kontinent, die Welt regiert, gestaltet, gerettet werden sollten, nicht zu vergessen, die zwanzig Jahre alte Kaffeemaschine, aus der lediglich lauwarme, mittelbraune Koffeinbrühe kam, das ungenießbare Kantinenessen, das allein Grund genug wäre, Buchners Angebot anzunehmen. Zu Hause Meinungsverschiedenheiten in erzieherischen, gartenbaulichen, kulinarischen, freizeitgestalterischen Fragen, Streitereien mit anderen Hundebesitzern, Joggern, Hundehassern.

»Du hast bestimmt recht.«

»Das klingt dermaßen passiv-aggressiv.«

»Muss ich begeistert sein, wenn meine Tochter mit dreizehn nicht mehr bei mir wohnen will?«

»Kann ich Nora also sagen, dass du sie unterstützt?«

»Sag ihr das, von dem du denkst, dass sie sich darüber freut.«

»Das ist doch auch wieder blanke Ironie.«

Er zuckte mit den Achseln: »Es gab eine Zeit, da fandst du meine Art, Dinge zu formulieren, ziemlich sexy.«

Sie rollte mit den Augen: »Ich muss ins Bett. Ist eh schon viel zu spät.«

Sie stand auf, ging an ihm vorbei, strich ihm beiläufig mit der Hand über die Schulter, eine Geste zwischen erinnerter Liebe und Resignation.

Siebenstädter goss sich noch einmal Wein nach, tippte, »Ich weiß gar nicht, wo du wohnst«, stellte sich Maria Andriessen zu Hause vor, in einem dieser überteuerten, gesichtslos eingerichteten Apartments – graue Designermöbel, Edelstahl, Glas, hier und da eine gewachste Nussholzfläche – mit Blick über die Dächer und Dachgärten der Stadt auf den Fernsehturm, den Potsdamer Platz, die bewaldeten Trümmerberge des Friedrichshains. Vermutlich versank sie, spätestens seit der Trennung, genau wie in ihrem Büro im Chaos, suchte mehrmals täglich fluchend verschwundene Akten, die sie mit nach Hause genommen hatte, Bücher, Ohrringe, Schminkspiegel. Doch jetzt, kurz nach Mitternacht, lag sie entspannt auf ihrer riesigen anthrazitfarbenen Sofalandschaft, vielleicht auch gelangweilt, entnervt, weil sie sich das Politikerleben in der Hauptstadt natürlich anders vorgestellt hatte, anders gewohnt gewesen war: ein endloser Reigen aus Besprechungen, Verhandlungen, Empfängen, Essen, Theaterbesuchen bis spät in die Nacht, Menschen, Menschen, Menschen, Überzeugungsarbeit, Erregung, Gelächter, Adrenalin, Alkohol, Alka-Seltzer. Längst hatte sie sich der präzise geschnittenen, scharfkantig gebügelten Diensthose, Dienstbluse entledigt, den etwas zu stark formenden BH ausgezogen, trank ebenfalls Wein, las vielleicht einen Roman, sah eine Serie, die Füße nackt oder in Nylonstrümpfen – Strumpfhosen, vermutlich trug sie Strumpfhosen – auf den Couchtisch gelegt. Er wüsste gern, wie sie sich in ihrer Freizeit kleidete, wenn sie für sich war, es bequem haben wollte, Jogginghose und Sweater oder weite ägyptische, marokkanische Gewänder, die sie auf Dienstreisen in Kairo oder Rabat von stellvertretenden Sozialministerinnen, Frauenbeauftragten geschenkt bekommen hatte? Wie war sie ihrem Mann entgegengetreten, als sie noch übereinander hergefallen waren, wenn er am Wochenende spätabends die Tür geöffnet hatte? Unter den einfarbigen Seidenblusen, die sie im Sommer trug, hatte sich geblümte Spitze abgezeichnet. Vielleicht war Gödecke auch ein Langeweiler gewesen, jemand, der mehr schlecht als recht seinen ehelichen Pflichten nachkam. Was konnte man von einem Kronkorkenfabrikanten sexuell groß erwarten? Womöglich hatte sie sich deshalb von ihm getrennt, weil sie hungrig war, mehr wollte, wenigstens hier und da ein paar Stunden ihren allzu akkurat arbeitenden Verstand verlieren, außer sich sein, von Sinnen, Auflösung, Auslöschung.

Das Telefon brummte: *MARIA ANDRIESSEN:* »Marthashof 8, das ist die neue Wohnanlage an der Schwedter Straße. Du musst bei Gödecke klingeln.«

Unmittelbar darauf noch einmal: *MARIA ANDRIESSEN:* »Wie kommt es, dass du noch auf bist, hast du nicht Sendung ab 5?«

Warum kontaktierte sie ihn, wenn sie annahm, dass er schon schlief? Er schaute auf die Uhr: zwanzig nach zwölf. Tatsächlich sollte er dringend ins Bett gehen. Seine Nacht endete in gut drei Stunden. Andererseits war das ohne Zweifel ein Gesprächsangebot, an ihn persönlich gerichtet, an ihn als Privatperson, als Mensch, als Mann. *Erzähl mir von dir, wer bist du, was denkst du?*

Er schrieb: »Keine Ahnung, ich bin hellwach. Haben wir Vollmond?«

Maria Andriessen war 43, kinderlos, frisch allein – möglicherweise aus eigenem Entschluss, vielleicht verlassen worden. Sie brauchte Bestätigung, nicht als kompetente Sozialpolitikerin, durchsetzungsfähige Parteisoldatin, sondern als Frau, wollte wissen, ob sie noch anziehend wirkte, begehrt wurde, hatte einfach Lust, wie alle normalen Menschen, die nach Mitternacht noch nicht erschöpft eingeschlafen waren, stattdessen die Zeit totschlugen, warteten, dass irgend etwas geschah, das nicht geschehen würde. Niemand rief an, fragte, sollen wir uns noch treffen, einfach so? Tinder, Single-Apps, Paarungsportale kamen für sie nicht in Frage. Jeder kannte ihr Gesicht, wischte sie nicht einfach weg, selbst wenn sie ihm nicht besonders gefiel, wollte einmal im Leben eine echte Promi-Frau, damit er vor seinen Kumpanen damit prahlen konnte, ganz egal ob er politisch mit ihr auf einer Linie lag oder sie für eine dumme Fotze hielt: »Ich hab Maria Andriessen gefickt!« Bei wem auch immer sie am Ende hängen blieb, der Typ konnte die Verabredung, das Treffen, den vollzogenen Beischlaf umgehend mit Hilfe einer schamlosen Zeitung zu Geld machen, und selbst wenn er nicht im Traum auf eine derartige Idee käme, sondern ein schüchterner, kultivierter Arzt oder Anwalt alten Schlags wäre, der Kunst sammelte, in seiner Freizeit Lyrik läse, säße ihr bei jedem Treffen die Angst im Genick, dass er plötzlich seine Handykamera zückte und sie am nächsten Tag in Dessous durch die sozialen Netzwerke geisterte, die *notgeile Politschlampe*, die *Lust-Linke*, die *Sex-Sozialistin*, Kommentare zu ihren Schenkeln, ihrem Hintern lesen müsste, dazu Zoten der Weißrückengorillas im Bundestag, das verächtliche Grinsen der zufällig gerade glücklich verheirateten Kolleginnen aus der Fraktion.

Maria Andriessen schreibt.

Hingegen kannte sie Siebenstädter lange genug, hatte hinlänglich oft ausprobiert, ob er tatsächlich vertrauenswürdig war, ihm hier und da Sachen gesteckt, die ihrer Karriere durchaus gefährlich geworden wären, hätte er sie an den falschen Stellen zusammen mit ihrem Namen fallen lassen.

MARIA ANDRIESSEN: »Kein Vollmond, das wüsste ich, weil ich dann auch immer schlecht schlafe. Aber es ist sowieso eine sonderbare Zeit, ich kenne viele, die allmählich nicht mehr gut damit klarkommen.«

Oben verstummte das Surren der elektrischen Zahnbürste, wurde der Wasserhahn zugedreht, kurz darauf zog Irene erst die Badezimmer-, dann die Schlafzimmertür hinter sich zu. Er trank noch einen Schluck Wein, starrte den Handybildschirm an, fragte sich, wie er das, was er dort las, deuten sollte? Eine aufstrebende, normalerweise knallharte Politikerin, der alle eine große Karriere voraussagten, schrieb ihm, dem bekannten Radiojournalisten, dessen Laufbahn und Leben die großen Höhepunkte mutmaßlich hinter sich hatte, an einem Montag im November, nachts um halb eins, dass sie bei Vollmond nicht schlafen könne, nachdem sie ihn nachmittags im Büro erst vor seinen eigenen Fehlern gewarnt und dann Whisky mit ihm getrunken hatte. Er kannte sich nicht gut aus mit den Regeln und Codes, die für diese Art Textnachrichten galten, insbesondere, wenn es sich nicht um dienstliche Absprachen, sondern um private Mitteilungen handelte. Wenn er sich nicht sehr täuschte, waren ihre Sätze so formuliert, dass er antworten konnte, aber nicht musste – ein Angebot auf freiwilliger Basis, mit einer Nuance zwischen den Zeilen, die nahelegte, dass sie sich freuen würde, noch eine Weile mit ihm zu schreiben, doch wenn er jetzt einfach verstummte, wäre es vermutlich nicht grob unhöflich, er könnte morgen früh nachschieben: »Tut mir leid, ich bin heute Nacht mit dem Telefon in der Hand eingeschlafen.« Es hätte fast schon romantische Qualitäten im Zeitalter virtueller Gefühlssurrogate, wenn ihre Zeilen, das Bild, das sie in ihm entstehen ließen, das Letzte gewesen wären, was er an diesem Tag gesehen, mit in den Traum genommen hätte.

Er war viel zu aufgekratzt, um wegzudämmern. Noch immer sorgte nichts so verlässlich für einen Adrenalinschub wie die Aussicht, es könnte sich irgendetwas mit einer Frau ergeben, die ihm gefiel, und sei es nur ein nächtlicher Chat mit Zwischentönen voll unwahrscheinlicher Möglichkeiten. Er schrieb: »Bei uns in der Redaktion gibt es auch einige, die zunehmend Durchhänger haben. Daneben aber auch die, die weiterarbeiten, als wäre nichts. Ein bisschen fühlt sich im Moment ja eh alles an wie Kriegsberichterstattung im Cyberwar. Dafür braucht man gute Nerven.«

Früher, bevor erst alles per E-Mail und SMS, dann über diese sonderbaren Chat-Apps kommuniziert wurde, hätte er oder sie einfach angerufen, sich vorher einen halbwegs plausiblen Grund zurechtgelegt, der den Anruf rechtfertigte.

– *Du, entschuldige die späte Störung, ich sitz gerade an der Vorbereitung eines Gesprächs mit Bernburger, du kennst den doch besser, gibt es was, das ihn sofort auf die Palme bringt, ohne dass er mir nachher einen Strick draus drehen kann?*

– *Ich weiß ja nicht, ob du schon ein bisschen recherchiert hast, jedenfalls hätte ich jetzt Namen und Nummer des Spar- und Creditgenossenschaftsdirektors aus Warendorf. Der war auch bei dem ominösem Spendendinner dabei, und so wie ich gehört habe, ist er inzwischen gar nicht mehr glücklich damit.*

Anhand der Art, wie sie oder er am anderen Ende der Leitung reagiert hätte, freudig überrascht, laut lachend, schmallippig pikiert, wäre sofort klar gewesen, ob von der Sachebene nach dem Austausch einiger Sätze zum vorgeschlagenen Thema auf die Beziehungsebene gewechselt werden könnte. *Wie geht es dir eigentlich, ich meine gefühlsmäßig? Nach allem, was man hört, ist in deinem Privatleben ja gerade einiges los, ich frag das als Freund, du weißt, dass niemals etwas von dem, was du mir erzählst, nach außen dringen würde.* Siebenstädter waren diese Messenger-Kommunikationen zu langsam, zu indirekt, zu zerhackt. Er vertippte sich dauernd, versendete Nachrichten voller Absurditäten, die ihm die Autokorrektur untergejubelt hatte. Ständig musste er die richtigen Wörter samt Entschuldigung hinterherschicken. Wenn er sah, mit welcher Geschwindigkeit Nora ihren Touchscreen bearbeitete, kam er sich genauso stümperhaft vor wie am Anfang seiner Journalistenkarriere, als die Redaktionssekretärinnen mit ihrem auf Hochleistung trainierten Zehn-Finger-System weitaus schneller getippt hatten, als ein in Normalgeschwindigkeit denkender Mensch wie er in der Lage gewesen war, einen brauchbaren Satz zu formulieren. Zudem bestand immer die Gefahr, dass man aus Versehen etwas ins falsche Feld schrieb und plötzlich jemand politisch hochbrisante Einschätzungen, intime Details auf seinem Telefon fand, die ihm auf keinen Fall hätten zugehen sollen.

MARIA ANDRIESSEN: »Bist du einer von denen mit den Drahtseilnerven der Kriegsreporter? Oder geht dir die Situation eher an die Substanz?«

Zwei direkte Fragen, an ihn als Person gerichtet. So bahnten Menschen eine Affäre an, die zu verkopft, zu verschlossen, zu stolz waren, sich nach einem eindeutigen Blick auf der nächstbesten Damen- oder Herrentoilette die Kleider vom Leib zu reißen. Oder deutete er zu viel hinein und schon in der Generation nach ihm, zu der Maria Andriessen gehörte, hielten sie reine Freundschaften zwischen Männern und Frauen für eine durchaus normale Möglichkeit?

Ich-Botschaften senden. Mitteilungen über sein Gefühlsleben lagen ihm nicht. Im Grunde widerte sein Seelenleben ihn an. In den 1980er Jahren, als er erwachsen geworden und die letzte große feministische Welle über das Land geschwappt war, hatte es geheißen, Männer müssten lernen, ihre Gefühle zuzulassen, zu ihren Gefühlen zu stehen, über Gefühle zu reden, denn ihre emotionale Verkümmerung, Verklemmtheit, Verhärtung sei der Hauptgrund für das Scheitern von Beziehungen, für psychische Erkrankungen, Krebs. Selbst an den Volkshochschulen mittlerer Kreisstädte wurden auf einmal Vorträge über neue Männlichkeit gehalten. Es fanden Workshops statt, aus denen Männergruppen hervorgingen, in denen Pädagogen, Juristen, Automechaniker erst Schauprozesse gegen sich selbst inszenierten und anschließend ihr inneres Kind entdeckten. *Ich sprüh's auf jede Wand / Neue Männer braucht das Land,* sang Ina Deter und Grönemeyer dichtete: *Männer weinen heimlich / Männer brauchen viel Zärtlichkeit / Oh Männer sind so verletzlich.* Damals war in den Redaktionssitzungen der Studentenzeitung ebenso erbittert wie heute über Schreibweisen gestritten worden, damit Männer und Frauen medial endlich gleichberechtigt repräsentiert würden. Andere Geschlechtervarietäten hatten allerdings noch keine Rolle gespielt. Später waren die meisten Neuerungen heimlich, still und leise wieder aus Moderationen, Kommentaren, Druckwerken verschwunden. Die Kunsthistorikerinnen, Kinderbuchillustratorinnen, Politikwissenschaftlerinnen, die seinerzeit im AStA gewesen waren, hatten Unternehmensberater und Anwälte geheiratet, Söhne und Töchter geboren, schrieben jetzt, wo der Nachwuchs aus dem Gröbsten heraus war, hier und da Katalogtexte für befreundete Künstler, würden demnächst mit den Aquarellen zu einem unglaublich süßen Katzen-und-Kobolde-Buch anfangen, arbeiteten in einer Initiativgruppe die Enteignungsgeschichte eines verfallenden Fabrikgeländes mit ungeklärten Eigentumsverhältnissen in der Nachbarschaft auf.

Er starrte das geöffnete Textfeld an, das seiner Buchstaben, Wörter, Sätze harrte. Dahinter lag Maria Andriessen warm und träge auf ihrem Sofa, wartete, dass wenigstens die Meldung, *Siebenstädter schreibt*, auf ihrem Telefon erschien.

»Ich habe«, tippte er, hielt inne.

Was hatte er?

Nein, er hatte keine Drahtseilnerven, die Pandemie ging ihm, wie allen anderen auch, unglaublich auf den Geist. Er war es so wenig gewohnt wie sie, auf Bildschirme mit schlecht ausgeleuchteten Gesichtern zu starren, nahezu ausschließlich in Kameras und Mikrofone zu sprechen, Abend für Abend zu Hause zu hocken. Doch wie schrieb man so etwas kurz und knapp, witzig und ernst? Wenn er sich wirklichen Menschen gegenübersah, flossen die Sätze wie von selbst, organisierten sich zu Gedanken, trafen Punkte, von denen er eine Sekunde zuvor nicht geahnt hatte, dass sie sich überhaupt in seinem Kopf befanden. »Wenn du mal tot bist, wirst du neben dem Rummelplatz begraben«, hatte seine Mutter ihm eine halbe Kindheit lang erzählt. *Wie soll ich wissen, was ich denke, bevor ich höre, was ich sage?*

Aber wenn man das, was eigentlich ein Gespräch sein sollte, verschriftlichte, starrte jedes Wort in seiner mangelnden Präzision, seiner Unschärfe, Peinlichkeit unerbittlich vom Display zurück, bezweifelte sich, befand sich für schlecht, suchte nach einer Möglichkeit, sich selbst gegen ein besseres auszuwechseln.

Er setzte »gerade keine Lust mehr auf das Leben, wie es sich zurzeit abspielt, politisch, beruflich« hinzu. Überlegte, ob und in welcher Hinsicht, es richtig oder falsch wäre, »privat« zu ergänzen. Ergänzte »privat«. Damit war immerhin angedeutet, dass er auch in diesem Bereich

Veränderungsbedarf sah, nicht melodramatisch, eher konstatierend, was immer sie daraus schlussfolgern wollte. Tippte auf *Senden*.

Siebenstädter griff nach der Fernbedienung, schaltete den Fernseher ein, um nicht die ganze Zeit auf sein Telefon zu starren. Im ersten Programm lief das *Nachtmagazin*. Der Kollege Landwehr sprach einen Kommentar, im Hintergrund das Weiße Haus: »Ganz oben steht die individuelle Freiheit, die sie in erster Linie so interpretieren, dass ihnen niemand andere Lebensentwürfe und Prioritäten überstülpt. Tatsächlich steckt dahinter die Angst, ihre privilegierte Rolle als weiße, traditionell denkende Mittelstandsamerikaner zu verlieren. Das Symbol dieser Freiheit ist die eigene, individuelle, von keinem Staat reglementierte Waffe.«

Er schaltete weiter. Der Satz hallte nach. Er dachte an die tschechische Pistole, die er vor zehn Jahren, kurz nachdem sie das Haus bezogen hatten, von einem bulgarischen Botschaftsmitarbeiter gekauft hatte, um im Notfall verteidigungsfähig zu sein.

Während eine Kameradrohne sich durch die grauen Quaderschluchten des Holocaust-Mahnmals bewegte, sagte eine Stimme mit starkem Akzent, die ebenso gut einer Frau wie einem Mann gehören konnte: »To me it looks like a pathway between two worlds, there the world of living and here is the world of death.«

Die Pistole lag in einer altmodischen Geldkassette in der hintersten Ecke der unteren Schublade seines Schreibtischs oben im Arbeitszimmer. Nicht einmal Irene wusste, dass es sie gab. Das reale und lächerliche Überlegenheitsgefühl bei der Vorstellung einen Einbrecher, Vergewaltiger im Hausflur abzuknallen, verband ihn mit unteren Mittelschichtsamerikanern. Es war peinlich und trotzdem erhebend.

Tauben flogen auf, ein Rentner in beigefarbener Funktionsjacke, hatte sich zwischen die Bronzekinder, Bronzekoffer des Denkmals am Bahnhof Friedrichstraße gestellt, eine weiß behandschuhte Hand polierte die Schrifttafel am Sockel der Skulptur, *Züge in das Leben, Züge in den Tod 1938–1945*.

Er musste vorhin, am frühen Abend, ehe er den Drogeriemarkt betreten hatte, daran vorbeigegangen sein, ohne dass es ihm aufgefallen war, fragte sich, ob sie die Figurengruppe vielleicht temporär abgebaut hatten, um frisch aufgesprühte, eingeritzte Hakenkreuze, SS-Runen, Naziparolen zu entfernen.

MARIA ANDRIESSEN: »Oha, das hätte ich jetzt nicht gedacht. Du wirkst immer wie jemand, der mit jeder Situation zurechtkommt.«

Siebenstädter erschrak. Offenbar war seine Nachricht emotional düsterer angekommen, als er sie gemeint hatte. Es hätte dunkel ironisch und eine Spur genervt klingen sollen, aber auf keinen Fall wehleidig. Dass Maria Andriessen in einen mütterlichen Modus verfiel, war das Letzte, was er wollte.

Er antwortete schnell: »Du weißt doch: Eine gewisse Übellaunigkeit im Duktus steht bei Journalisten für einen realistischen Blick auf den Wahnsinn der menschlichen Verhältnisse.«

Um sicherzugehen, dass sie ihn richtig verstand, setzte er ein grinsendes Emoji dazu, sendete, griff nach der Fernbedienung, schaltete weiter. Polizisten stapften in dunkelblauer Schlechtwettermontur über einen abgeernteten Acker in flacher Landschaft, baumlos bis zum Horizont. Die Stimme von Kommissar Thiel sagte: »Vaddern, komm pack mal mit an.« Thiels Vater stieg aus seinem Taxi, der fettige Zopf flatterte im Wind: »Hast du mit ihm über den Blitzer geredet?«

Siebenstädter hasste deutsche Fernsehkrimis.

MARIA ANDRIESSEN: »Ah, verstehe, ich hatte mich schon gewundert.«

In den Doku-Sendern liefen wie jede Nacht Schwarz-Weiß-Bilder militärischer Operationen aus dem Zweiten Weltkrieg, diesmal Luftaufnahmen von der Bordkamera eines britischen Kampfflugzeugs, das in Formation über reichsdeutschen Großstädten operierte. Der Pilot klinkte seine Bomben aus, der nächste, übernächste, vierte, fünfte, sechste tat es ihm nach, wie schwarze Zäpfchen fielen sie der Erde entgegen und Robert de Niro mit seinem unterspielten Pathos sagte: »In drei großen Angriffswellen warfen 360 Bomber innerhalb von nur einer Stunde 1100 Tonnen Spreng- und Brandbomben über der Innenstadt ab. An die 500 Menschen starben, mehr als 3000 Gebäude wurden vollständig zerstört, Zehntausende wurden obdachlos.«

Siebenstädter überlegte, Maria Andriessen von Buchners Anwerbeversuch zu schreiben. Es wäre ein Vertrauensbeweis. Mit dieser Information begäbe er sich zumindest kurzzeitig in ihre Hand. Wenn es ihr so sehr missfiel, wie er annahm, dass es ihr missfallen würde, konnte sie Hebel in Bewegung setzen, die Buchner dazu brächten, sein Jobangebot zurückzuziehen.

Maria Andriessen hasste Buchner. Anders als bei einigen konservativen Kollegen, mit denen sie eine Nacht durchsaufen konnte, obwohl sie deren Ansichten vehement widersprach, ging es im Falle Martin Buchners nicht einfach um konträre Ansätze. Sie hielt den vulgärkapitalistischen Wirtschaftsliberalismus, für den er stand, für den Grund allen gegenwärtigen Übels und des künftigen globalen Zusammenbruchs, politisch, sozial und ökologisch. Seine unbeholfenen Annäherungsversuche an neonationale, um nicht zu sagen nationalistische Kräfte widerten sie an, und Buchners Stellvertreter, Lothar Radunski, war für sie der Prototyp einer überholten Politikergeneration, skrupellos, machtgeil, sexistisch: der fleischgewordene Herrenwitz.

Siebenstädter war nicht sicher, ob auf Maria Andriessens Schweigen tatsächlich Verlass wäre, wenn sie erführe, dass er ernsthaft darüber nachdachte, Pressesprecher dieser Partei zu werden.

Er schrieb: »Wenn sogar du schon gehört hast, dass sie daran arbeiten, mich loszuwerden, ist die Lage hoffnungslos, aber immerhin nicht ernst.«

Es war ein Versuchsballon. Er wollte sehen, ob sie Konkretes wusste, Quellen preisgab, inwieweit sie ihrerseits ihm vertraute. Die Zeit zwischen Mitternacht und eins war die Stunde der Geister, Einflüsterungen trafen auf geschwächte Willenskraft, entfalteten ihre größte Macht. Wenn sie ihm etwas verriet, was sie eigentlich für sich behalten sollte, würde er sie einweihen – noch bevor er Irene davon erzählte –, würde schreiben, dass er bis jetzt mit niemandem darüber gesprochen hatte, hinter dem »niemandem« drei Ausrufezeichen in Klammern setzen, aus denen sie hoffentlich die richtigen Schlüsse über den Zustand seiner Ehe zog.

Er schaute abwechselnd auf das Display in seiner Hand und den Bildschirm des Fernsehers, drückte weiter, sah einen Tümpel, Seerosen, Schilfrohr, eine Schildkröte, die aus dem Wasser tauchte, es mit einiger Mühe auf einen verrottenden Stamm schaffte, der Panzer mit Entengrütze bedeckt. Eine Frauenstimme erklärte »im Schutzprojekt werden Wildkameras im Uferbereich zum Monitoring eingesetzt«. Es folgten blau eingefärbte Nachtbilder. Ein Tier mit den glühenden Augen eines *white walkers* schälte sich aus undefinierbarem Dunkel, wendete etwas flaches Schwarzes zwischen den Pfoten. »Dadurch konnte der Waschbär als hauptsächlicher Fressfeind der Sumpfschildkröte identifiziert werden.«

Die Mitternachtsmagazine waren vorbei, es begannen die Wiederholungen: dümmliche Serien, drittklassige Spielfilme, Reality-Formate, *Alltagskämpfer, Reeperbahn privat, So sieht mein Leben aus, Mit hundert ist noch lange nicht Schluss,* gleich zwei *Polizeiruf*-Folgen aus DDR-Zeiten. Schlecht angezogene Menschen in schäbigen Räumen, die uninspiriert hölzerne Dialoge sprachen. Dass die Revolution im spießigsten Staatsgebilde aller Zeiten geendet war, wollte ihm noch immer nicht in den Kopf. Nirgends aktuelle Nachrichten, kein Interview mit Bernburger, obwohl Bernburger eigentlich ständig irgendwo zu sehen war. Er verkörperte diese skurrile Mischung aus zerstreutem Professor und Offizier, der die Leute gern glaubten. Auch der Gesundheitsminister hatte im Lauf des Abends zu nichts seinen Senf abgegeben. Wäre von Maria Andriessens Gerüchten bereits etwas durchgesickert, würde zumindest bei den Info-Kanälen ein gelbes Band, *Eilmeldung!*, unter dem aktuellen Programm eingeblendet. Das Gefühl, bei der Arbeit zu sein, sobald Nachrichten über den Bildschirm flackerten.

Er schaltete den Fernseher aus, ging stattdessen die aktuellen Tageszeitungen auf seinem Handy durch. *Die Welt schöpft Hoffnung. Das ist zum Kotzen. Was den Machtwechsel in den USA so besonders macht. Börsen mit Trend nach oben.*

Nichts, was er für seine Gespräche nachher in der Sendung zur Kenntnis genommen haben musste.

Maria Andriessen schreibt.

Neulich hatte er in einem Magazin gelesen, dass sich in Folge der Pandemie Sex-Chats und Video-Sex bei Paaren, die nicht zusammenwohnten, aber auch bei Leuten, die in

Partnerschaftsforen eine neue Beziehung akquirierten, zunehmender Beliebtheit erfreuten. Eine Psychologin hatte Tipps gegeben, wie man trotz der wenig inspirierenden Bezeichnungen und Begriffe der entsprechenden Organe und Vorgänge, die das Deutsche zur Verfügung stellte, Peinlichkeiten umschiffte und zu befriedigenden Erlebnissen käme.

MARIA ANDRIESSEN: »Ich gehe jetzt doch mal schlafen, hab die erste Zoom-Sitzung um 8. Gute Nacht.«

Er wurde erneut rot, fragte sich, ob er etwas geschrieben hatte, das übergriffig, verletzend oder auf andere Art unangemessen gewesen war? Welchen Grund sonst konnte sie haben, die Kommunikation, die sie schließlich selbst begonnen hatte, so abrupt abzubrechen? Vielleicht war ihr plötzlich aufgegangen, dass sie auch nicht wusste, wie man mit Kurztexten, die im Zweifel von feindlichen Geheimdienstmaschinen mitgelesen wurden, eine intime Atmosphäre schuf, hatte plötzlich Angst vor der eigenen Courage, oder einfach gemerkt, dass sie es zumindest so und jetzt lieber nicht wollte. Andererseits konnte sie nachts, um zwanzig vor eins, tatsächlich auch einfach müde sein. Er war trotzdem enttäuscht. Wenn sie ihm schon nichts über die Pläne zu seinem Abschuss verriet, hätte sie wenigstens ein, zwei vielversprechende Andeutungen machen können. Sie als Frau, konnte ihm ohne Weiteres etwas eindeutig Erotisches oder Sexuelles schreiben. Es war ein Zeichen weiblicher Selbstermächtigung. Hingegen lief er als Mann Gefahr, umgehend seinen Job zu verlieren, sobald er zweideutige Formulierungen verschickte, ganz gleich, was er politisch von sich gab.

»Klar, sollte ich auch tun. Gute Nacht und bis morgen. Freu mich auf dich.«

So gesehen konnte schon das »auf dich« eine Spur zu intim klingen, wenn sie es mit der falschen Betonung las.

Am Telefon hätte er die Tonlage so moduliert, dass genau die richtige Balance aus vertraut freundschaftlich, nächtlich geheimnisvoll, vielversprechend erwartungsfrei darin spürbar gewesen wäre, und noch bevor sie aufgelegt hätten, wären die Schallwellen des »auf dich« verhallt. *Markieren*, *Löschen*, *Senden*.

V.

Er erwachte. Er erwachte nach zwei Stunden Schlaf. Er erwachte auf seiner Couch im Arbeitszimmer.

Wenn er spät nach Hause kam und wenn er Frühdienst hatte, schlief er hier statt im Ehebett. Irene brauchte ihre Nachtruhe. *Übermüdet bin ich zu nichts zu gebrauchen, weder in der Schule noch sonst wo.* Er nahm Rücksicht.

Das, woraus Siebenstädter erwachte, war ein fortlaufender Strom aus Stimmen und Bildern, die im Dunkeln vor seinem inneren Auge vorbeizogen: Maria Andriessen, weichfleischig auf ihrem anthrazitfarbenen Sofa, wie sie sich die Hand zwischen die Schenkel schob, seufzte, sich aufwarf, ehe er ins Studio hinüberglitt, wo eine Tontechnikerin, die er nicht kannte, hinter der schalldichten Scheibe an den Reglern saß, nicht verstand, nicht verstehen wollte, angewiesen worden war, nicht zu verstehen, was er sagte. Immer wieder drückte er die Sprechtaste. *Hören Sie mich, hören Sie mich, können Sie herausfinden, was mit der Leitung zu Radunski ist, wir sind verabredet, um über die Enteignungsfrage zu reden, ob das Virus ein hinreichender, notwendiger, zwingender Grund ist, gegen kriminelle Fischspekulanten im Nord-Ostseeraum vorzugehen, Aquavit ist das Code-Wort, ich buchstabiere: Anton. Quarantäne. Ulrich. Anton. Virus. Ida. Thomas: A-qua-vit. Das bedeutet Wasser des Lebens – Whisky übrigens auch,* uisge beatha *im Gälischen.* Seine Stimme wurde von schallfressenden Wänden verschluckt, nichts drang hinaus, nichts drang herein. Plötzlich erschien Trabach auf der anderen Seite der Scheibe, zeigte mit dem Finger auf ihn wie *Uncle Sam* auf dem Plakat: *I WANT YOU*, meinte aber das Gegenteil. *Es reicht! Schluss damit!* Er redete auf die Technikerin ein, schüttelte den Kopf, wirkte genervt, wurde wütend, sein Gesicht verzerrte sich zur Fratze, *Uncle Sam* als Berserker auf Speed war zu allem entschlossen, durchlöcherte die Luft mit spitzfingrigen Dolchstößen. *Wir verurteilen ihn zum Erstickungstod durch Verschlucken der eigenen Zunge.* Die großen roten Leuchtdioden in der Wand zeigten neun Uhr siebenundzwanzig an. Siebenstädter begriff, dass seine Sendung vorbei war. Seit achtzehn Minuten müsste Lina Efthymiadi am Mikrofon sitzen und die *Europastimmen* moderieren. Ihm brach der Schweiß aus, Angstschweiß, Altersschweiß, Neandertalerschweiß. Offenbar hatten sie ihn festgesetzt, die Verbindungen zur Außenwelt gekappt, um zu verhindern, dass er sagte, was alle anderen verschwiegen. *Das erste Opfer des Krieges ist die Wahrheit. Die Wahrheit stirbt zuletzt. Was ist Wahrheit?* Den Erkenntnissen der historisch kritischen Forschung zufolge hatte Pontius Pilatus tatsächlich gelebt und war zur fraglichen Zeit römischer Präfekt in der Provinz Judäa gewesen: *Ich jedenfalls finde an ihm keine Schuld.*

Siebenstädter saß aufrecht im Bett, schaltete das Licht ein. Sein Blick fiel auf die Bücherregale, Recherchematerial, nicht mehr brandaktuelle Titel, noch nicht überholt genug für die Tonne. *Ihr liebt das Leben, wir lieben den Tod Schwarzbuch Dschihad Himmel auf Erden Jenseits des Westens*. Ihm fiel ein, dass heute auch die nächste Runde der Islamkonferenz begann. Schwerpunkt sollte die Ausbildung von Imamen in Deutschland sein, staatliche Unterstützung und Überwachung bei der Erfindung des sogenannten Euro-Islam, während nach wie vor regelmäßig Taliban-Überfälle stattfanden, Boko-Haram Schulkinder als Geiseln nahm, die Al-Shabaab-Miliz Hotels in die Luft jagte. In Frankreich und England häuften sich Messerattacken. Vor drei Wochen hatte ein Tschetschene den Lehrer Samuel Paty in einem Pariser Vorort auf offener Straße enthauptet. Messerattacken waren gerade der letzte Schrei unter fanatisierten Moslems. Auch hierzulande fingen sie jetzt damit an. Gerade erst hatte ein Syrer in Dresden zwei Schwule abgestochen.

Siebenstädter starrte an die Decke, Lampe und Wand schlugen in ihr Negativbild um, hell, dunkel, hell, dunkel, hell. Er sah Staubschnüre in den Ecken, weiche Fäden, die sanfte Bewegungen in den thermischen Aufwinden der Heizkörper vollführten.

Wozu beschäftigten sie eine Putzfrau?

Er rieb sich die verklebten Augen, streckte sich, dachte an seinen Vater: *Spruch des Herrn: Wenn du mal über fünfzig bist und dir tut morgens beim Aufwachen nichts weh, bist du tot.* Die Zeiten, wo er noch ein paar Minuten weiter gedöst hatte, bis der Wecker zum zweiten Mal klingelte, waren vorbei. Er stand auf, schlich über den Flur, öffnete lautlos die Schlafzimmertür, leuchtete mit der Handylampe in den Kleiderschrank, zog Unterwäsche, Socken, ein frisches Hemd heraus. Irene rührte sich nicht, ruhiger, gleichmäßiger Atem, keine Spur von verstopfter Nase. Normalerweise brachte sie den halben Herbst, ganzen Winter Erkältungserreger aus der Schule mit. Zumindest in dieser Hinsicht schienen die Masken ihren Zweck zu erfüllen. Während er auf dem Klo saß, der Blick auf die Schlagzeilen der Boulevardpresse auf dem Display. *Erste deutsche Studie belegt: So tödlich ist der Lockdown – Menschen starben allein in ihren Wohnungen, weil sie sich nicht ins Krankenhaus trauten / Nach 70 Jahren Ehe: Rentner (92) erstickt demente Ehefrau (91) / Mein Hund wurde am BER verschlampt.*

Er konnte den Gesundheitsminister auf diese Studie ansprechen, einen Großonkel mit Herzproblemen erfinden, der aus Angst vor Ansteckung inzwischen schon zum zweiten Mal seine Katheteruntersuchung hatte ausfallen lassen. Es war wichtig, solche Themen zu personalisieren, objektive Meldungen interessierten schon lange niemanden mehr.

Die Spülung rauschte, gurgelte lange und kränklich, ehe der Kasten wieder gefüllt war. Jemand musste gelegentlich einen Klempner bestellen.

Siebenstädter stieg in die Duschkabine, drehte das Wasser auf, ließ es über Kopf und Schultern laufen, noch bevor es warm war. Der Kreislauf sprang an, die Abwehrkräfte wurden gestärkt, ein Faktor für Leute, die am Leben hingen. Er massierte sich Shampoo in die Haare, spülte den Schaum aus, noch bevor die vitalisierende Wirkung, die das Etikett versprach, eine Chance hatte sich zu entfalten. Er sah an sich hinunter, die Stoppeln auf dem Schambein konnten lusttötend wirken, nahm den Rasierer aus dem Hängefach, zog die Klinge zügig und hart erst durch die Achselhöhlen, dann um sein Geschlechtsteil herum. Während er sich abtrocknete, prüfte er seinen Anblick im Spiegel. Der Drei-Tage-Bart hatte eine gute Länge, die Schultern hingen ein wenig vor, die Oberarmmuskeln waren schon fester gewesen. Deodorant, Aftershave. Er schaute auf die Uhr, hatte keine zehn Minuten für seine Herrichtung gebraucht. Es blieb genug Zeit für Kaffee. *Wir sehen Licht am Ende des Tunnels, die Zulassung des ersten Impfstoffs steht unmittelbar bevor, nach Angaben des Unternehmens bietet er einen mehr als 90-prozentigen Schutz vor Covid-19-Erkrankungen. Neuen Umfragen zufolge sind derzeit allerdings lediglich fünfzig bis sechzig Prozent der Menschen in Deutschland bereit, sich impfen zu lassen. Eine der Hauptaufgaben der Politik in den kommenden Wochen wird darin bestehen, die Bevölkerung von der Notwendigkeit der Impfung zu überzeugen.*

Die Medien wurden nicht erwähnt, damit kein Querdenker die falschen Schlüsse zog, aber natürlich waren auch sie gefordert. *Wann wir schreiten Seit an Seit.* Welche Chance hatte ein Politiker, seine Meinung unters Volk zu bringen, wenn Leute wie er, Kurt Siebenstädter, ihm keine Redezeit einräumten, ihm nicht die Möglichkeit boten, weitschweifig ausweichende Antworten auf präzise Fragen zu geben?

Vermutlich hatte der Gesundheitsminister die Meldung bereits gestern auf dem Rechner gehabt und genau deshalb darauf bestanden, gleich heute ein Schaltgespräch mit Siebenstädter zu bekommen. Anschließend zog er zum Frühstücksfernsehen weiter, zur Bundespressekonferenz, ins *Mittagsmagazin*, wurde live aus seinem Büro von Bildschirm zu Bildschirm geschaltet, redete sich den Mund fusselig, um zu erklären, dass die neu entwickelten Impfstoffe nicht riskanter waren als die bewährten gegen Polio, Tetanus, Masern-Röteln-Mumps, dass sie, obwohl gentechnisch entwickelt, keine Veränderung im menschlichen Erbgut hervorriefen. Immer und immer wieder würde er vergeblich versuchen, komplexe wissenschaftliche Sachverhalte mit einfachen Worten darzustellen – unverständlich für jeden, der nicht zumindest Biologie im Leistungskurs gehabt hatte.

Siebenstädter wählte »extrastark« und »2 Tassen« auf der Schaltfläche des Kaffeeautomaten, überlegte, ob er in der Sendung den Impfskeptiker geben sollte? Irene und er hatten nie ernsthaft darüber nachgedacht, Nora nicht impfen zu lassen. Dass Impfungen überhaupt riskant sein könnten, war ihm erst bewusst geworden, als Susanne, die Mutter einer Kindergartenfreundin von Nora, über die geistige Behinderung ihres Onkels sprach, die angeblich

Folge einer Hirnhautentzündung nach der Pockenimpfung gewesen war. In Noras Grundschule hatte es eine kleine, aber lautstarke Gruppe von Impfgegnern gegeben, die sich an einem Elternabend nach dem Ausbruch von Keuchhusten in der Klasse eine wüste Schreierei mit der Wissenschaftsfraktion geliefert hatte. Danach war das Klima für den Rest der gemeinsamen Zeit so vergiftet gewesen, dass sich nicht einmal mehr ein Kuchenbasar ohne Streitereien ausrichten ließ.

Siebenstädter rührte Zucker in seinen Espresso, kippte ihn in zwei Schlucken hinunter wie Schnaps.

Das letzte Mal hatte er vor gut einem Monat mit dem Gesundheitsminister geredet. Damals waren noch alle davon ausgegangen, dass der Neuanstieg der Infektionen nach dem Sommer keinen zweiten Lockdown notwendig machen würde. Es war ein unangenehmes Gespräch gewesen, wie alle Gespräche mit Scheidtchen unangenehm waren. Obwohl inzwischen auch über vierzig, erinnerte er noch immer an diese Junge-Union-Pennäler, die während Siebenstädters Schulzeit alle mit abgrundtiefer Verachtung bedacht hatten. An der Uni waren Typen wie er dann einer gemäßigt rechtsradikalen Studentenverbindung beigetreten, die besonders Großmäuligen hatten sich Schmisse verpassen lassen. Dafür waren sie beschimpft und verlacht worden, aber die Seilschaften aus dieser Zeit funktionierten ein Leben lang, wie man an Scheidtchen sah.

Siebenstädter zog seine Jacke an, warf sich den Trageriemen der Tasche über die Schulter.

Seit einiger Zeit verabschiedete Tibor ihn morgens nicht mehr an der Tür, auch das kein gutes Zeichen.

Er trat auf die Straße. Wenige Meter entfernt stand ein Fuchs im Kegel der Laterne. Aus seinem Maul hing ein aufgefächerter Taubenflügel. Sie sahen sich kurz an, ehe der Fuchs samt Beute im Dunkeln verschwand.

Das Viertel am Volkspark war eine reine Wohngegend, weit und breit keine Restaurants, Kneipen, Clubs. Auch vor Beginn der Pandemie hatte Siebenstädter um diese Uhrzeit hier selten Menschen getroffen. Ein leeres Taxi fuhr Richtung Weißensee, ab und an ein Wagen stadteinwärts. Erst auf der Danziger Straße tauchten Leute auf, Übriggebliebene und Frühschichtarbeiter. Er setzte sich auf die Bank an der Haltestelle, hing Gedanken nach, die sich zu nichts verfestigten.

Die Bahn war pünktlich, die Bahn war fast leer. Ein schlafender Obdachloser hing wie tot auf einem Doppelsitz, die offene Bierflasche ragte aus der Manteltasche, zwischen seinen Füßen stand eine Plastiktüte voller Textilien. Ein Mann Anfang dreißig in dunkelblauem Uniformanzug, Angestellter irgendeines Verkehrs- oder Dienstleistungsunternehmens, starrte auf sein Telefon. Siebenstädter sah ihn ein bis zwei Mal im Monat, nicht oft genug, als dass sie einander gegrüßt hätten.

Er ärgerte sich, dass er gestern nicht noch Maria Andriessens Hinweisen auf mögliche Verstöße des Gesundheitsministers gegen Corona-Bestimmungen nachgegangen war –, dass er nicht wenigstens versucht hatte, etwas über dessen fragwürdige, aber wahrscheinlich legale Spendenaktion herauszufinden. Vor zehn Jahren hätte das, was Maria Andriessen angedeutet hatte, gereicht, nahezu jeden Politiker zum Rücktritt zu zwingen. Aber die Zeiten hatten sich geändert, und Scheidtchen zählte zu den Teflon-Menschen, an denen Skandale rückstandslos abperlten. Dass er zwischen zwanzig und dreißig regelmäßig an rechten Netzwerk-Konferenzen mit akademischem Anstrich teilgenommen hatte, »Die Idee der Nation«, »Patriotismus mit Zukunft«, »Das christliche Abendland, gestern, heute, morgen«, war Schnee von gestern. Es gab Fotos, die ihn im vertrauten Plausch mit Vordenkern der Identitären Bewegung, mit einem bekannten Opus-Dei-Prälaten zeigten. Hinweise auf Vetternwirtschaft in Zusammenhang mit der Beschaffung medizinischer Masken hatte er ebenso unbeeindruckt ausgesessen wie die Zweifel, ob es bei der Finanzierung seiner Vierhundert-Quadratmeter-Villa in Potsdam mit rechten Dingen zugegangen war. Scheidtchen fand immer die Formel, irdischen und himmlischen Herrendienst vor seinem Gewissen und vor der Welt in Einklang zu bringen. Als der Immobiliendeal durch die Medien geisterte, hatte sein Büroleiter wochenlang alle Anfragen für ein Gespräch mit Verweis auf Corona-bedingte Terminschwierigkeiten abschlägig beschieden. Jetzt konnte es nicht schnell genug gehen. Aus irgendeinem Grund schien er darauf zu vertrauen, dass die Themen, über die er damals nicht hatte sprechen wollen, mittlerweile niemanden mehr interessierten, dabei war bislang nicht einmal über seine Klagen gegen verschiedene Zeitungen entschieden worden, die den Kaufpreis seiner Luxusvilla öffentlich gemacht hatten.

Vermutlich ahnte Scheidtchen noch nichts von dem neuen Unheil, das sich am Horizont zusammenbraute, vertraute auf Gott und die Kanzlerin, die beide ihre schützenden Hände über ihn hielten, Ersterer seit seiner Geburt, Letztere seit sie begriffen hatte, dass ein ergebener Vasall aus den Reihen ihrer innerparteilichen Gegner, ein Ehrgeizling, der jedes Prinzip verriet, sobald es seinen Aufstieg gefährdete, äußerst nützlich war.

Die Tram erreichte den Nordbahnhof. Siebenstädter stieg aus, überquerte die Gleise, nahm die Treppen in den Untergrund mit schnellen Schritten, fühlte sich einen Moment als junger Mann, dynamisch, entschlossen, siegessicher. Alle Linien waren pünktlich. Kein früher Selbstmörder, der sich irgendwo auf die Gleise gelegt oder vor einen einfahrenden Zug geworfen hatte. Er stand da, routiniert, souverän, eine Führungskraft, die sich auskannte, auf dem Weg zu systemrelevanter Beschäftigung.

Die S25 nach Teltow Stadt war die erste Bahn, die einfuhr. Siebenstädter setzte sich in die Mitte einer leeren Längsreihe. Ein schlafender Somalier oder Äthiopier drückte seinen Kopf gegen die Scheibe, eine verwahrloste Frau wisperte magische Zahlen, starrte mit irrem Blick auf ihre Finger, die sich nach einem bestimmten System krümmten und streckten.

Er dachte an Nora, die fortwollte, nach Amerika, ins Land der unbegrenzten Möglichkeiten, der falschen

Freundlichkeit, des geschmacklosen Größenwahns, der Waffenobsession, wie er selbst mit dreizehn fortgewollt hatte, gen Süden, nach Italien, Griechenland, wo die Zitronen blühten und die Schönheit zu Hause war. Er hatte sein Kind verloren, ohne es überhaupt zu merken. Auch sie fabulierte seit Neuestem über *toxische Männlichkeit* bei den Jungs in ihrer Klasse, verpickelten Dreizehnjährigen, die vor lauter Pornos die Hand gar nicht mehr aus der Hose bekamen. Sie roch nach Rauch, kam betrunken oder bekifft nach Hause. Bislang war er der Ansicht gewesen, es seien die üblichen Irrwege der Pubertät, hatte geglaubt, eine gut balancierte Mischung aus Verständnis, Überzeugungskraft, punktueller Strenge würde schon dafür sorgen, dass alles in geordneten Bahnen verlief. Demnächst hätte er sie mit auf eine Reise genommen, nur sie beide, Vater und Tochter, Nizza, Sevilla, Florenz. Daraus würde nun nichts mehr, ganz gleich, ob sie das Stipendium bekam oder nicht. Bald säße er zu Hause allein mit Irene, die behauptete, ihn zu lieben, sich zumindest in der Illusion wiegte, dass der, für den sie das empfand, was gemeinhin als »Liebe« bezeichnet wurde, identisch mit seiner Person war. Vermutlich handelte es sich um einen Irrtum. Früher oder später würde sie es bemerken.

Er stieg aus, nahm die Rolltreppen hinauf in die Bahnhofshalle, kaufte zwei Croissants am Backstand. Die Verkäuferin trug ein turmhohes Kopftuch und künstliche Wimpern, sagte ohne Akzent: »Zwei Euro sechzig. Danke. Und einen schönen Tag wünsch ich Ihnen.«

Als er ins Freie trat, fiel ihm die Figurengruppe zum Gedenken an die Züge nach Auschwitz wieder ein, die er im Fernsehen gesehen hatte. Jetzt, auf dem nahezu menschenleeren Platz, sprang sie sofort ins Auge. Irgendetwas daran berührte ihn peinlich.

Er ging das letzte Stück bis zum Studiogebäude am Wasser entlang, trat durch die Sicherheitsschleuse, nickte dem Pförtner, Herrn Böckler, zu, nahm den Aufzug. Um zwanzig vor fünf öffnete er die Tür zur Redaktion. Birte Strugalla, die während der Nacht die Weltlage verfolgt hatte, schaute kurz von ihrem Bildschirm auf, sagte: »Ist nichts groß passiert. Scheidtchen haben wir um zehn nach sechs, wie besprochen. Ich hab ein bisschen was Aktuelles über ihn zusammengestellt. Birnbacher von der Volksbühne mussten wir dementsprechend auf morgen verschieben, aber die Lage an den Theatern wird sich bis dahin nicht groß verändert haben. Als Erstes ist um zwanzig nach fünf Joseph Greenblatt am Telefon. Mit dem kannst du noch mal über die Lage in den USA nach der Wahl reden. Der ist ja immer ganz lustig. Danach Ernst von Bornholm – was das Ganze für Europa bedeutet, und Prof. Riebsamen aus Göttingen, der sicher ist, dass das Coronavirus aus einem chinesischen Labor stammt. Ich weiß, du wolltest den unbedingt haben, aber vielleicht bist du trotzdem ein bisschen vorsichtig, egal was du persönlich darüber denkst. Dann Scheidtchen. Anschließend hast du einen deiner Lieblingsfeinde am Telefon, Ahmet Aydın vom *Türkischen Moscheeverband*. Mit dem kannst du bereden, worum es heute bei der Islamkonferenz gehen wird, aber auch, was er von der Initiative hält, die mehrere europäische Regierungen jetzt auf den Weg bringen wollen …«

Sie reichte ihm einen Stapel Blätter.

»Funktioniert die Kaffeemaschine?«

»Bei mir schon, aber euer Verhältnis ist ja angespannt.«

Er schaute auf die Uhr, sieben vor fünf, ging in die Küche, nahm ein Croissant aus der Papiertüte, biss hinein, drückte die Café-Crème-Taste. Nach einem störungsfreien Mahlvorgang ergoss sich ein dampfender Strahl in die Tasse, zum Schluss bedeckte einwandfreier Schaum die Oberfläche.

Er steckte seinen Kopf bei Dirk Müller, dem Tontechniker, herein: »Guten Morgen – alles klar?«

»Muss«, sagte Dirk Müller.

Sie mochten sich nicht, was jedoch keine Auswirkungen auf die Arbeitsabläufe hatte. Siebenstädter zog die Studiotür hinter sich zu, setzte die Kopfhörer auf, brachte das Mikrofon vor seinem Mund in die richtige Position.

»Kurzer Test«, sagte Dirk Müller.

Siebenstädter fing an zu reden: »Ich freue mich, heute Morgen den Biologen Prof. Doktor Wunibald Welfenfleisch von der Universität Potsdam zu begrüßen, Prof. Welfenfleisch hat sich der Erforschung und Rettung der Europäischen Sumpfschildkröte in den Weiten Brandenburgs und der südmecklenburgischen Seenplatte …«

»Danke, reicht schon.«

Es ist fünf Uhr, die Nachrichten. Nach den Anschlägen in Dresden, Paris, Nizza und Wien planen Frankreich, Deutschland und Österreich eine gemeinsame Initiative gegen islamistischen Terror.

Obwohl ein halbes Dutzend wichtigerer Themen anstand, kam diese Meldung als erste. Vermutlich war Rogge für die Redaktion verantwortlich.

Ratspräsident Montalban sagte, die EU-Staaten bräuchten einen zügigeren Informationsaustausch, um Terrorismus vorzubeugen und gegen extremistische Inhalte im Internet vorzugehen. Europa müsse hart durchgreifen, um die Ideologie zu bekämpfen, die Hass und Gewalt fördere.

Rogge gehörte einer evangelikalen Sekte aus Thüringen an, die sowohl den Nationalsozialismus als auch die DDR im Verborgenen unbeschadet überdauert hatte und angeblich über beträchtlichen Einfluss in Politik und Medien verfügte. Anders als Siebenstädter sah er sich im uralten Krieg zwischen Christentum und Islam. Daneben kämpfte er auch gegen Aufklärung, Moderne und Sittenverfall, als wäre der Gott der Christen irgendwie besser als der Allah der Moslems.

Bundesgesundheitsminister Scheidtchen hat gefordert, dass die EU schnellstmöglich einen Vertrag über die Lieferung des Corona-Impfstoffs mit dem badischen Unternehmen PharmOfi abschließt. Der Politiker sagte gegenüber dem Sender, bislang gebe es lediglich Optionsverträge, aber keine Abschlüsse. Zwar seien viele rechtliche Fragen zu klären, es gehe aber auch um den Faktor Zeit. Er könne es als deutscher Gesundheitsminister der Bevölkerung schwer vermitteln, wenn in anderen Regionen der Welt ein in Deutschland produzierter Impfstoff schneller zur Verfügung stehe als in der Bundesrepublik.

Siebenstädter staunte, wie Scheidtchen es schaffte, sich sogar noch bei der Impfstoffbeschaffung als entschlossener Wahrer deutsch-nationaler Interessen zu präsentieren.

Das Oberhaus in London stimmte gegen die Änderungen des Premierministers am Brexitvertrag. Obwohl der US-Präsident abgewählt war, hatte er noch einmal den Verteidigungsminister ausgetauscht. Die Sprecherin der Demokraten äußerte sich besorgt, alles sehe danach aus, als ob er in den verbleibenden Wochen seiner Amtszeit das Land ins Chaos stürzen wolle.

Siebenstädter merkte, dass ihm die Vorstellung eines Putschs in den USA eine abgründige Freude bereitete, nicht nur, weil sich dann die Sache mit Noras Stipendium erledigt hätte.

Auch wenn sich die Beziehungen zwischen Europa und den USA demnächst vielleicht wieder verbesserten, traten heute weitere Strafzölle der EU auf US-Importe in Kraft, darunter auf Ketchup, Spielkonsolen, Traktoren. Zwischen Armenien und Aserbaidschan wurde die nächste Waffenruhe vereinbart. Das Wetter blieb in weiten Teilen des Landes etwas kühler, schon morgen stiegen die Temperaturen im Osten jedoch wieder auf bis zu sechzehn Grad.

Es folgte der Erkennungsjingle für seine Sendung, der Anfang eines Jazzrock-Stücks von Volker Kriegel, *The*

Stop-Watch, Gitarre, Bass, Schlagzeug, in vorwärtsgetriebenem Rhythmus, das Dirk Müller nach acht Takten ausblendete: »Es ist Montag, der 10. November – seit 2001 übrigens UNESCO-Welttag der Wissenschaft. Falls Sie davon noch nie etwas gehört haben, kein Problem, um solche Lücken zu füllen, haben Sie das *Magazin am Morgen* eingeschaltet, am Mikrofon ist Kurt Siebenstädter.« Müller fuhr die Musik noch einmal hoch, ließ sie bis zu einem schnarrenden Percussion-Wirbel laufen. »Erwarten Sie nicht zu viel von diesem Tag. Eine gemischte Nachrichtenlage kommt auf uns zu, dazu haben wir einige interessante Gesprächspartner, und wenn Sie bis zum Ende durchhalten, werden Sie mitreden können, ganz gleich wo und mit wem Sie heute noch sprechen.«

Erneut folgte Volker Kriegel, während Müller ihm Joseph Greenblatt auf den Kopfhörer legte: »Herr Greenblatt, schön dass Sie sich wieder Zeit für uns nehmen, Sie wissen ja, wie das hier abläuft, ich bin gleich wieder bei Ihnen.«

Greenblatt hatte als Diplomat an der Beilegung zahlreicher internationaler Krisen mitgewirkt, war dann amerikanischer Botschafter in Berlin gewesen. Er kannte den allgemeinen und speziellen Wahnsinn der Menschheit aus eigener Anschauung, war darüber weder verzweifelt, noch verbittert, noch resigniert. Seit über zehn Jahren ließ er sich zu jeder Tages- und Nachtzeit anrufen, um für die deutschen Hörer eine Einschätzung der Lage in den USA abzugeben. »Aus Chicago zugeschaltet ist uns nun Joseph

Greenblatt, Mitglied der Demokratischen Partei: Guten Morgen, Herr Greenblatt. Eigentlich sollte längst alles klar sein, aber wenn man die Meldungen verfolgt, hat man den Eindruck, dass der Wahlverlierer nach wie vor nicht willens ist, seine Niederlage einzugestehen, im Gegenteil: Neben seinen Versuchen, die Abstimmungsergebnisse gerichtlich anfechten zu lassen, scheint er mit allen Mitteln daran zu arbeiten, seine Anhänger zu Protesten, wenn nicht sogar zu einem Aufstand anzustacheln. Jetzt hat er noch einmal den Verteidigungsminister ausgetauscht, was Anlass für weitere Spekulationen bietet. Halten Sie es für möglich, dass dahinter tatsächlich Pläne für einen Putsch stehen?«

Joseph Greenblatt, der im Laufe seines Diplomatenlebens mit paranoiden Generälen, irren Gewaltherrschern, Psychopathen in Phantasieuniformen verhandelt hatte, schien auch jetzt nicht übermäßig beunruhigt, sondern sah vor allem Theaterdonner: »Sie dürfen nicht vergessen, dass dieser Präsident in den Jahren vor seiner Wahl hauptsächlich als Entertainer in Castingshows gearbeitet hat, und das ist vermutlich auch die Art von Job gewesen, die seinem Charakter am meisten entsprach.«

Greenblatts Deutsch war nahezu fehlerlos, er hatte die Stimme eines launigen Märchenonkels, dazu einen charmanten Akzent. Sobald er den Mund aufmachte, war jeder, der ihm zuhörte, überzeugt, dass alles ein gutes Ende finden würde.

»Immerhin haben rund 75 Millionen Amerikaner für diesen Mann gestimmt, der vier Jahre lang alles daran gesetzt hat, die Legitimität der demokratischen Institutionen zu beschädigen, der täglich mit sexistischen, rassistischen oder schlicht blödsinnigen Kommentaren durch die sozialen Medien geirrlichtert ist. Einer Datenbank der Washington Post zufolge soll er rund 22 000 Mal nachweislich gelogen haben. Aktuelle Umfragen zeigen jedoch, dass die überwiegende Mehrheit seiner Anhänger ihm nach wie vor treu ergeben ist und den Geschichten über die ›gestohlene Wahl‹ tatsächlich Glauben schenkt. – Wenn ich jetzt ein überzeugter Republikaner wäre, wäre es da nicht meine staatsbürgerliche Pflicht, gegen diesen vermeintlichen Wahlbetrug zu kämpfen, notfalls mit Gewalt?«

Siebenstädter folgte dem Singsang von Greenblatts Stimme, verlor den Faden. Er wollte nicht, dass sein Kind in dieses verkommene Land zog, fragte sich, was er – was sie – falsch gemacht hatten? Hätten sie Noras Medienkonsum stärker reglementieren müssen, alles, was sie sich anschauen wollte, vorab prüfen, gegebenenfalls verbieten, die Streaming-Zugänge beschränken, selbst auf die Gefahr hin, sie in ihrer Klasse zu isolieren? Tatsache war, dass Nora, wie Millionen Kinder weltweit, Hollywoods Propagandamaschinerie auf den Leim gegangen war. Jetzt träumte sie von einer aufregenden Zeit unter gutaussehenden, diversen, coolen, trotz oder wegen ihrer Fehler und Schwächen unglaublich sympathischen Highschool-Kids oder College-Studenten, von Puschel-schwenkenden Cheerleadern, Abschlussfeiern mit Graduation Caps, *oh my god: amazing.* »Würden Sie, Mr. Greenblatt, einem dreizehnjährigen Mädchen aus Deutschland raten, in nächster Zeit für ein halbes Jahr in die USA zu gehen?«

Die Frage stand völlig ohne Zusammenhang da. Greenblatt zögerte, war sich nicht sicher, in welche Richtung Siebenstädter zielte, antwortete dann gewohnt routiniert: »Spätestens wenn sich durch die Impfkampagnen, die ja jetzt bald kommen, die Situation mit dem Virus so weit entspannt hat, dass wir alle wieder reisen können, wird sich die politische Lage in den USA beruhigt haben. Ich bin da nicht so pessimistisch. Und natürlich soll man auch nicht denken, dass bei uns überall schwerbewaffnete Rechtsradikale randalierend durch die Straßen ziehen. Die Medien in Deutschland vermitteln da manchmal ein etwas überzogenes Bild ...«

Siebenstädter ließ ihn weiterreden, obwohl ihm Greenblatts Einschätzungen nichts nützten. Nora hätte sich das Gespräch vermutlich ohnehin nicht angehört. Zwar hatten Greenblatts Eltern es Ende der 30er Jahre gerade noch geschafft, vor den Nazis aus Deutschland zu fliehen, doch in den Augen einer Berliner Gymnasiastin des Jahres 2020 war er in erster Linie ein alter weißer Mann.

»Du bist anderthalb Minuten drüber«, sagte Dirk Müller. Siebenstädter schreckte auf, fiel Greenblatt ins Wort: »... *die böse, böse Uhr vertreibt mir alle meine Gäste*, vielen Dank für diese Einschätzung, Mr. Greenblatt, und eine gute Nacht nach Chicago.«

Er kippte den Rest Kaffee hinunter. Bis zum Gespräch mit Ernst von Bornholm, dem Chef der Liberalen im

Europäischen Parlament, blieb eine knappe Minute. Von Bornholm war freundlich im Ton, differenziert in seinen Einschätzungen. Er hatte die souveräne Selbstgewissheit alten Adels und verfiel selten in den Duktus aggressiver Rechthaberei, den die meisten Vertreter seines Berufstands sich früher oder später aneigneten. Siebenstädter überlegte, ob sich die Möglichkeit, dass er demnächst von Bornholms Parteisprecher sein könnte, bereits auf sein eigenes Frageverhalten auswirkte – fragte sich, ob von Bornholm davon wusste? »Aus Brüssel ist uns nun zugeschaltet, Ernst von Bornholm von der Liberalen Fraktion im Europäischen Parlament. Guten Morgen, Herr von Bornholm.«

»Guten Morgen, Herr Siebenstädter.«

»War es wirklich nötig, jetzt, nachdem der Ausgang der amerikanischen Wahlen so gut wie feststeht, auf dem Inkrafttreten weiterer Strafzölle zu bestehen? Wäre es nicht ein gutes Zeichen für einen Neustart in den europäisch-amerikanischen Beziehungen gewesen, ganz unbürokratisch zu sagen: Wir lassen das jetzt einfach mal und geben dem neuen Präsidenten Kredit?«

»Natürlich sind hier in Brüssel die meisten Kolleginnen und Kollegen zunächst einmal erleichtert, dass demnächst wieder ein Klima des Vertrauens und der Partnerschaft in den transatlantischen Beziehungen herrschen wird. Wir dürfen uns allerdings nichts vormachen, auch der künftige Präsident wird auf vielen Feldern eine Politik des *America first* fortsetzen, wobei er sie sicherlich konzilianter verpackt …«

Siebenstädter hatte in den zurückliegenden Wochen sämtliche Fragen im Zusammenhang mit der amerikanischen Präsidentschaftswahl mit Politikern jedweder Couleur durchgekaut, wie im Übrigen auch jede These hinsichtlich des Coronavirus, es gab keinen Aspekt des Islam, den er nicht mit Dutzenden Gesprächspartnern besprochen hatte, kein Fragepartikel, das er nicht in allen Varianten schon Tausende Male aus seinem eigenen Mund gehört hatte. Ganz gleich, was er sagte, es klang, als äffte er sich selber nach. Auch von Bornholm sonderte lediglich Floskeln ab, wollte keinesfalls jemanden jenseits des Atlantiks brüskieren, schließlich wusste man nie, mit wem man eines Tages dann doch wieder am Verhandlungstisch säße.

»Ich höre da eine gewisse Skepsis …«

Das Ritual war verbraucht, er war verbraucht. Vielleicht wäre es tatsächlich besser, wenn jemand anderes seinen Platz einnähme, jemand, der überzeugt war, dass diese Arbeit etwas bedeutete, dass sie den Menschen half, mündige Bürger, aufrechte Demokraten, kritische Wähler zu werden, einer der glaubte, dass sauber recherchierte Informationen Leuten, die unter der Dusche standen, eine Schale Müsli löffelten, ihren Kindern Pausenbrote schmierten, das Rüstzeug für eine fundierte Meinung an die Hand gaben, und dass diese Meinungen tatsächlich einen Wert darstellten, weil die daraus resultierenden Wahlentscheidungen zu neuen politischen Konstellationen führten, die irgendetwas zum Besseren wendeten.

»Müssen wir als Europäer – als Deutsche –, gerade weil wir aufgrund eigener historischer Erfahrungen wissen, wie schnell sich zivilisatorische Errungenschaften und moralische Gewissheiten in Luft auflösen, angesichts dessen, was in den Vereinigten Staaten während der zurückliegenden vier Jahre möglich war –, müssen wir uns nicht stärker von den USA emanzipieren?«

»Dass die Wahlen ausgegangen sind, wie sie ausgegangen sind, zeigt ja zunächst einmal, dass die Demokratie in den Vereinigten Staaten nach wie vor funktioniert. Aber ich würde Ihnen insofern recht geben, als wir uns in der Vergangenheit, gerade was die Außen- und Sicherheitspolitik anlangt, oft zu sehr auf die USA verlassen haben, unabhängig davon, wer dort das Präsidentenamt innehatte.«

Vielleicht war seine Generation, eingelullt von der fleischgewordenen Bräsigkeit des Saumagen-Kanzlers, angewidert vom nationalen Überschwang der Wendezeit, sediert von einer Valium-trüben Kanzlerin, die im mittlerweile fünfzehnten Jahr schweigend auf Sicht durch Nebelbänke flog, in einem achselzuckenden Zynismus geendet, der die Welt sehenden Auges gegen die Wand fuhr. Vielleicht hatten diese Mädchen, denen Nora nacheiferte, in ihrer kämpferischen Naivität ja recht und mit ein bisschen Schule-Schwänzen am Freitag ließe sich der Klimawandel am Ende doch aufhalten, das Patriarchat würde besiegt, indem man Gedichte über Frauen und Blumen auf Hochschulfassaden überpinselte, der Rassismus verschwand, wenn nur lange genug Kniebeugen in Fußballstadien gemacht und Bilder mit schwarzen Quadraten durch die sozialen Netzwerke gejagt wurden.

»Die Vereinigten Staaten sind noch immer die unumstrittene Führungsmacht des Westens und nirgends sonst auf der Welt wird der Gedanke der Freiheit faszinierender und überzeugender gelebt als dort.«

Siebenstädter war zu keiner Zeit seines Lebens davon ausgegangen, dass sich irgendetwas retten ließ. Er hatte lediglich die schamlose Selbstbedienungsmentalität, den undurchdringlichen Filz, die ungenierte Dreistigkeit vorführen wollen, mit der eine Oligarchie aus Parlamentariern, Wirtschafts- und Medienvertretern im Verbund mit den Clowns der Massenunterhaltung die sozialen, ökonomischen, politischen Prozesse usurpiert hatte, um sich selbst mehr Geld, mehr Macht, mehr Sex zu sichern. So war es immer gewesen. Ein Blick in die Geschichtsbücher genügte, um zu begreifen, dass der Mensch des Menschen Wolf war, dass alle Versuche seiner Domestikation zu nichts führten. Man konnte ihn eine Weile an die Leine nehmen oder einsperren, doch sobald man ihn wieder freiließ, kämpfte er bis aufs Blut mit jedem Nebenbuhler, setzte alles daran, sich so oft wie möglich zu paaren, und wenn er es schaffte, in einen Pferch voller Schafe einzudringen, biss er sie samt und sonders tot. All die Weltverbesserer, die im Lauf der Menschheitsgeschichte losgezogen waren, um aus ihren Artgenossen mitfühlende, treusorgende, friedfertige Wesen zu machen, hatten sich nach ihrer Machtübernahme umgehend in blutrünstige Monster verwandelt und meist schlimmer gewütet als ihre gestürzten Vorgänger, ganz gleich, ob sie als Propheten, Priester, Volkstribune oder Revolutionäre angetreten waren.

»... aber natürlich wird es einige Zeit dauern, bis das zerstörte Vertrauen wiederhergestellt ist. Auf den institutionellen Ebenen müssen wir erst einmal abwarten, welche Personalentscheidungen des scheidenden Präsidenten Bestand haben.«

»Entschuldigen Sie, Herr von Bornholm, wenn ich da mal kurz einhaken darf ...«

Siebenstädter hatte seine Frage vergessen, die vermutlich auch nur die nächste Stanze gewesen wäre, brach mitten im Satz ab. »Du redest nur, um die Luft zu bewegen«, hatte ihm sein Lateinlehrer schon vor fünfunddreißig Jahren gesagt. Er sah auf die Uhr, in 46 Sekunden begannen die Nachrichten. »Was erwarten Sie, wie sich die transatlantischen Beziehungen in den kommenden Monaten entwickeln, immer vorausgesetzt, es gibt einen friedlichen Wechsel im Kapitol? Eine kurze Antwort bitte, uns läuft leider die Zeit weg.«

Statt zuzuhören, schaute er den verrinnenden Sekunden auf der Studiouhr zu. Dirk Müller fuhr mitten in von Bornholms letzte Sätze die Musik hoch. Siebenstädter setzte die Kopfhörer ab und trat aus dem Studio.

»Du wirkst unkonzentriert«, sagte Birte Strugalla, als er ins Redaktionsbüro kam. »Hast du gesoffen gestern?«

»Der Hund hatte Durchfall, ich stand zwischen elf und

fünf dreimal halb angezogen im Garten. Ich vermute, die Dogwalkerin hat ihn wieder Junkie-Kacke fressen lassen. Jedenfalls muss ich nachher zum Tierarzt und werde gleich nach der Sendung verschwinden.«

Es klang besser als: *Ich habe bis nach eins mit Maria Andriessen getextet und vorgefühlt, ob wir nachher vielleicht eine Nummer schieben.*

»Was hast du vorhin übrigens damit gemeint, dass ich vorsichtig sein soll, wenn ich mit Prof. Riebsamen über die Labortheorie spreche?«

Birte Strugalla hielt ihre Augen auf den Bildschirm gerichtet. Das konnte heißen, dass sie sehr konzentriert war, aber auch, dass sie Blickkontakt vermeiden wollte.

»Es ist wie bei allem, was China anlangt. Im Moment macht man besser einen Bogen drum. Von Tibet spricht ohnehin niemand mehr, über die Uiguren wird gerade so viel berichtet, wie absolut unvermeidlich ist. Keine Berichte über Chemieunfälle, unterirdische Kohlebrände, Smog. Früher kamen auch immer Zahlen zu politischen Gefangenen in chinesischen Gefängnissen über den Ticker, Schicksale prominenter Dissidenten, Berichte über Zensur, wie viele Todesurteile vollstreckt wurden ...«

»Hat jemand von oben was in dieser Richtung verlauten lassen?«

»Natürlich nicht.«

Er war sich nicht sicher, ob er ihr glauben sollte. Andererseits hatte Trabach ja auch keine Scheu, ihn persönlich aufzufordern, bei der Wahl der Gesprächsgäste weniger skeptische Stimmen ans Mikrofon zu holen, warum sollte er im Fall von China jemand anderen vorschicken?

»In Wuhan gibt es gleich zwei Labore, in denen an Coronaviren geforscht wird. Eins liegt ein paar hundert Meter von dem obskuren Lebensmittelmarkt entfernt, der als Hauptumschlagplatz für Krankheitserreger gilt, weil da die exotischsten Wildtiere für die Pfanne gehandelt werden. Weiß man ja: *Die Chinesen essen alles, was Beine hat, außer den Tisch*. Wahrscheinlich hat ein Mitarbeiter versehentlich ein paar von den Dingern nach Feierabend in den Nasenhaaren mit zum Gürteltier-Grillen gebracht. Verdächtige Fledermäuse gibt es in der Gegend jedenfalls keine. Von dem Zwischenwirt, in dem das Virus menschentauglich mutiert sein könnte, fehlt jede Spur. Und die chinesischen Behörden setzen alles daran, eine unabhängige Untersuchung durch internationale Experten zu verschleppen. Warum? Wenn das Virus nicht aus dem Labor stammt, werden sich dafür auch keine Indizien finden lassen, weder in entsprechenden Versuchsprotokollen noch in chinesischen Patientenakten. Es wäre doch absolut im Interesse der Chinesen, sich genau das von einer hochrangigen Wissenschaftsdelegation schnellstmöglich bescheinigen zu lassen. Aber nicht einmal die Tatsache, dass sie diese Untersuchung seit fast einem Jahr verhindern, scheint irgendjemanden ernsthaft stutzig zu machen. Stattdessen haben sogar die amerikanischen Social-Media-Plattformen Posts, die der Laborhypothese das Wort reden, als Fake News markiert, und Fake News widersprechen seit

Neuestem den Gemeinschaftsstandards. Zu allem Überfluss hat auch noch *the mad president* vom ›China-Virus‹ gesprochen, dann muss es ja wohl eine Lüge sein. Wenn ich chinesischer Propagandaminister wäre, hätte ich dem einen Riesenkredit für seine demnächst anstehenden Umschuldungen bereitgestellt, damit er laut genug herumkrakelt, dass das Ding aus einem chinesischen Labor stammt, denn damit ist die These dermaßen in Misskredit gebracht, dass sich niemand mehr die Finger daran schmutzig machen will.«

»Wir müssen aufpassen, dass wir nicht antiasiatische Ressentiments bedienen«, sagte Birte Strugalla. »*Sinophobia* ist infolge dieser China-Virus-Kampagne zu einem echten Problem geworden, nicht nur in den USA.«

»Sind wir sicher, dass dahinter nicht chinesische Trolle stecken? So wie Araber und Türken den Begriff der ›Islamophobie‹ durch die Social-Media-Kanäle jagen, sobald über Peitschenhiebe in saudischen Gefängnissen oder gesteinigte Frauen im Iran berichtet wird.«

»Ich weiß nicht.«

»Niemand weiß es. Niemand weiß mehr irgendwas.«

Es hatte immer Propagandalügen, Falschmeldungen, manipulierte Dokumente gegeben, um mehr oder weniger plausibel Annahmen, Vermutungen, Hypothesen zu lancieren, die zu Skandalen, Rücktritten, Kriegserklärungen führten. Aber noch vor dreißig Jahren waren Fotomontagen, die Regierungsvertreter, Konzernchefs oder Starlets in verfänglichen Situationen zeigten, innerhalb weniger

Stunden als Fälschungen entlarvt worden. Mittlerweile sahen die Dinosaurier im Kino wirklicher aus als echte Elefanten im Zoo. Man konnte mit Hilfe von Bildbearbeitungs- und Animationsprogrammen, Stimmengeneratoren, Voice-over-Tools mehr oder weniger jedem Menschen auf dem Planeten jeden beliebigen Satz in den Mund legen, ihn beim Sex mit Kindern oder als Mörder zeigen. Für jede noch so abstruse Behauptung ließen sich entsprechende Dokumente herstellen, beglaubigen, binnen Sekunden rund um den Globus verbreiten. Und in China beherrschten sie nicht nur die digitale Manipulation, sondern fabrizierten außerdem die besten analogen Fälschungen seit Menschengedenken. Zweifellos gab es irgendwo in Peking ein Werkstattkollektiv aus Künstlern, Chemikern, Materialwissenschaftlern, die in der Lage waren, Erlasse des amerikanischen Präsidenten, unterschrieben mit Spezialtinte auf dem Originalbüttenpapier des Weißen Hauses, so herzustellen, dass nicht einmal die Analysten des FBI die Dokumente als Fälschungen hätten identifizieren können. Keine Agentur, kein Sender, keine Zeitungsredaktion war in der Lage, das, was ihnen als Information angeboten wurde, gründlich genug zu überprüfen, bevor sie es weitergaben, denn Nachrichten verdarben schneller als Aprikosen, und was den Werbekunden gestern noch Millionen wert gewesen war, taugte heute kaum mehr, um Fisch einzuwickeln.

»Alles klar?«, fragte Birte Strugalla.

»Ich hoffe, der Hund scheißt zu Hause nicht alles voll.«

»Noch anderthalb Minuten.«

Er ging zurück an seinen Platz, warf einen kurzen Blick auf die Notizen, die sie ihm für das Gespräch mit Prof. Riebsamen zusammengestellt hatte. Fast alles, was dort stand, waren Stellungnahmen von Wissenschaftlern, die behaupteten, das Virus sei natürlichen Ursprungs. Material, das auf chinesische Manipulationen hindeutete, fehlte vollständig.

Natürlich gab es Leute in der Regierung, den obersten Etagen der Wirtschaft und auch in den Medien, die Dinge wussten, von denen jemand wie Siebenstädter kaum mehr als eine vage Ahnung hatte. Die, die sich im innersten Zentrum der Macht befanden, behielten für sich, was zu große Unruhe im Land hervorrufen würde. Bei Bedarf setzten sie vertrauenswürdige Mittelsmänner ein, die diskrete Hinweise, notfalls auch Drohungen weiterreichten, um wohldosiert und ohne Panik zu verbreiten, Schlimmeres zu verhindern. Aber wer diese Art Hinweise ignorierte, fand sich womöglich plötzlich in einer Verleumdungskampagne ohne Urheber, einer Sabotage ohne Täter, einem Unfall ohne Ursache wieder. Vor drei Wochen erst hatten unbekannte Hacker sämtliche Systeme der Nordwest-Mediengruppe lahmgelegt. Rund 30 Tageszeitungen konnten zwei Tage lang nur in Notausgaben erscheinen, alle Mitarbeiter brauchten neue Rechner, der Schaden lag im zweistelligen Millionenbereich. Für chinesische, nordkoreanische oder russische IT-Spezialisten wäre es ein Kinderspiel, in die mäßig gesicherten Systeme des öffentlich-rechtlichen

Rundfunks einzudringen und von dort aus Falschmeldungen zu verbreiten, die das Vertrauen der Bürger in den Staat erschütterten.

Birte Strugalla hatte ihn gewarnt, vielleicht weil sie ihn mochte, vielleicht weil man ihr einen dieser diskreten Hinweise gegeben hatte und weil sie besser als er wusste, wie weit der chinesische Arm mittlerweile reichte. Womöglich litt er aber auch unter Anzeichen von Paranoia. Selbst bei unverdächtig robusten Charakteren lösten Lockdown, Kontaktbeschränkungen, Schimären aus Angst mittlerweile psychologische Überreaktionen aus.

»Am Telefon begrüße ich jetzt Prof. Dr. Wolfgang Riebsamen vom Institut für Mikrobiologie in Karlsruhe: guten Morgen.«

»Guten Morgen nach Berlin.«

»Anders als die meisten Ihrer Kollegen, sind Sie nicht der Ansicht, dass das Virus, dem wir die aktuelle Situation verdanken, auf natürlichem Weg entstanden ist. Haben Sie Zugang zu Informationen, die allen anderen fehlen oder wollten Sie auch endlich mal ins Zentrum der medialen Aufmerksamkeit und nicht länger hinter berühmten Kollegen wie Prof. Garbsen oder Frau Prof. Finck in der zweiten Reihe stehen?«

Er wusste selbst nicht, weshalb er schon mit seiner ersten Frage Riebsamens persönliche Integrität attackierte, doch der Professor ließ sich davon nicht beeindrucken, reagierte, als wären ihm Siebenstädters rhetorische Mätzchen vertraut.

»Ich betreibe seit fast 50 Jahren Wissenschaft, mein Institut ist aufgrund zahlreicher Erfolge, gerade auch in der Anwendung von Erkenntnissen, die wir hier in der Grundlagenforschung gewinnen, hervorragend aufgestellt. Mir geht es lediglich darum, in dieser Zeit, wo der Naturwissenschaft, insbesondere der virologischen und epidemiologischen Forschung, eine herausragende Rolle, sowohl in der Bekämpfung der Pandemie als auch im Hinblick auf die Glaubwürdigkeit unserer Arbeit insgesamt zukommt, dass wir da dieses Vertrauen der Bevölkerung nicht leichtfertig und aus Gründen, über die ich nur spekulieren kann, aufs Spiel setzen.«

»Sie würden also sagen – und das ist natürlich schon ein massiver Vorwurf –, dass Ihre Kollegen, aus eben diesen Gründen, über die wir nur spekulieren können, verschweigen beziehungsweise bestreiten, was Ihrer Meinung nach auf der Hand liegt, dass nämlich SARS-CoV-2 aus einem chinesischen Forschungslabor stammt – also menschengemacht ist – und dass dieser Ursprung nicht nur von der Politik, sondern auch von der internationalen Wissenschaftscommunity systematisch vertuscht wird? Das klingt aber schon nach der ganz großen Weltverschwörung, und wir sind nicht mehr weit von Kinderblut trinkenden Eidechsenmenschen entfernt.«

»Wissen Sie, ich brauche weder Außerirdische noch Raumschiffe, mir reicht das, was ich über die eklatanten Sicherheitsmängel in den chinesischen Labors weiß, dass das virologische Institut in Wuhan seine kompletten

Datenbanken zu Coronaviren im September 2019, also zweieinhalb Monate bevor die Existenz von SARS-CoV-2 offiziell bestätigt wurde, aus dem Netz genommen hat. Und dann muss man nur noch eins und eins zusammenzählen …«

Siebenstädter redete sich ein, dass er ausnahmslos jedem, ohne Ansehen der Person, Lügen, Eigennutz, zweifelhafte Motive oder auch Dummheit unterstellte, dass er vielleicht gemein, gelegentlich bösartig, aber immer gerecht war. Seine eigene Glaubwürdigkeit basierte auf seinem Unglauben gegenüber all seinen Gesprächspartnern. Warum sollte er jetzt auf einmal anders verfahren?

»Nun sind Sie selbst von Haus aus gar kein Virologe, sondern Biochemiker. Ich nehme nicht an, dass Sie die DNA von SARS-CoV-2 selbst untersucht haben, inwieweit sich da eventuell Spuren der Gen-Schere eines chinesischen Forschers oder einer Forscherin – das Institut in Wuhan wird ja von einer Frau geleitet – nachweisen ließen.«

Er fragte sich, ob er jemals Angst vor Konsequenzen dessen, was er ins Mikrofon sagte, gehabt hatte, konnte sich an nichts dergleichen erinnern. Selbst nach dem Anschlag auf die Redaktion von *Charlie Hebdo* war er nicht übermäßig besorgt gewesen, selbst Opfer eines Terroranschlags zu werden, obwohl er seit fast zwanzig Jahren regelmäßig prominente Islamkritiker in seine Sendungen lud und keinen Hehl daraus machte, dass dieser archaische Stammeskult aus der Wüste alles verkörperte, was er an Religion verachtete.

»Wenn diese Art von Suggestivfragen das ist, was Sie unter journalistischer Unabhängigkeit verstehen, sind wir doch schon sehr nah bei den Methoden, mit denen Staatsmedien in totalitären Systemen kritische Stimmen mundtot machen.«

»*Lügenpresse* ist ja gerade ein beliebtes Schimpfwort auf Deutschlands Straßen. Dort wird es normalerweise allerdings eher von Leuten verwendet, die den Erkenntnissen der Wissenschaft ablehnend gegenüberstehen.«

»Sie wollen mir doch nicht ernsthaft erzählen, dass Sie nicht wüssten, wie massiv der Druck ist, der seitens der Chinesen weltweit auf Wissenschaftler, Journalisten und Politiker ausgeübt wird?«

»Wenn Sie meine Sendung regelmäßig hören, werden Sie merken, dass ich mich nicht so leicht einschüchtern lasse.«

Siebenstädter war froh, als das Gespräch zu Ende war. Er fühlte sich schlecht. Auch wenn er vielleicht de facto genauso agiert hatte wie sonst, war seine Motivation doch eine fundamental andere gewesen. Er hatte einen aufrichtigen und seriösen Wissenschaftler, der auf verlorenem Posten versuchte, den Manipulationen des künftigen Hegemons Widerstand zu leisten, mit fadenscheinigen Unterstellungen, verpackt in Fragen, vor Hunderttausenden von Hörern unglaubwürdig gemacht.

Er spürte, wie ihm die Schamesröte ins Gesicht stieg. Zum Glück war der Einzige, der es hätte sehen können, Dirk Müller hinter der Scheibe, und Müller interessierte sich weder für Siebenstädters Gefühlslage noch dürfte ihm am Gesprächsverlauf irgendetwas aufgefallen sein, dass er mit Siebenstädters Erröten in Verbindung gebracht hätte.

In seinem Kopf herrschte Leere. Eine bestimmte Art Leere war eigentlich gut, dann entwickelte sich das Gespräch natürlicher, als wenn er sich an vorbereiteten Fragen entlanghangelte, doch heute fühlte sie sich an, als wäre sie von einem hochgiftigen Gas kontaminiert. Volker Kriegel dudelte ein Gitarrensolo herunter, das er schon an die vierhundert Mal gehört hatte. In wenigen Augenblicken folgte das Gespräch mit Scheidtchen. Es gab viele Punkte, an denen er ansetzen konnte, sollte, musste. Wenn er seine Glaubwürdigkeit zurückgewinnen wollte, nachdem er den ehrenwerten Professor derart erbärmlich behandelt hatte, durfte er dem Minister weder seine notorische Schwammigkeit noch seine aalglatten Ausweichmanöver durchgehen lassen.

»Am Telefon ist nun Bundesgesundheitsminister Sven Scheidtchen. Guten Morgen, Herr Scheidtchen … Wo sind Sie gerade?«

»Guten Morgen, Herr Siebenstädter. Wie viele Menschen in diesen Tagen versuche auch ich, möglichst große Teile der anstehenden Arbeit im Homeoffice zu erledigen. Wobei das für einen Minister natürlich nur begrenzt möglich ist. Aber im Moment bin ich noch zu Hause.«

»Deshalb hallt es so in der Leitung.«

»Wie bitte?«

»Das kennt man aus dem Physikunterricht: In großen leeren Räumen werfen die Wände das Echo der eigenen

Stimme sehr laut zurück. – Da müssen die Kollegen in der Technik ein bisschen aufpassen, dass es keine Rückkopplungen gibt, aber ich bin sicher, das kriegen wir hin.«

»Ich weiß nicht, was Sie meinen.«

»Nach allem was man hört, haben Sie doch jetzt viel Platz. Da fehlen wahrscheinlich noch ein paar Möbel, Bücherregale beispielsweise, natürlich mit Büchern drin: Bücher schlucken ja ordentlich Schall.«

»Ich glaube nicht, dass meine Wohnungseinrichtung unser Thema ist, Herr Siebenstädter. – Die Impfstoffentwicklung, an der ja auch deutsche Unternehmen an vorderster Front beteiligt sind, übrigens in einer historisch einmalig kurzen Zeit …«

»Entschuldigen Sie, wenn ich unterbreche, Herr Minister: Ich wusste nicht, dass Sie in meiner Sendung die Themen bestimmen …«

»… die Bürgerinnen und Bürger haben aktuell ein herausragendes Interesse zu erfahren, wie weit diese wissenschaftliche und unternehmerische Mammutaufgabe mittlerweile …«

»Darauf kommen wir sicher gleich noch zu sprechen, aber gerade weil die Unabhängigkeit der Medien momentan ja vielfach in Zweifel gezogen wird, wäre es wichtig, dass wir in dieser Frage keine Missverständnisse zulassen …«

»… die Bürgerinnen und Bürger …«

»Also Sie, der Gesundheitsminister, sagen mir – kraft Ihres Amtes –, wonach ich Sie in meiner Sendung zu fragen habe und wonach nicht? Verstehe ich das richtig?«

»Darum geht es gar nicht, und das wissen Sie ganz genau ...«

»Eben nicht, deshalb bitte ich Sie ja, mir noch mal kurz zu erläutern, worum es geht.«

»Gerade weil ich nicht als Privatperson, sondern als Bundesgesundheitsminister mit Ihnen spreche ...«

»... weshalb das, was Sie als Privatperson tun, für Ihre Glaubwürdigkeit als Politiker – als Minister ...«

»So wie es aussieht, befinden wir uns am Beginn der dritten Welle einer globalen Pandemie, und es ist von herausragender Bedeutung, dass die Bürgerinnen und Bürger Informationen aus erster Hand bekommen ...«

»*Das Private ist politisch*, lautete mal so ein Slogan.«

»... was wir als Regierung tun, um den wirtschaftlichen Schaden, aber natürlich auch das öffentliche Leben, nicht zuletzt den Unterricht für die Schülerinnen und Schüler an unseren Schulen, die ja in diesem Jahr schon beträchtliche Einschränkungen ertragen mussten und mitgetragen haben, insbesondere die Eltern, denen teilweise enorme Lasten aufgebürdet wurden ...«

»Dass Sie selbst vor Kurzem erst an Covid-19 erkrankt sind, ist natürlich auch privat – vielleicht können Sie trotzdem ein bisschen was dazu sagen? Es war zu hören, Sie hätten einen milden Verlauf gehabt.«

»Ich bin zum Glück nur mit leichten Beschwerden konfrontiert gewesen. Einen Tag lang erhöhte Temperatur, nicht einmal Fieber, und natürlich habe ich mich, noch bevor der Befund da war, sofort in Quarantäne begeben.«

»Haben Sie eine Erklärung, wie es überhaupt passieren konnte, dass Sie sich infiziert haben, obwohl Sie doch als Gesundheitsminister sicher genau darauf achten, die Regeln für den Infektionsschutz einzuhalten, die Sie, beziehungsweise Ihr Ministerium, schließlich mit erarbeitet haben?«

»In meinem Beruf bleibt es natürlich nicht aus, dass man Zeit mit Personen im selben Raum verbringt, die dann vielleicht auch schon mal ansteckend sind, aber eben keine Symptome zeigen, das lässt sich gar nicht vollständig vermeiden ...«

»Nun gibt es Gerüchte, Sie hätten sich vor vier Wochen, wenige Tage bevor sie positiv getestet wurden, mit einer größeren Gruppe von Leuten – die Rede ist von fünfzehn, darunter der Vorsitzende sowie der Verwaltungsratschef der Spar- und Creditgenossenschaft Warendorf, die Ihnen in der Vergangenheit ja schon bei diversen Immobilienfinanzierungen behilflich gewesen sind –, dass Sie die zu einem opulenten Spendendinner im *Schwarzen Adler* in Leipzig getroffen haben ... Damit unsere Hörerinnen und Hörer Bescheid wissen: Der *Schwarze Adler* ist das einzige Drei-Sterne-Restaurant in den neuen Bundesländern.«

Scheidtchen stockte, räusperte sich, fand aber schnell die Fassung wieder.

»Ich weiß nicht, wer Ihnen diesen Unsinn erzählt hat, Herr Siebenstädter. Natürlich sind wir in der augenblicklichen Situation ständig mit Menschen aus den unterschiedlichsten Zusammenhängen im Gespräch, und natürlich wird da auch schon mal etwas gegessen ...«

»Also ein Spendendinner, das nach allem, was zu hören ist, ausschließlich dazu diente, Gelder für Ihren nächsten Wahlkampf zu generieren, hat es nicht gegeben?«

»... wie gesagt, es bleibt nicht aus, dass da auch schon mal gemeinsam gegessen wird. Die Termine, die ein Gesundheitsminister dieser Tage wahrzunehmen hat, sind derart eng getaktet, da kann ich mich nicht mal eben für anderthalb Stunden Mittagspause verabschieden oder um sieben Uhr Feierabend machen, und der Tag hat nun einmal nur vierundzwanzig Stunden ...«

»Ich hab Ihnen eine ganz einfache Frage gestellt, die Sie ebenso einfach mit ›ja‹ oder ›nein‹ beantworten können: Sie bestreiten also, dass es dieses Spendendinner im *Schwarzen Adler* gegeben hat.«

»Ich weiß doch nicht auswendig, mit wem ich mich während der letzten drei Monate ...«

»Vor vier Wochen.«

»... wen ich da wann und wo getroffen habe ...«

»Immerhin waren zahlreiche Freunde und Weggefährten aus ihrem Wahlkreis dabei, die Sie vermutlich auch nicht jeden Tag sehen und von denen hat Ihnen jeder im Vorfeld 9999 Euro aufs Konto überwiesen, genau so viel, dass der Betrag der Bundestagsverwaltung nicht gemeldet werden muss. Ein bisschen was davon ist wahrscheinlich an besagtem Abend für Essen und Getränke ausgegeben worden ... Was gab's denn Schönes, wenn ich fragen darf?«

Siebenstädter hörte ein Knacken, dann das Besetztzeichen. »Herr Scheidtchen ... Sind Sie noch da?«

Bis vor einigen Jahren war es häufig vorgekommen, dass eine Verbindung unterbrochen wurde, mittlerweile jedoch waren solche Störungen innerhalb Deutschlands extrem selten.

»Herr Minister? Hallo? – Offenbar nicht. Sie merken es, liebe Hörerinnen und Hörer, die neue Wohnung unseres Gesundheitsministers ist nicht nur sehr groß, sondern auch telekommunikationstechnisch noch nicht vollständig betriebsbereit. Da geht es ihm wie Ihnen und mir: Man ist umgezogen, die Möbel stehen, die Waschmaschine läuft, nur der Telefonanschluss funktioniert nicht. Dann kämpft man sich stundenlang durch die Warteschleifen, bis man jemanden an den Apparat bekommt, der einem vielleicht weiterhelfen kann, vielleicht auch nicht. Den nächsten Termin für einen Techniker gibt es leider erst in vier Wochen … Nichtsdestoweniger bemühen sich die Kollegen in der Regie, eine neue Schaltung zu Minister Scheidtchen hinzubekommen. Es sind ja doch noch einige Fragen offen. Bis dahin machen wir ein bisschen Musik.«

»Geht niemand mehr ran«, sagte Dirk Müller.

»Natürlich nicht.«

»Klingt nach Ärger. Entweder für Scheidtchen oder für dich. Je nachdem, wie viel von dem stimmt, was du da gerade reingeworfen hast.«

»Das ist dann halt so.«

»Muss man wollen.«

»Ich erzähl noch ein bisschen was, sobald die Musik durch ist …«

»Fünfzehn Sekunden.«

Natürlich war er zu weit gegangen. Für nichts von dem, was er Scheidtchen unterstellt hatte, hatte er Belege und er konnte auch nicht sagen, *Maria Andriessen hat mir diese Informationen gesteckt, ich bin einfach mal davon ausgegangen, dass ihre Anschuldigungen hieb- und stichfest sind, weil sie doch insgesamt eine vertrauenswürdige Person ist.*

Maria Andriessen war schon vor der Pandemie eine der lautesten Kritikerinnen von Scheidtchens Gesundheitspolitik gewesen, hatte bei jeder Gelegenheit dessen Inkompetenz und Interessensverquickungen angeprangert, teilweise zum großen Missfallen der Granden ihrer eigenen Partei, die ebenfalls der Regierung angehörten, den Koalitionsvertrag unterschrieben, Scheidtchen als Gesundheitsminister akzeptiert hatten, obwohl sie mit Prof. Bernburger den weitaus kompetenteren Kandidaten in den eigenen Reihen gehabt hätten. Natürlich verwendete man Hinweise wie die von Maria Andriessen erst, nachdem man sie selbst überprüft hatte. Und auf gar keinen Fall durfte auch nur der leiseste Verdacht auf sie als Informantin fallen. Wenn jemals Maria Andriessens Name in diesem Zusammenhang auftauchte, würde ihm nie wieder jemand etwas erzählen. Selbst die Kollegen würden ihn schneiden, denn er hätte nicht nur seine journalistische Sorgfaltspflicht verletzt, sondern die ungeschriebenen Gesetze mit Füßen getreten, die den reibungslosen Ablauf des täglichen Spiels von Politik und Medien sicherstellten.

Die Studiolampe leuchtete auf, sein Mikrofon war wieder offen: »Leider scheint die Leitung zu Minister Scheidtchen sich auf die Schnelle nicht reparieren zu lassen. Hoffen wir, dass der Minister in der nächsten Stunde keine weiteren Termine in seinem Homeoffice hat. Bedauerlicherweise werden Sie und ich heute allerdings nicht mehr erfahren, was es im *Schwarzen Adler* zu essen gab, und auf die Informationen zur Impfstoffbeschaffung sowie zum Beginn der Impfungen gegen Covid-19, über die wir auch noch hatten reden wollen, werden wir gleichfalls warten müssen. Aber so ist das in einer Livesendung. Selbst wenn der Gesprächspartner nicht auf einem Hoteldach in Bagdad oder Kabul sitzt, kann immer mal etwas schiefgehen.«

Er gab Dirk Müller ein Zeichen, die Musik wieder hochzufahren.

Scheidtchen hatte aufgelegt, kommentarlos, ohne vorher Empörung zu simulieren oder herumzukrakelen. Es war das erste Mal, seit Siebenstädter diese Sendung moderierte, dass ein Gast aufgelegt hatte. Das Auflegen war kein Rückzug, keine Flucht gewesen, sondern eine Kriegserklärung, daran bestand kein Zweifel. Wenn Scheidtchen nicht bestimmen konnte, welche Fragen ihm gestellt wurden, dann würde er eben dafür sorgen, dass ihn künftig jemand anderes befragte. Ganz gleich, ob das, was Maria Andriessen angedeutet hatte, sich in einigen Tagen, Wochen oder Monaten als wahr herausstellte: Es änderte nichts. Jahrzehntelang hatten sich Amts- und Würdenträger in allen

Positionen gefragt, wie man diese sinnlosen Rücktritte aus Anstand umging, die von der Öffentlichkeit bei den leisesten Anzeichen moralisch fragwürdigen Verhaltens erwartet wurden, selbst wenn man kein Gesetz gebrochen hatte. Generationen von Politikern war keine Lösung für dieses Problem eingefallen, alle hatten sich früher oder später der Rücktrittspflicht gebeugt, anschließend Ausweichposten übernommen oder in der zweiten Reihe gewartet, ob sich noch einmal eine Tür nach oben öffnete, oft vergeblich. Doch *the mad president* hatte der Welt und ihren Herrschern gezeigt, wie man Ärger abschüttelte, Skandale durchstand, Empörung ins Leere laufen ließ, ganz gleich, was man sich hatte zuschulden kommen lassen. Es gab keine Methode, kein Geheimnis, keinen Trick, es war so einfach, wie es aussah: Man nahm das Geschrei der Opposition, die Forderungen der Kommentatoren, die Tränen der Opfer, das Gespött der Kabarettisten, die miserablen Werte in den Zwischenumfragen einfach nicht zur Kenntnis. Das war alles. Binnen einer Woche wurde die nächste Sau durchs Dorf gejagt und niemanden interessierte, ob die vorherige sich irgendwo quietschvergnügt im Dreck suhlte oder bereits zu Wurst verarbeitet wurde.

Bis vor wenigen Augenblicken war Siebenstädter einer der führenden Schweinehirten dieses Landes gewesen, mit durchdringendem Pfiff und knallender Peitsche. Jetzt war es vorbei. Die anderen wussten es noch nicht, weder die Hörer, noch die Leute in der Redaktion, nur Scheidtchen vielleicht, der vermutlich gerade dabei war, alle weisungsbefugten Vorgesetzten in Schlüsselpositionen und Aufsichtsgremien mit seiner Privatnummer auf ihren Privatnummern anzurufen. *Entschuldige die frühe Störung, ich weiß ja, dass du schon wach bist, so wie auch ich schon wach bin, weil uns die Geschicke unseres Landes, das Wohl unseres Volkes bei Tag und bei Nacht nicht ruhen lassen.* Scheidtchen würde alles in seiner Macht Stehende tun, damit Siebenstädter noch im Laufe des heutigen Tages freiwillig oder gezwungenermaßen die Konsequenzen zog, die unvermeidlich waren, wenn einer im öffentlich-rechtlichen Rundfunk vorsätzlich Lügen verbreitet hatte.

Er stand auf, spürte leichten Schwindel.

»Krass«, sagte Birte Strugalla. »Wie hast du das alles recherchiert?«

»Ich habe nichts recherchiert.«

»Oha.«

»Immerhin dürften die Chinesen zufrieden sein, oder? Den Riebsamen hab ich ganz schön in die Zange genommen, findest du nicht?«

»Hätte für meinen Geschmack auch nicht sein müssen, jedenfalls nicht so.«

Er zuckte mit den Schultern.

Nach den nächsten Nachrichten kam die Presseschau, anschließend die tägliche Morgenandacht: verfassungsmäßig garantierte Propaganda des spätantiken Mysterienkults aus dem Mittelmeerraum, den ein paar suizidale Angelsachsen vor zwölfhundert Jahren ins schon damals verwirrte Germanien gebracht hatten.

Er zog sein Telefon aus der Jacke, schaltete den Flugmodus aus.

»Entschuldige, ich bin gleich wieder da.«

Birte Strugalla schaute ihn erschrocken an: »Du bist ganz grün im Gesicht.«

Er lief über den Gang in Richtung der Toiletten, drehte sich kurz um, niemand kam ihm hinterher, er bog nach links, war außer Sicht. Diesmal nahm er die Treppen hinauf ins Büro, schloss die Tür auf, schaltete das Neonlicht ein, ließ sich auf seinen Schreibtischstuhl fallen.

Es war aus. Es war alles zu Ende. Es war nur Theater gewesen; man konnte sich abschminken. Ein sonderbares Gefühl zwischen Staunen, Erleichterung und blankem Entsetzen breitete sich aus. Er spürte einen stechenden Krampf im Kiefer, von dem zentnerschweren Druck, mit dem sie aufeinanderbissen, griff wahllos in den Berg Leserbriefe vor sich, eine Übersprungshandlung, so wie der Hund sich plötzlich kratzte, wenn er sich nicht zwischen Flucht und Angriff entscheiden konnte, warf einen ganzen Stoß in den Papierkorb. Er würde sie nicht mehr beantworten, und wer immer ihm nachfolgte, vielleicht Birte Strugalla, hätte sicher kein Interesse daran. Birte mit ihrer ruhigen Art, ihrer abwägenden Kompetenz, ihrer Sensibilität für die Empfindlichkeiten aller Geschlechter, Religionen, Hautfarben, insbesondere auch für die Belange der künftigen Weltmacht aus Ostasien, wäre die richtige Wahl in der falschen Zeit. Auf jeden Fall würde es eine Frau sein. Er griff erneut in den Briefstapel, beidhändig, schob zusammen, was sich widersetzte, nahm einen weiteren Schwung, stopfte ihn in die Tonne, trat mit dem Fuß nach. All diese Briefe waren die schriftlichen Beweisstücke für die vollkommene Sinnlosigkeit dessen, was er hier fast zwanzig Jahre lang getan hatte, ganz egal ob es sich um Beifall, Lobhudeleien, Autogrammwünsche, um Beschimpfungen, Beleidigungen oder Hasstiraden handelte.

Er richtete sich erneut auf, atmete durch, starrte den leeren Bildschirm seines Computers an, ließ den Blick über die Bücher schweifen, die auf dem Tisch verstreut waren, überlegte, welche er einpacken sollte, entschied sich, keins davon einzupacken, dachte an die Fotos von Irene und Nora, die er in die Schublade geräumt hatte, dass er sie mitnehmen sollte, wohin auch immer – wozu? Dinge hatten ihre Schicksale wie Menschen. Was er verlor, vergaß, zurückließ, setzte seinen Weg ohne ihn fort. Die Bilder seiner Frau, seiner Tochter hatten keine Erinnerung an ihn, würden weder Zorn noch Schmerz empfinden, wenn sie im Altpapier, im Sperrmüll landeten. Er sah sie kurz vor sich, beschriftet mit Sätzen, die ihm Freude bereiten sollten, die Rahmen vom knappen Kindertaschengeld bezahlt, zwei Paar Augen, die aus einem Container ins Nichts starrten, als wäre dort er, der Vater, der Ehemann, an den sie in dem Moment, als der Auslöser die Blende für Sekundenbruchteile geöffnet hatte, mit einem Gefühl, das »Liebe« genannt wurde, gedacht hatten. Ein Schmerz wie von Stiefelsporen bohrte sich seitlich in seinen Brustkorb, ließ ihn kurz hochfahren. Der Schmerz war alt und änderte nichts. Siebenstädter stand auf, nahm seine Tasche, ging hinaus, ohne das Licht zu löschen, zog die Tür hinter sich zu, schloss nicht ab. Diesmal benutzte er den Aufzug, fuhr hinunter ins Erdgeschoss. Er meldete sich nicht krank, entschuldigte sich nicht, verabschiedete sich nicht, durchquerte zügig und grußlos das Foyer, trat auf die Straße, atmete die frische Morgenluft, bog nach rechts, wo die Spree in ihrem stahlbetonierten Kanalbett floss. Noch herrschte Dunkelheit. Das *Presse-Café* war geschlossen, alle Cafés waren geschlossen. Sein Telefon vibrierte in der Hosentasche. Sie suchten ihn. Die Uhr tickte. Raumzeit, Lebenszeit, Radiozeit. Birte Strugalla rannte von Toilette zu Toilette, suchte Teeküche, Konferenzzimmer, Archivräume nach ihm ab, stand vor seiner Bürotür, klopfte, bekam keine Antwort. Die Frage, ob sie trotzdem die Klinke hinunterdrückte, selbst auf die Gefahr hin, seine Privatsphäre zu verletzen, von ihm angeherrscht und abgebürstet zu werden, wie ein launischer, latent bösartiger Chef es mit seinen Untergebenen gelegentlich tat. Das Telefon vibrierte erneut, er zählte mit ... vierzehn, fünfzehn, sechzehn, es gab wieder Ruhe, sonderte ein kurzes Brummen ab, dem ein zweites folgte: Jemand hatte in seiner Abwesenheit angerufen, jemand hatte eine Nachricht auf seiner Mailbox hinterlassen.

Er überquerte die Uferstraße, trat auf die Brücke, schaute hinunter. Das Wasser strömte schwarz und ruhig dahin. Es war wärmer als für die Jahreszeit üblich. Amerikanische und chinesische Flusskrebse, subtropische

Barsche vermehrten sich. Er schaute auf die Uhr. In wenigen Augenblicken hätte Dirk Müller wieder den Jingle ausgeblendet, ihm selbst wäre die nächste, mäßig witzige Hörerbegrüßung über die Lippen gegangen. Er war berühmt für seine Anmoderationen. Ein besonders begeisterter Fan hatte Hunderte von ihnen gesammelt, verschriftlicht und als *book on demand* drucken lassen. Gleich würden sich einige Taxifahrer, Berufspendler, unverheiratete Lehrerinnen wundern, dass an seiner Stelle eine Frau sprach: *Sie hören das Magazin am Morgen, am Mikrofon ist Birte Strugalla*: Die vermutlich keinen Grund nannte, weshalb sie mitten in der Sendung seinen Platz eingenommen hatte. Die Querdenker unter den Hörern würden spekulieren, dass man ihn nach dem Gespräch mit Scheidtchen sofort kaltgestellt hatte, sähen sich bestätigt in ihrer Vermutung, dass der tiefe Staat, die Eliten, Bilderberger, Freimaurer, Juden – demnächst auch die Chinesen –, jederzeit zuschlagen konnten und dass niemand, nicht einmal der bekannteste Radiomoderator des Landes vor ihnen sicher war, wenn er den Bogen überspannt hatte. Irgendwann morgen oder übermorgen würden offizielle Verlautbarungen folgen. Da es nirgends, weder in seinen Schreibtischschubladen, noch auf seinem Computer, noch in einem Schließfach, dessen Schlüssel morgen in keinem Briefkasten ankam, Material zu Scheidtchens Fehlverhalten gab, würde der Sender eine offizielle Entschuldigung verbreiten lassen, von psychischen Problemen sprechen. Vielleicht hatte Maria Andriessen aber auch noch jemand anderem denselben Tipp gegeben, einem jungen, hungrigen Kollegen, der sich hineinbiss wie ein Bluthund, bis ihm die Wahrheit in Fetzen aus dem Maul hing. Möglicherweise würde man Siebenstädter in zwei oder drei Monaten rehabilitieren, falls sich bis dahin überhaupt noch jemand an seine wirren Andeutungen von heute Morgen erinnerte. So oder so ging es weiter, es ging voran, mit oder ohne ihn am Mikrofon. Ein zweiteiliges Schubschiff, beladen mit Sand, fuhr unter der Brücke hindurch. Nachdem die Wahlkreisreform mehr oder weniger gescheitert war, rechnete man nach der nächsten Wahl mit über hundert zusätzlichen Abgeordneten samt wissenschaftlichen Mitarbeitern, Sekretären, die neue Bürogebäude benötigten.

Er sah Maria Andriessen vor sich. Sicher war sie wütend auf ihn, weil er die kostbaren Hinweise, die sie ihm anvertraut hatte, einem dummen Manöver ohne jeden politischen Sinn geopfert hatte. Er empfand Trauer ob der verschenkten Gelegenheit, bei ihr privat zu Mittag zu essen, sich ihren Lippen zu nähern, ihr zwischen die Beine zu greifen, sie aufstöhnen zu hören, eine weitere Wiederholung des immer Gleichen, die es wert, die es nicht wert gewesen wäre. Er blieb stehen, zog sein Telefon aus der Hosentasche, legte seinen Daumen auf den Home-Button, achtete nicht auf die Liste der Nachrichten, die aufleuchteten, öffnete den Messenger, schrieb in ihr Feld: »Bin schon fertig. Mit allem«, tippte auf *Senden*.

Vermutlich schlief sie noch, wahrscheinlich erwachte sie mit einem Kater, alkoholisch, politisch, emotional.

Er erreichte das andere Ufer. Sein Telefon vibrierte erneut. Er las *MARIA ANDRIESSEN*, während er auf die Fahrbahn trat, um die Luisenstraße zu überqueren, stand in einem grellen Lichtkegel, sah Schwarz und Weiß, hörte ein Kreischen, dunkles Dröhnen, dann das Bersten von Platten unmittelbar in seinem Ohr.

Ich danke der Akademie der Künste für die Unterstützung der Arbeit an diesem Roman durch ein Sonderstipendium des INITIAL-Programms.

MIX
Papier aus verantwortungsvollen Quellen
FSC® C014496

Penguin Random House Verlagsgruppe FSC® N001967

1. Auflage

Covergestaltung: buxdesign/Ruth Botzenhardt unter Verwendung
eines Motivs von © Eric Forey / Trevillion Images
Satz: Buch-Werkstatt GmbH, Bad Aibling
Druck und Einband: GGP Media GmbH, Pößneck
Printed in Germany
ISBN 978-3-630-87477-7

www.luchterhand-literaturverlag.de